Kanik

Marc Buhl

DER ROTE DOMINO

Roman

FRANKFURTER VERLAGSANSTALT

1. Auflage 2002
© Frankfurter Verlagsanstalt GmbH,
Frankfurt am Main 2002
Alle Rechte vorbehalten
Schutzumschlag- und Einbandgestaltung:
Bertsch & Holst, Frankfurt am Main
Herstellung: Thomas Pradel, Frankfurt am Main
Satz: Fotosatz Reinhard Amann, Aichstetten
Druck und Bindung: GGP Media, Pößneck
Printed in Germany
ISBN 3-627-00098-6
1 2 3 4 5 – 06 05 04 03 02

Für Maruma,
Noemi und Selim

Moskau, Mai 1792

DIE STRASSE TRÄGT LENZ OHNE WIDERSTAND. DER WIND weht ihn am Kreml vorbei hinein in das Gassengewirr von Kitaigorod. Die Kramläden sind verriegelt, der Dampf der geschlossenen Garküchen hängt schwer in der Luft. Aus einer Weinstube dringt fahles Licht. Schatten drücken sich in Türrahmen, Schemen huschen in Hinterhöfe. Lenz aber geht frei. Er kichert. Die Häuser blinzeln ihm zu wie einem Vertrauten, und der Strahl des Mondes, der von einem messingglänzenden Türknauf reflektiert wird, kitzelt ihn im Nacken. »Du Rosenschimmer des Glücks und der Freude!«, ruft Lenz gegen den Himmel und streckt die mageren Arme aus zum Mond, dem Freund, dem letzten, der noch bei ihm ist, und will ihm die gelbe Wange küssen. Er erstarrt einen Augenblick, dann tanzen seine linkischen Füße ein paar Schritte eines Menuetts.

Der lange Winter ist vorbei, die Kälte weicht widerwillig aus den Steinen der Stadt. Lenz wird nie wieder frieren. Seine Samthosen sind ausgefranst, und die Weste des Straßburger Fracks hängt in Fetzen an dem schmächtigen Leib. Der englische Handschuh an der rechten Hand ist vor langer Zeit einmal weiß gewesen. Den linken hat er verloren. Über die strähnigen Haare hat er tief seinen Korsenhut in die Stirn gezogen. Den hatte Goethe ihm nachgeschickt, damals, in Weimar.

Goethe, der Dichter, der Freund, der Geliebte, der Schreckliche.

Lenz kümmert sich nicht darum, wohin sein ruheloser Tritt ihn in dieser Nacht führen wird. Warum auch? Wie Fäden spannen sich die Wege, die er in den Jahren seiner Wanderungen gegangen ist, und er gedenkt der freundlichen Reben bei

Emmendingen und der sumpfigen Wiesen Livlands, der sanften Rheinauen bei Basel und der falschen Pracht von Petersburg, der modrigen Backsteinkirche in Dorpat und der eisigen Höhen der Alpen. Er erinnert sich an die glücklichen Augenblicke auf dem Münsterturm in Straßburg mit Goethe und an die Kammer im Schloss der Charlotte, an die lauschige Bank unter der Linde in Sesenheim und das eiserne Bett, an das sie ihn ketteten. Ein Netz, denkt Lenz. Ein Netz, dem ich nie entkommen werde, wo immer ich bin. Ich bin die Fliege. Die Fliege darin, aber wenn ich die Fliege bin: Wo sitzt die Spinne? Ein unsinnige Frage, das weiß er, denn es gibt keinen Zweifel, wer die Spinne ist und wo sie sitzt. Fett und mächtig und wichtig hockt sie in Weimar und saugt alle aus, die ihr zu nahe kommen. »Aber mich kriegst du nicht, mein Liebster«, brabbelt Lenz vor sich hin. Mich kriegst du nicht. Oder hast du mich schon? Vielleicht hast du mich ja schon. Er kichert wieder. Vielleicht hast du mich von Anfang an gehabt, damals in Straßburg, als alles begann oder alles endigte, je nachdem, aber wer kann das schon sagen, nach so langer Zeit. Du hast ja keinen Schaden genommen, Liebster, du Schwein, dir tat's kein Leid an. Aber auch ich bin jetzt frei, wie der Adler, und mein Horst sind die Wolken über der Stadt. Eine Stadt, hörst du, nicht ein Dorf wie Weimar, wo der Schlamm in die Stiefel läuft, wenn man über die Schwelle tritt, und kein Platz ist für Weise und Adler und Narren. Wo nur das ekle Hofgeschmeiß wächst, Geschmeiß, wie du es geworden bist. Dabei hast auch du einst Flügel gehabt, weit und groß, und sie warfen dunkle Schatten über das Land. Wer hat sie dir gestutzt? Aber das wissen wir beide: Das warst du selber, du selbst hast dich verschnitten. Das hätte ich auch tun sollen, als Zeit war dafür, aber die Zeit hat aufgehört zu sein.

Lenz, der Adler, landet auf einer steinernen Bank an dem Uferweg der Jausa. Sein Kopf ist ihm schwer geworden, er birgt sein Haupt in den Schwingen und schläft ein. Das spricht sich herum bei den Mückenschwärmen, die in den feuchten Auen brüten. Ein Fest: junger Körper, die Haut dünn wie Papier und heißes Blut, das nie gerinnt. Er träumt von der griechischen Gottheit, die er auf Knien anbetet, um ein Zeichen der Zuneigung. Der Gott aber ist aus Alabaster und glatt und kalt und ohne Blick. Die Mücken tun, was die Natur ihnen befiehlt.

Als Boris Koslow bei seiner morgendlichen Runde auf das leblose Bündel auf der Bank stößt, grinst er zahnlos und befriedigt. So viel Glück hat er schon lang nicht mehr gehabt. Hin und wieder treiben Wasserleichen ans Ufer, aber die sind oft schon lange unterwegs, aufgedunsen und meist schon geplündert, weil sie von gewissenhaften Räubern ins Wasser entsorgt werden. Sein bester Fund bisher war ein führerloses Boot mit einigen Bierfässern, davon wird er noch seinen Enkeln erzählen, aber seine heutige Entdeckung ist allemal besser als die Toten im Wasser. Das Gesicht des Unbekannten ist verquollen. Getrocknetes Blut hängt in den Mundwinkeln und auf dem speckigen Kragen. Die Augen sind gebrochen. Koslow sucht in den Taschen nach Wertsachen. Die Geldbörse ist ein Reinfall, der ist ja noch ärmer als er, aber die Uhr an der Kette aus Silber, die braucht der nicht mehr, dem ist die Zeit schon vergangen. Und auf dem Gang, den der noch geht, braucht es keine Strümpfe, also her mit den silbernen Schnallen.

Die Uhr versetzt er und leistet sich von dem Geld ein paar Schnürstiefel. Die Strumpfschnallen schenkt er seinem Bruder zu Weihnachten. Der besitzt keine Strümpfe und nimmt sie als Schmuck.

Nach der Plünderung der Leiche benachrichtigt er die Gendarmerie. Der Körper wird in die Anatomie der Universität gebracht. Ein Medizinstudent im dritten Jahr seiner Ausbildung gleitet beim Aufhebeln des Brustkorbes aus und stößt mit der Linken versehentlich durch das Herz. Es ist noch warm.

Sowjetisch besetzte Zone, Juni 1945

WLADIMIR ZDANOV BETRACHTETE DESINTERESSIERT seinen Fang. Er sah nicht anders aus als die Laus, die er vor fünf Minuten getötet hatte, und nicht anders als die Laus, die er in zwei Stunden zerquetschen wird. Dann schob er den Daumennagel über den Chitinpanzer und zerdrückte sie. Es knackte. Wieder eine. Er wischte den Krümel an seine Hose. Der rechte Fuß stieß sich am Boden ab. Die Hängematte pendelte. Er fuhr sich wieder durch die Haare. Das Halteseil der Hängematte hatte er an der einen Seite um ein steinernes Fensterkreuz gewickelt. Die Scheiben waren zerbrochen und lagen in Splittern auf dem Boden. Es knirschte, wenn man drüber lief. Das andere Seil hatte er um eine Tafel gebunden, die an der Stirnseite des Zimmers stand. Wladimir kniff die Augen zusammen und las immer wieder den seltsamen Satz auf der Tafel: *Was ihr den Geist der Zeiten heißt, das ist im Grund der Herren eigner Geist, in dem die Zeiten sich bespieg...* Hier endete die kindliche Handschrift. Weiße Kreide lag zertreten unter der Tafel, daneben ein zerbrochener Holzzirkel, wie sein alter Mathematiklehrer ihn benutzt hatte. Hier ging niemand mehr zur Schule. Brandgeruch hing schwer in den Zimmern, einige Außenwände waren geborsten, und Risse durchzogen die Trennwände der Klassenzimmer. Der Dachstuhl war ausgebrannt, schwarze Stümpfe reckten sich in den Oktoberhimmel.

In dem Zimmer, in dem Wladimir jetzt alleine vor sich hin schaukelte, schlief ein Teil seiner Kompanie. Nebenan hatten sie aus den Schultischen und Stühlen eine Küche mit Esszimmer eingerichtet. Sie verfeuerten das Mobiliar und grillten die Tiere, die ihr Kalfaktor hin und wieder im Umland der Stadt auftrieb. Auf dem Pult an der Tafel lag noch ein aufgeschlagenes Klassenbuch. Bislang hatte keiner der Soldaten gewagt, es dort wegzunehmen. Ein Klassenbuch ist Sache des Lehrers. Das langte man nicht einfach an. Das saß tief. Vor fünf Wochen war die Kompanie noch keine Kompanie, sondern die zehnte Klasse des Polytechnikums in Ishewsk gewesen. Dann hatten alle Schüler der Klasse den Einberufungsbefehl erhalten. Wladimir fand eine weitere Laus und knackte sie. Nach einer öden Woche voller öder Übungen in einer öden Kaserne wurde er in einen Güterzug gesteckt und zusammen mit einigen hundert anderen Soldaten in seinem Alter Richtung Westen geschickt. Sie schlotterten gemeinsam, aßen Brot, das mit Holzspänen gestreckt war, bekamen Läuse und Durchfall und machten zotige Witze darüber.

Als der Zug ankam, war der Krieg vorbei.

Die Bewohner des Nazireichs bestanden aus verlausten Kriegsgefangenen in jämmerlichen Lagern und grauen Weibern in staubigen Lumpen, die ängstlich in ihre Wohnlöcher flüchteten, wenn sie die russischen Uniformen sahen. Statt Mann gegen Mann gegen hünenhafte Germanen zu kämpfen und dem Tod ins Auge zu blicken, betrank sich Wladimir, spielte Domino, schoss auf Tauben, beteiligte sich an einer Massenvergewaltigung, kickte mit ehemaligen Hitlerjungen und kümmerte sich um eine herrenlose Töle. Und er fing Läuse. Wieder eine. Er nahm sie auf die Spitze des Zeigefingers und sah sie genau an. An den Beinen trug sie feine Widerhaken, mit denen sie sich in den Haaren festhielt. Sie zuckte auf der rissigen Kuppe seines Zeigefingers. Aus ihrem Hinterleib trat ein winziger grüner Tropfen. Wladimir schnippte sie auf den Boden.

Vor dem Abendessen ließ ein fremder Offizier ihre Kompanie zusammenrufen. Das war ungewöhnlich. Nach dem Morgenappell waren sie meist auf sich gestellt. Ihr Unteroffizier, kaum älter als sie, war ab mittags schon so betrunken, dass er sie sich selbst überließ. Der Offizier suchte zwei Soldaten, die Deutsch lesen und schreiben konnten. Morgen würden sie hier abgeholt werden und dann einen neuen Aufgabenbereich bekommen.

Wladimir reagierte als Erster. Er trat vor und nannte seinen Namen. Der Offizier musterte sein ernstes Gesicht mit den schwarzen Augenbrauen, die ihm etwas Bedrohliches gaben.

»Du sprichst Deutsch?«, fragte er ihn auf Russisch.

Wladimir antwortete in der Sprache des Feindes. Seine Stimme zitterte. Es sei sein Wunsch, in diesem großen vaterländischen Krieg einen Beitrag zu leisten, der über das hinausgehe, was er hier tun könne, und er werde sehr gerne und mit vollem Einsatz...

Der Offizier winkte müde ab. »Schon gut, das reicht.«

Der zweite Soldat, der vortrat, hieß Alexander. Er musste nur seinen Namen nennen, der Offizier notierte ihn und befahl ihnen, morgen um sieben Uhr abfahrbereit zu sein.

Freiburg, 18. Juni 2001

»Ihre Tochter hat sich also so sehr mit Literatur beschäftigt, dass sie darin verschwand. Verstehe ich Sie da richtig?«

Peter Drexler hörte den Bassbariton von Udo Stahl, seinem Chef, durch die Mattglastür in das Vorzimmer des Büros dringen. Gleichzeitig ertönte das Knarren des ledernen Sessels aus dessen Zimmer.

Jetzt lehnt er sich zurück, dachte Drexler, mit seinen fast zwei Zentnern, und gleich fängt er an zu stöhnen.

Stahl stöhnte widerwillig.

Und nun, riet Drexler, knetet er mit der rechten Hand seine Unterlippe und guckt in die Luft. Das hörte er allerdings nicht. Es stimmte trotzdem.

Drexler schüttelte lächelnd den Kopf und warf Sabine Wolff einen Stapel Papiere auf den Schreibtisch.

»Eintüten, Marke drauf und die Adressen aus dem Briefkopf auf den Umschlag.«

Sie tippte weiter, als gebe es nichts, was sie lieber täte, und nickte abwesend zu Drexler, der inzwischen wieder der Stimme Stahls lauschte, was angesichts deren Lautstärke kein großes Problem darstellte.

Nein. Non. Njet. Niemals!

Nein. Das könne er nicht machen. Das wolle er auch gar nicht. Das sei nicht sein Job. Egal ob ihre Tochter in Büchern verschollen sei oder mit einem Freund durchgebrannt. Er suche keine Menschen. Nie. Er nicht. Auch nicht in Texten. Dort finde man sie sowieso nicht; alles Mögliche finde man zwar dort, aber keine Menschen. Das wüsste er. Das sei sein Beruf. Er schreibe alles, was die Universität an schriftlichem Material verlange: Laborberichte und Magisterarbeiten, Dissertationen und Seminarprotokolle, Thesenpapiere und Zulassungsarbeiten, Exposés und Resümees. Und als Höhepunkt seiner Tätigkeit verschaffe er als Promotionsberater karrieresüchtigen, aber faulen Möchtegernakademikern einen Titel für die Visitenkarte. Und trotzdem, oder gerade deshalb, könne er mit Fug und Recht behaupten: Niemals begegne einem in Texten ein Mensch. Die Polizei, die würde ihnen weiterhelfen, dafür sei sie ja da, man finanziere sie ja nicht zu knapp durch Steuermittel. Vielleicht sei aber auch ein Privatdetektiv die richtige Wahl, auch wenn das teurer wird. Er selber komme dafür aber wirklich nicht in Frage, nein, bei allem Mitgefühl, das müssten sie doch verstehen, aber seine Fähigkeiten lägen auf ganz anderem Gebiet.

Drexler hörte nicht die Antwort des älteren Ehepaares, das vor einer Viertelstunde an ihm vorbei in das Büro von Udo Stahl geschlichen war. Dafür knarrte wieder der Sessel. Irgendwann macht der das nicht mehr mit und geht entzwei, dachte Drexler. Ich wäre gerne dabei, wenn das passiert. Während er sich die Szene ausmalte, hörte er ihn wieder:

Nein, er übertreibe überhaupt nicht.

Außerdem habe er sehr gut verstanden, was sie gesagt hätten. Ihre Tochter Bettina promoviere in Germanistik. Okay. Ihr Thema sei die frühe Lyrik von Lenz und Goethe. Nichts Neues, aber egal. Sie interessiere sich immer mehr dafür. Gut. Sie reise durch halb Europa, um verschiedene Archive zu durchstöbern. Auch gut. Und dabei verschwinde sie. Nicht gut. Aber auch nicht seine Sache. Nochmals: Er sei Wissenschaftler. Auch er habe einmal promoviert, na ja, das sei schon ein paar Jahre her, und als er seinen Doktorvater verklagte, weil der ihm Forschungsergebnisse geklaut hatte, war es vorbei mit seiner Unikarriere; nur deswegen sitze er hier und spiele Doktorspielchen, anstatt drei Straßen weiter in einem Hörsaal vor einer Gruppe von Studenten zu dozieren, die begierig an seinen Lippen hingen. Obwohl, in der Beziehung könne er sich bei ihnen ja auch nicht beschweren, an seinen Lippen hingen sie ja durchaus auch, aber dennoch seine Antwort sei und bleibe Nein und nochmals Nein, und er wünsche ihnen noch einen ...

Drexler hörte die leise Stimme einer Frau. Er verstand nicht, was sie sagte.

Sein Chef schwieg lange. Ganz leise quietschte der Sessel. Jetzt wippt er unruhig hin und her und weiß nicht, wohin mit sich, dachte Drexler. Ein schlechtes Zeichen. Er runzelte die Stirn. Jetzt kriegen sie ihn rum. Und wer müsste dann wieder alles ausbaden? Er versuchte seine Befürchtungen in den Blick zu legen, den er Sabine zuwarf, aber die tippte mit religiöser Inbrunst.

Viel später öffnete sich die Tür. Drexler vertiefte sich in die Magisterarbeit, die er gerade bearbeitete. Stahl begleitete das Ehepaar zu der Tür seines Zimmers, und sie schüttelten ihm die Hände. Sie mit einer mütterlich-fleischigen Hand, er mit einem knochigen und etwas zu festen Druck.

Stahl sah ihnen nach. Der Türrahmen war fast zu klein für ihn. Oben wurden seine grauschwarzen Locken von der Querleiste platt gedrückt, während seine Schultern nur reinpassten, weil er sie gerade hängen ließ. Das Jackett war verrutscht, und der Wettkampf zwischen dem Bauch und dem Hemd schien jeden Augenblick zu Gunsten des Bauches ausgehen zu können.

Drexler nickte dem Ehepaar zu und trat dann hinter Stahl in dessen Zimmer. Sein Chef ließ sich schwer in seinen Sessel hinter dem Schreibtisch fallen, Drexler nahm auf dem Stuhl Platz, auf dem gerade noch die Frau gesessen hatte. Die Armlehnen waren noch feucht, und die Wärme ihres massigen Körpers hing in dem Rückenpolster. Er verschränkte seine Arme vor der Brust.

»Erzähl mir nichts«, sagte Drexler. »Du hast zugesagt.«

Der Stuhl knarzte schuldbewusst. Stahls Augen wanderten ziellos durch den Raum, über den Schreibtisch mit dem Computer und den Papierstapeln, über das Bild seiner Frau und die Arbeit über den Vergleich der Ontologie Heideggers und Laotses, die er gerade lektorierte, und über die Wände voller Bücher und Ordner. Seine eigenen Arbeiten füllten ein ganzes Regal an der Stirnseite des Büros, aber keine von ihnen trug seinen Namen. Er schrieb für andere und rächte sich an den Professoren der Universität, indem er ihnen Texte unterschob wie Bastarde. Er setzte ihnen Hörner auf. Und in jede seiner Arbeiten schmuggelte er kleine Fehler ein, die nie jemand erkannte: Erfand Bücher und Zeitschriften, aus denen er dann ausgiebig zitierte. Schob ungekennzeichnete Zitate in die Fußnoten ein. Unterschlug Quellenangaben. Übernahm einzelne Passagen aus anderen Arbeiten, die er ebenfalls betreut hatte.

Stahls Blick verfing sich an dem schweren Deckenhaken über dem Kopf von Drexler. Daran hing eine viel zu kleine Lampe. Der Steuerberater, der das Büro vorher benutzt hatte, hatte sich an dem Haken aufgeknüpft. Stahl ließ den Haken hängen. Zum einen, weil er es so vermeiden konnte, in die Betondecke ein neues Loch zu bohren, um die Lampe festzumachen. Stahl war kein Handwerker. Zum anderen als Erinnerung, dass es immer einen Ausweg gibt, falls man die Schwere der Existenz nicht mehr erträgt. Sich heiter zu entschließen, ins Nichts dahinzufließen, das war schön gesagt. So sollte es sein, später einmal.

Drexler stellte seine Frage ein zweites Mal.

Stahl nickte widerstrebend.

»Was genau wollten die beiden von dir? Ich habe nicht alles verstanden.«

»Ihre Tochter.«

»Und was hast du mit ihrer Tochter zu tun? Oder ist mir irgendetwas entgangen?«

»Sie ist verschwunden. Bei ihrer Promotion. Sie schreibt über Gedichte von Goethe und Lenz, sichtete vor ein paar Wochen einige Archive in Russland und tickte dabei ein wenig aus. Ihre Eltern wollten sie nicht wieder weglassen, also fuhr sie heimlich nach Russland. Von dort rief sie zu Hause an, völlig verstört. Ein paar Tage später meldete sie sich aus Weimar. Alles werde gut. Seither ist sie weg. Ich soll sie suchen.«

»Warum gerade du?«

»Ihre Tochter hatte unser Büro erwähnt. Bettina, so heißt sie, wollte ihre Doktorarbeit wissenschaftlich von einer Stelle überprüfen lassen, die mit der Universität nichts zu tun hat. Die Arbeit hätte da Besonderheiten. Jetzt denken ihre Eltern, dass ihr Verschwinden mit ihrer Arbeit zusammenhängt, also wollen sie einen Wissenschaftler und keinen Privatdetektiv. Die Polizei hat zwar die üblichen Sofortmaßnahmen eingeleitet, in Krankenhäusern und Kliniken nach dem Verbleib der Tochter gesucht, aber die Eltern haben das Gefühl, dass das nicht langt.«

»Glaubst du, was die Eltern sagen? Dass sie wegen ihrer Arbeit verschwunden ist?«

»Sie sagten, es gebe in Bettinas Leben nichts mehr außer dieser Doktorarbeit. Angeblich sei da *Dynamit* drin gewesen in der Arbeit. Was immer sie damit meinte. Außerdem ist sie ja während der Recherche dazu verschwunden. Ich denke, sie halten ihre Tochter für etwas verrückt, auch wenn sie das nicht sagen. Ganz glaube ich es trotzdem nicht. Aber egal. Das bringt unser Beruf mit sich: dass wir uns in fremde Gedankenwelten einleben müssen, auch ohne deren Grundvoraussetzungen zu teilen. Wenn die Eltern von der These ausgehen, ihre Tochter sei bei und durch ihre Dissertation verschwunden, dann werden wir diese These allen weiteren Schritten zu Grunde legen, genauso, wie ich dauernd Arbeiten schreibe, mit deren Prämissen ich nicht übereinstimme.«

Stahl faltete die Hände zufrieden über seinem Bauch.

»Und warum hast du zugesagt?«

»Wenn ich das nicht hätte, dann würden sie morgen noch hier sitzen. Das war der einzige Weg, sie hier rauszubekommen. Du hättest die Mutter sehen sollen. Sie fing sogar an zu heulen. Mit so etwas kann ich nicht umgehen. Außerdem zahlen sie nicht schlecht.«

»Wie viel?«

»Das kann dir egal sein, du bist hier ja angestellt.«

»Und weil eine verlorene Mutter ein bisschen weint und

der Vater seinen Geldbeutel zückt, spielst du den Retter der Witwen und Waisen. Der edle Ritter befreit eine bildschöne Jungfer aus den Armen des bösen Drachen. Du hast einen unerfüllten Drang zum Heldentum. Fang lieber wieder an zu boxen.«

»Wer Bücher lesen kann, kann auch Menschen lesen. Wer Texte schreiben kann, kann auch die Welt verändern. Ob man sich einem Universum der Worte gegenüberstellt oder einem Universum der Dinge, macht letzten Endes keinen Unterschied. Außerdem habe ich es versprochen. Wir werden Bettina also suchen.«

Stahl lehnte sich nach vorne, legte seine Hände auf den Schreibtisch, faltete die Finger über die Daumen und ließ diese knacken. Drexler bewunderte die schwarzen Haare auf seinem Handrücken und schüttelte den Kopf. »Erstens, was heißt da: Wir werden sie suchen? Zweitens, deine Beziehung zur Realität ist so fragmentarisch, dass du in der Wissenschaft ganz gut aufgehoben bist.«

»*Wir* heißt, dass du und ich gemeinsam suchen. Ein edler Ritter braucht einen Knappen, der ihm zur Seite steht. Lies mal Cervantes, um dich vorzubereiten. Außerdem, wie ich schon erwähnte, bin ich dein Chef. Ich rufe, du kommst, so ist das in der freien Wirtschaft. Und zusammen macht das mehr Spaß. Mir jedenfalls. Und was die Realität betrifft, die wird sowieso überschätzt.«

Stahls rechte Hand machte eine wegwerfende Geste.

»Die Wirklichkeit ist dir egal?«

»Die Wirklichkeit ist keine Realität, sondern eine Möglichkeit. Alles das, was sich eventuell ereignen kann, gehört dazu. Das, was tatsächlich passiert, ist nur ein winziger Ausschnitt aus einer Vielzahl von denkbaren Wirklichkeiten. Und leider nicht immer der interessanteste. Aber darum geht es jetzt nicht. Sag mir lieber, ob wir überhaupt die Zeit dafür haben.«

»Keine Ahnung. Frag dein Vorzimmer.«

Stahl nahm einen kleinen Holzschlegel in die Hand und schlug nachdrücklich gegen einen japanischen Meditationsgong, der auf seinem Schreibtisch stand. Früher hatte eine gewöhnliche Klingel die Verbindung zur Sekretärin hergestellt, aber Sabine Wolff, die dreimal wöchentlich die Post erledigte und die Verwüstungen auf Stahls Schreibtisch beseitigte, weigerte sich, auf den schrillen Ton zu reagieren, und hatte ihm zu Weihnachten den Gong geschenkt. Außerdem aß sie kein Fleisch, rauchte nicht und trank nur Kräutertee. Aber nicht zu stark.

Mit einem glücklichen Lächeln kam sie ins Zimmer geschwebt.

»Wo nimmt sie das her?«, fragte sich, wie immer, Udo Stahl.

»Meint sie mich?«, fragte sich, wie immer, Peter Drexler.

Stahl erläuterte die Situation und erkundigte sich nach der Auftragslage.

»Ein paar Sachen wären da schon, die in nächster Zeit erledigt werden müssten.« Sabine konsultierte den Terminkalender.

»Erstens die Mäuse der Chinesin.«

Stahl seufzte. Teilweise bei dem schönen Gedanken an die schweigsame Taiwanesin, die Mäuse hochfrequenten Strahlen aussetzte, teilweise bei dem weniger schönen Gedanken an die Mäuse, deren Hirne anschließend in Scheibchen geschnitten und auf genetische Veränderungen untersucht wurden. Hsi-Men promovierte in Medizin. Genauer gesagt: Sie führte die Experimente durch, und Stahl machte aus der Statistik eine Dissertation. Das war wenig spannend, aber recht einfach, denn die Ansprüche der Mediziner an eine Doktorarbeit waren gering, verglichen mit denen der Geisteswissenschaftler. Allerdings misshandeln Germanisten auch keine Hirne, dachte Stahl. Höchstens ihre eigenen.

»Das hat Zeit«, meinte er. »Ihre Aufenthaltsgenehmigung

ist an den Studienabschluss plus Promotion gekoppelt. Je eher sie fertig ist, umso schneller muss sie zurück nach Taipeh. Wir verschieben das einfach, das wird ihr auch recht sein.« Und mir auch, dachte er, vielleicht schaffe ich es doch, mit ihr essen zu gehen.

»Dann haben wir hier eine Diplomarbeit über somatische Wirkungen von Meditation.«

»Gecancelt«, stellte Drexler trocken fest. »Die Frau ist inzwischen schwanger geworden und schmeißt ihr Studium. Hat aber die bisherige Arbeit bezahlt, das trifft uns also nicht.«

»Warum schmeißt sie ihr Studium, wenn wir ihr sowieso die Arbeit schreiben?«, erkundigte sich Sabine.

Eine Diplompädagogin, die schwanger wird, hat ihr Studienziel bereits erreicht, dachte Drexler. Das sagte er natürlich nicht.

»Drittens: Die Magisterarbeit über apokalyptische Elemente im modernen amerikanischen Drama.«

Stahl rollte mit den Augen. Schon wieder ein Weltuntergang. Das Lieblingsthema eines Englischprofessors der Albert-Ludwigs-Universität. Stahl hatte in den vergangenen drei Jahren fünf Zulassungs- und Magisterarbeiten über verschiedene Variationen des Themas betreut und wusste mehr über die Apokalypse als ein ganzer Saal voller Zeugen Jehovas. Und inzwischen auch mehr als der Professor. Vielleicht sollte er den Beruf wechseln, mit düsteren Worten vom kommenden Ende raunen und als Prophet des Untergangs eine Schar williger Jünger um sich versammeln? Das war auf jeden Fall besser, als dauernd Arbeiten darüber zu betreuen.

»Der Herr Student kriegt eine Leseliste von mir, dass er sich bis zum Herbst in Büchern vergraben kann«, entschied er.

»Der Rest ist erledigt: Die Promotion von diesem Siemens-Typen ist beim Verlag, Themen für die mündliche Prüfung sind abgesprochen, da wird nichts schief gehen. Außerdem gibt es ein paar Zulassungsarbeiten, die schon umgeschrieben sind und die noch zum Drucker müssen. Da sind auch schon die Laborberichte von diesem süßen Chemiker. Alles andere hat Zeit, nichts was jetzt ansteht. Also: Legen Sie gleich los?«

»Wenn ich dann in Ihrem Ansehen steige, Sabine, fange ich gleich an.«

»Ich glaube, Sie machen das, weil Sie ein guter Mensch sind.« Sie warf ihm eine Kusshand zu und ging ins Vorzimmer, um einige Briefe fertig zu tippen.

»Bilde dir nichts drauf ein«, warnte Drexler seinen Chef. »Sie ist Buddhistin, sie glaubt, dass alle Menschen gut sind. Du bist einer von vier Milliarden.«

»Sechs«, sagte Stahl, »du bist nicht auf dem aktuellen Stand.«

Weimar, April 1776

LENZ, DIESER DUMME KERL. GOETHE FLUCHT VOR SICH hin. Dumm und impertinent. Diese Schamlosigkeit, dieser fratzenhafte Hang zur Intrige, und das ihm! Ausgerechnet! Ihm eine Einladung nach Weimar abzupressen, dazu noch eine schriftliche Aufforderung des Herzogs, die dieser gerne aufsetzen ließ, sammelt er doch Dichter um sich wie andere Fürsten und Mätressen und ließ sich von Goethe nicht lange bitten. Was sollte Goethe auch tun? Angesichts von Lenzens Erpressungen? Angesichts der Briefe, die dieser zu veröffentlichen droht? Angesichts der Worte, die Goethe vor Jahren schrieb, leichten Herzens und mit flinker Feder, und die jetzt gleich einem dräuenden Unwetter seine Gegenwart überschatten. Lächerlich, dass das Spiel der Buchstaben auf dem Papier eingreifen würde in die Welt des Seins. Aber Lenz hat die Briefe, das ist wahr, und gegen diese Krankheit gibt's kein schnelles Remedium, das wird eine lange Kur. Goethe wird die Briefe kriegen, da ist er sich sicher, das schwört er sich, und dann geht es Lenz an den Kragen. Dann wird er ausgestoßen, vernichtet und sein Name getilgt.

Aber vorher muss er beschäftigt werden, damit er nicht zu plaudern beginnt. Goethe wird ihn einlullen in höfische Betriebsamkeiten, ihn Gedichtlein schreiben lassen und Stücke lesen, Hände küssen und Bilder malen und warten auf den günstigen Moment. Er hat sich alles zu sehr zu Herzen genommen, der arme Lenz, wollte nicht erwachsen werden und sein Lebtag kindische Spiele treiben. Aber Kinder, die mit dem Feuer spielen, brennen schnell ein ganzes Haus herunter. Sterben zwar auch in der Asche, aber dann ist's zu spät. Also Obacht, jeder Schritt will bedacht sein. Lenz soll zum Affen werden, zum Gespött der Leute, zum Narren am Hofe des Herzogs. Verlacht ihn der Hof, schenkt ihm niemand mehr Glauben, sagt er auch einmal die Wahrheit über eine Zeit, die längst vergangen ist. Dieser Tage soll Lenz kommen, man meldet ihn schon in Gotha, mag er eine Weile alleine verbringen. Er soll sehen, was er ist: ein Nichts, aus dem Staube gekrochen, so lange Goethe ihm nicht die Türn öffnet. Er soll wissen, was Goethe vermag. Das wird ihn zur Raison bringen.

Goethe weilt in Leipzig, als die Postkutsche aus Erfurt Lenz am Abend des zweiten Aprils in Weimar ausspeit. Der Regen läuft ihm in den Kragen. Die Kutsche wendet in weitem Kreis um Lenz und schleudert Kot und Schlamm auf den Frack. Der Postillon grinst ihn an, die Zähne gebleckt, als wollte er ihm an den Kragen, und fährt dann doch weiter. Lenz geht in die entgegengesetzte Richtung. Das Holz des Schrankkoffers drückt die zarte Schulter. Er ist das schwere Tragen nicht gewöhnt. Die Fenster blicken gleichgültig. Das einzige

Geräusch: das Pfeifen des Windes über die Dächer. »Ich in Weimar.« Er sagt es halblaut, zu sich selbst. »Ich in Weimar.« Immer wieder. Es ist sein Rosenkranz, sein Gebet. Jetzt bin ich in Weimar. Alles wird gut werden, die lange Not ist vorbei. Der Koffer ist schwer, so wenig er auch besitzt, es wiegt ihm zu viel. Es muss auf die andere Schulter. Er presst sich an eine Hauswand, sucht Schutz vor dem Regen und wuchtet den Koffer nach links. Der fällt nach vorne, Lenz reißt ihn zurück, zu heftig, er hält nicht das Gleichgewicht, das rechte Ärmchen will ihn noch heben und ist doch zu schwach. Die Schnallen lösen sich und die seidnen Strümpfe, das Hemd und die Nachtmütze liegen im Morast. Lenz klagt nicht. Vorsichtig stopft er die Habe zurück in den Koffer. Auch der ist voll Dreck. Er hievt ihn auf die rechte Schulter, sinkt in den Knien ein, kämpft sich hoch und wankt weiter. Weimar!

Von weitem schon sieht er den Schein der Kerzen durch die Fenster des *Elephanten*. Eine Frau lacht und Lenz hört den Klang eines Spinetts.

Nebenan: *Zum Erbprinzen*. Hier soll er einkehren, der Rat von Goethe. Lenz wagt einen Blick durch die Läden vor den Fenstern, aber die Scheiben sind blind. So tritt er ein, den Kopf gebeugt, den Körper grotesk verrenkt, um nicht an den niederen Balken zu stoßen. Drin ist die Luft schwer von Rauch. Gegen den Schein des Feuers sitzen Männer schweigend an einem schweren Tisch.

»Wo ist der Wirt?«, fragt er. Seine Stimme ist dünn. Einer rülpst. Mutwillig.

Stumm steht Stück neben Stück, nichts heißt ihn willkommen.

»Ich möchte hier nächtigen.«

Das Feuer knackt, ein Scheit bricht auseinander und Funken stieben.

»Das ist ein Gasthaus. Draußen steht das Schild. Ein Freund

hat es mir empfohlen. Er heißt Goethe. Johann Wolfgang Goethe. Ein guter Freund.«

»Gewiss doch. Goethe. Hätten wir das geahnt.« Die Stimme ist übertrieben hoch. Die anderen lachen.

Der Mann ist aufgestanden und wankt schwer auf Lenz zu. Einer ruft, was Lenz nicht versteht. Der Mann hebt seine Arme. Lenz will zurückweichen, aber da steht sein Schrankkoffer. Er stößt dagegen, sein Fuß schmerzt.

Da geht die Tür hinter der Theke auf, ein Lichtstrahl fällt auf einen feisten Kerl, der sich die Hemdzipfel in die Hose steckt und dabei noch einmal zwischen den Beinen kratzt.

»So spät am Abend noch ein Gast?« Der Wirt ist verwundert. Es kommen in letzter Zeit häufig Fremde in die Stadt, aber die nächtigen nicht bei ihm. Die meisten sind irgendwo bei den Hofleuten untergebracht. Oder nebenan, im *Elephanten*. Aber der sieht nicht so aus, als könne er sich eine Nacht dort leisten.

»Ein Zimmer bitte, für ein paar Tage vielleicht.«

»Er stinkt. Der hat sich im Dreck gewälzt. Gib ihm nicht dein Bestes.«

Der Kerl schnuppert an ihm. Der Wirt grunzt zustimmend. Ein bestes Zimmer gibt es hier nicht.

Wortlos winkt er Lenz nach oben.

Sechs Augenpaare sehen ihm zu, wie er den Koffer stemmt und den Kopf senkt, um dem Wirt zu folgen. Die Stiegen sind eng und steil. Das Zimmer kalt und klein und das Bett voller Wanzen. Lenz bedankt sich. Er kleidet sich aus, zieht das Nachthemd an und legt sich aufs Bett. Ich bin in Weimar. Immer wieder, mit einer tonlosen Stimme. Alles wird gut. Goethe wird ihm helfen. Trotz alledem. Und mit dem Namen des Freundes auf den wunden Lippen schläft Lenz ein.

Am vierten April kehrt Goethe zurück und besucht sofort Lenz, den alten Freund, den Erpresser. Die Begrüßung ist kurz, aber innig.

»Freund!«
»Bist's?«
»Bin's!«
Sie fallen sich in die Arme. Lenz schließt die Augen und gedenkt der Umarmungen früherer Tage. Goethes Augen sind offen. Er sieht den gesprungenen Waschtrog neben dem dreckigen Bett und den kotigen Koffer mit dem erbärmlichen Inhalt. Er weiß, was er zu tun hat, damit der ihm nicht schadet. Lenz wird keine ruhige Minute haben, den wird er beschäftigen von morgens bis nachts.

Lenz erzählt von seiner Reise, den Freunden und Bekannten, die er unterwegs besucht hat. Müller in Mannheim, Merck in Darmstadt, Gotter in Gotha, Goethes Mutter in Frankfurt. Goethe soll sehen, dass er kein einsamer Wanderer ist, der in Weimar Einlass begehrt, sondern einer, den man schätzt in der Welt der Literatur. Ein junges Genie, geehrt und geachtet, wenn auch nicht so wie Goethe, das weiß er selber, aber immerhin: Er ist kein Niemand. Goethe lässt ihn gewähren. Lenz soll sich sicher fühlen. Kein Wort von den Briefen. Nie. Die wird er schon kriegen. Lenz liest ihm vor, Dramenskizzen, kleine Lieder, ein Brief, den Goethe dem Herzog geben soll mit einem kleinen Gedicht:

Ein Kranich lahm, zugleich Poet
Auf einem Bein Erlaubnis fleht
Sein Häuptlein, dem der Witz geronnen,
An Eurer Durchlaucht aufzusonnen.
Es kämen doch von Erd' und Meer
Itzt überall Zugvögel her,
Auch wollt' er keiner Seele schaden
Und bäte sich nur aus zu Gnaden,
Ihn nicht in das Geschütz zu laden.

Goethe beißt sich auf die Lippe. Von wegen: keiner Seele schaden. Ihm würde er schaden, vor den Augen des ganzen Hofes, wenn er nicht Acht gab. Am besten wäre es tatsächlich, man würde ihn in das Geschütz laden. Aber der Freund sieht ihn so arglos an. Das muss er ausnützen. Lenz liebt ihn noch immer.

Sowjetisch besetzte Zone, Juni 1945

ABENDS ORGANISIERTEN SIE EIN ABSCHIEDSBESÄUFNIS MIT dem Wodka, den der Kalfaktor aus Kartoffelschalen brannte. Die Reste eines Schreibpultes flackerten in ihrer Feuerstelle.

»Wir kommen zum Geheimdienst«, erklärte Wladimir den Kameraden. Seine Stirn glänzte im Schein der Flammen. »Deshalb suchen sie jemanden, der Deutsch spricht. Wir trinken Champagner, essen jeden Tag Fleisch und verhören reiche Nazi-Witwen. Und dann machen wir uns an die Töchter ran.«

»Vielleicht finden wir raus, wo die Nazis ihr ganzes Gold gelagert haben, und verprassen alles in Paris. Dort gibt es die besten Nutten der Welt. Wir ficken uns tot.«

»Wir baden jeden Tag und lassen uns massieren.«

»Und denken an den verlausten Haufen hier.«

»Vielleicht schicken wir euch eine Karte.«

»Oder ein parfümiertes Briefchen.«

»Nichts werdet ihr.« Der 20-Jährige, der ihre Fantasien unterbrach, war keiner von ihnen. Er gehörte zu den Alten, sie kannten einige seiner Geschichten. Der Kolben seines Karabiners hatte sechs Kerben.

»Wisst ihr, was ihr tun werdet, ihr Pisser? Ihr werdet Leichen in einem Konzentrationslager aufstapeln und anschließend verbrennen. Und aus Bergen von Akten die Namen der

Opfer raussuchen. Hunderte, Tausende. Zehntausende. Das werdet ihr, Pisser. Ihr werdet's sehen.«

Er trank mit einem Schluck die Flasche leer und warf sie ins Feuer. Mit einem blauen Zischen verbrannte der Rest des Wodkas.

Das stopfte ihnen das Maul. Eine Weile saßen sie noch schweigend ums Feuer, bis die Glut allmählich schwächer wurde. Nach und nach legten sich alle schlafen. Zum Schluss waren nur Alexander und Wladimir noch übrig.

»Woher kannst du Deutsch?«, fragte Wladimir.

»In Wirklichkeit kann ich nur Englisch«, flüsterte Alexander. »Das habe ich aus Büchern gelernt. Und ich habe mir ein Radio gebaut, damit konnte ich BBC hören. Ein englischer Sender. Ich kenne also nur die deutschen Buchstaben. Wir müssen ja nicht Deutsch sprechen, sagen sie. Lesen und schreiben genügt. Das schaffe ich schon. Mit deiner Hilfe. Aber ich habe es hier nicht mehr ausgehalten. Schlimmstenfalls schicken sie mich zurück. Und du?«

»Deutsche Großmutter.« Wladimir spuckte die zwei Worte in den Dreck und verzog das Gesicht.

»Scheiße«, sagte Alexander. Er rückte von Wladimir ab. Der starrte in das zusammengefallene Feuer. Unter der grauen Asche glimmte es rötlich.

Freiburg, Juni 2001

EIN SONNENSTRAHL GLITT DURCH DIE FENSTERScheibe, prallte an der Spiegeltür des Kleiderschrankes ab und landete auf dem Gesicht von Udo Stahl. Er öffnete die Augen. Vier Stockwerke unter ihm rumpelten Lastwagen über Straßenbahnschienen und ließen sein Bett vibrieren. Es war der 19. Juni, 7.32

Uhr. Ein Funkwecker, der wusste es genau. Er drehte sich um und öffnete die Augen. Das Kopfkissen neben ihm war unberührt. Die aufgeschlagene Bettdecke darunter war faltenlos und roch nach Waschmittel. Er legte seinen Arm auf die Seite und ließ ihn auf die Stelle des Bettes gleiten, an der ihr Bauch liegen sollte. Mechanisch kraulten die Finger das Leintuch.

Mit dem Licht der Sonne drang der Tag in ihn ein. Die Welt der Träume zuckte zurück wie eine Schnecke, die man an den Stielaugen berührt hat, und verkroch sich unerreichbar weit hinten in den verborgensten Windungen seines Hirns. Er schloss wieder die Augen in dem Versuch, den Traum nicht ganz entwischen zu lassen, um ein Stück davon mitzunehmen in diesen Morgen, aber vergeblich. Da war nichts. Keine Spur. Wie jeden Morgen, seit jenem Tag im Mai vor zwei Jahren. Damals war seine Frau mit ihrem Motorrad gegen die Leitplanke gerast. Sie wollte einem Geisterfahrer ausweichen. Seitdem hatte er keine Erinnerung mehr an seine Träume. In den Tagen und Wochen nach ihrem Tod hatte er gedacht, er träume überhaupt nicht mehr. Dann merkte er, dass er sehr wohl träumte, aber nie eine Erinnerung an den Inhalt dieser Träume in den nächsten Tag retten konnte. Anfangs hatte er sich den Wecker auf zwei oder drei Uhr nachts gestellt, um sich selbst beim Träumen zu ertappen, aber selbst diese Überraschungsangriffe waren zwecklos. Das deprimierte ihn. Die Erinnerung an Marianne begann in letzter Zeit immer mehr zu verblassen. Manchmal konnte er sich den Tonfall ihrer Stimme nicht mehr ins Gedächtnis rufen, er war sich zwar sicher, was sie ihm in einer bestimmten Situation sagen würde, aber nicht mehr, wie. Er vergaß die Farbe ihrer Augen. Der Duft ihres Körpers wurde immer unbestimmter. Nach ihrem Tod hatte er sich wochenlang ihr Nachthemd über den Kopf gelegt, bis es nicht mehr nach ihr roch, sondern nur noch nach seinen Haaren. Er konnte sich nicht mehr an das Gefühl erinnern, wie es war, wenn sie ihn küsste. Sie hatte ihn oft geküsst, mit weichen Lippen und einer Sinnlichkeit, die ihn auch nach Jahren noch immer berührt hatte, das wusste er, aber das waren Worte, tot und ohne Wert. Das Gefühl war weg. Von daher hoffte er auf die konservierende Kraft seiner Träume. Hier glaubte er ein lebendiges Bild seiner Frau bewahren zu können, einen echten Eindruck, der alle Sinne umfasste.

Stahl stand ächzend auf und kratzte sich den Bauch. Er war sich seiner 43 Jahre deutlich bewusst. Morgens schmerzte ihn die Lendenwirbelsäule, und seine Krankengymnastin wollte ihn nicht länger nur massieren, sondern zu Gymnastikübungen zwingen. Seit kurzem kam auch ein stechender Schmerz in seinem Knie dazu. In der Kniebeuge hatte sich eine Art Zyste gebildet, die mal größer wurde und mal kleiner.

Auf der Ablage im Bad stand der halb volle Flakon mit Chanel N° 5 neben ihrem Lippenstift und dem Glasbecher aus dem letzten gemeinsamen Urlaub in Venedig, voller stumpfer Kajalstifte, Wimperntusche und diversen Parfumproben, die sie immer irgendwo bekommen und nie benutzt hatte.

Stahl starrte in den Spiegel und zauste seine Haare einigermaßen in Form. Die Stoppel am Kinn sahen verwegen aus. Bei seinem Bartwuchs müsste er sich eigentlich zweimal täglich rasieren. Nach 24 Stunden hatte er schon einen Dreitagebart. Er schlug Schaum in dem Holzschälchen und verteilte ihn im Gesicht. Anschließend zog er das Rasiermesser ab und fuhr vorsichtig über seine Wangen. Seine Ansichten über das, was eine richtige Rasur ausmacht, waren der konservativste Aspekt seines Daseins, hoffte er zumindest.

Stahl zog sich ein frisch gebügeltes Hemd an, den schwarzen Anzug und band sich die maßgeschneiderten englischen Schuhe, die er sich in einem Anfall von Übermut einmal hatte machen lassen. Keine Krawatte. So hätte Marianne ihn nicht aus dem Haus gehen lassen. Stahl hatte daher ein schlechtes Gewissen. Er stieg die Treppe hinunter, grüßte den türkischen Lebensmittelhändler im Erdgeschoss mit einem Nicken, überquerte die Schwarzwaldstraße und ging die wenigen Meter zu dem Café. Dort las er, nachdem ihm der Kellner einen Espresso, eine Brioche und die FAZ gebracht hatte, den Kulturteil und ärgerte sich wie üblich darüber. Am Nachbartisch saß ein greises Paar. Sie kicherten zahnlos über die Todesanzeigen der regionalen Zeitung.

Genau 30 Minuten später zahlte er, stieg in die Straßenbahn und fuhr in sein Büro. Es lag im zweiten Stock eines Wohn- und Geschäftshauses, dessen Erdgeschoss von einem Sexshop eingenommen wurde. Stahl war oft dort, weil er die Garage seines Büros an einen Angestellten des Ladens vermietet hatte. Der hatte ihm die Miete nie überwiesen, sondern immer bar bezahlt. Mit einem Lappen sorgte er dafür, dass die Videokabinen nach Benutzung wieder sauber waren. Stahl hatte immer ein ungutes Gefühl gehabt, wenn er die Geldscheine von ihm bekam. Die waren irgendwie klebriger als sonst.

Er fuhr den Computer hoch, sah gelangweilt aus dem Fenster und wunderte sich, dass schon um diese Zeit Kunden Bedarf an Sexartikeln hatten. Liegt vielleicht an der Jahreszeit, dachte er. Die Sonne scheint, und die Hormone machen Betriebsausflug. Bevor er sich jedoch ausgiebig Gedanken über seinen eigenen Hormonhaushalt machen konnte, stürmte Drexler ins Vorzimmer. Braun gebrannt, breitschultrig, gut gelaunt.

»Morgen Chef!«, dröhnte sein sonorer Bass.

Stahl verzog das Gesicht.

»Wenn ich das nächste Mal jemanden einstelle, achte ich darauf, dass er nicht aussieht wie aus der Unterhosenwerbung des Otto-Kataloges«, antwortete er ihm. »Sonst bekomme ich noch ein schlechtes Gewissen wegen deines Gehalts.«

Drexler knickte in den Knien ein, ließ die Schultern hängen, Kopf nach vorne sinken und schob den Bauch raus.

»So besser, Chef?«, erkundigte er sich.

»Viel besser«, lobte ihn Stahl. »Bei so viel ungebremster Männlichkeit am frühen Morgen bekomme ich sonst Sodbrennen. Und zusammen mit allen anderen Leiden, die einen alten Mann so quälen, wird mir das Leben dann zur Last.«

»Das Leben ist keine Last, weil du leidest. Das Leben ist für dich eine Last, weil du die falsche Haltung zum Leiden entwickelst. Du kümmerst dich um dein Leiden, so wird es gefüttert und wächst immer größer, sagt Sabine jedenfalls. Wo wir beim Thema sind: Was machen die Bandscheiben?«

Stahl verzog das Gesicht. »Die lasse ich mir heute Nachmittag massieren, während du alles über das Verhältnis von Lenz und Goethe rauskramst. Du warst doch mal Deutschlehrer. Da hast du schon mal von Goethe gehört. Aber Lenz hast du sicher nie im Unterricht behandelt. Also, mache die übliche Recherche, aber achte auf Sachen, die brenzlig sein könnten. Finde raus, was die beiden miteinander zu tun hatten, warum das Thema etwas hergibt für eine Doktorarbeit und was daran so brisant ist, dass unsere Bettina darüber verschwindet. Ich gehe inzwischen zu den Eltern und lasse mir ihre Unterlagen zeigen. Oder würdest du das lieber tun?«

»Ich geh ja schon.« Drexler stand auf. »Ich nehme an, dass ich den ganzen Tag dafür brauche. Trinken wir heute Abend ein Bier und ich erzähle dir, was ich herausgefunden habe?«

Stahl lächelte. Drexler wollte ihn unter die Leute bringen. Das war nett. Nett, aber überflüssig. Er brauchte keine Gesellschaft. Trotzdem stimmte er zu. Wenn Leute freundlich zu einem sind, darf man sie nicht vor den Kopf stoßen.

Drexler polterte ins Vorzimmer und ließ die Tür ins Schloss fallen. Dich wird man nie überhören, dachte Stahl, da muss ich mir keine Sorgen machen.

Er suchte die Visitenkarte mit Böhlers Nummer aus seiner Schreibtischablage und begann zu wählen.

Sie vereinbarten einen Termin um elf Uhr, das gab Stahl die Zeit, die er an dem Morgen noch benötigte. Er holte den Wagen und fuhr zum Hauptfriedhof. Die Frau an der Kasse der Friedhofsgärtnerei nickte ihm freundlich zu. Sie mochte diesen stattlichen Herrn mit der guten Kleidung, dem intelligenten Gesicht, dem traurigen Blick aus tiefbraunen Augen und den festen Gewohnheiten und gab ihm den Strauß Rosen, nach dem er immer verlangte. Stahl spazierte mit verhaltenem Schritt die verschlungenen Pfade entlang und genoss den Schatten der Linden. Der Wind ging durch die Blätter, sie rauschten sacht. Er ging eingehüllt in den schweren Duft der Rosen in seiner Hand, deren kühle und feuchte Stängel angenehm in seiner Hand lagen.

Am Grab angekommen, ging er in die Hocke, nahm die verwelkten Rosen aus der Porzellanvase und stellte den frischen Strauß hinein. Er wischte ein paar Blütenblätter weg, die sich an der rauen Oberfläche des Marmorklotzes verfangen hatten. Stahl stand auf, holte Wasser, goss das Beet mit den Küchenkräutern und füllte die Vase nach. Hockte sich wieder hin und wartete. Er hatte den Anspruch an sich, in ein stummes Gespräch mit Marianne zu treten. Er hoffte, dass Worte aufstiegen, aus den tiefsten Tiefen seiner Seele oder sonst wo her, denn an eine Seele glaubte er eigentlich nicht, dass also irgendwoher Worte kämen, die er an sie richten würde. Dass eine Form der Kommunikation entstünde und er mit seiner Rede eine Brücke bauen würde ins Reich der Toten, welches sie so unerreichbar machte und so sehr in sich barg, dass er eifersüchtig wurde.

Sein Warten war ein Ritual, das er vollzog, ohne an ein Ergebnis zu glauben. Wie ein Gebet in einen leeren Himmel, das kein gütiger Gott erhören wird und das einer doch betet, voll

Inbrunst und Verzweiflung darüber, dass diese Inbrunst nicht echt ist.

Er erinnerte sich an einen Cartoon aus einer Frauenzeitschrift, den Marianne ihm einmal an die Pinnwand geheftet hatte. Darauf blicken ein Mann und eine Frau eng umschlungen in den Sonnenuntergang, und die Frau denkt: »Hoffentlich sagt er bald was.« Aus dem Kopf des Mannes steigt eine Gedankenblase, und er denkt: »Hoffentlich sag ich bald was.« Genau so fühlte sich Stahl. Die Hocke wurde unbequem, seine Füße schliefen langsam ein, und die Zyste in seinem rechten Knie schmerzte. Das tat ihm gut. Er bestrafte sich für seine Unfähigkeit zur Kommunikation und tat Buße. Sie war tot, da konnte er auch ein wenig leiden.

Als er aufstand, konnte er sich zuerst kaum auf den Beinen halten, sein Kreislauf klappte zusammen, aber Stahl war trotz der Selbstkasteiung unzufrieden mit sich.

Unglücklicher als er hergekommen war, verließ er den Friedhof. Er nahm den breiten Hauptweg, der direkt zum Ausgang führte, setzte sich ins Auto und fuhr los. Aus der Friedhofsgärtnerei blickte ihm die Kassiererin hinterher. Sie war sich sicher: Sie könnte ihm helfen. Die Trauer aus seinem Blick streicheln. Den Kummer aus seinem Herzen küssen. Und den Anzug aufbügeln, der hatte das dringend nötig.

Weimar, April 1776

DIE NÄCHSTEN TAGE HETZT GOETHE LENZ DURCH WEIMAR.

Sie besuchen Charlotte von Stein. Lenz ist gerührt. Ihr zartes Gesicht! Die Augen, in denen immer wieder für Momente alles Leben erlischt! Vier Kinder tot und ihr Mann ein Pferdenarr. Dann zum Herzog. Ein junger Bursch, gerade 18 geworden. Er lässt sich duzen von seinen Dichtern, flucht und säuft. Sie hetzen ihre Gäule über die Felder. Springen nackt ins eiskalte Wasser. Zocken die Nächte durch.

Die Mutter des Herzogs lässt sich von Lenz vorlesen. Sie mag seine Stimme, so zart und klar. Er übersetzt englische Dramen für sie. Kommentiert die Stücke in seiner muntren Art. Auch Wieland schätzt den guten Jungen. Ein wenig keck, er solle sich beherrschen, aber da ist ein reines offenes Herz.

In Weimar sind die Rollen vergeben: Goethe, der heimliche Strippenzieher, hält alle Fäden in der Hand. Der junge Herzog, der lärmende Rädelsführer. Wieland, der Mahner, weise und alt. Philosoph Herder, tiefgründig und trocken. Klinger, der Gast, den niemand recht will. Lenz nimmt die Rolle, die bleibt: die des Narren. Seit er hier ist, vergeht kaum ein Tag, wo er nicht den einen oder anderen Streich ausführt, der jeden andern als ihn in die Luft sprengen würde. Dafür wird er freilich auch was Rechtes geschoren: Einmal zerbröselt der Herzog Geldscheine und schiebt sie Lenz in den Mund. Der muss sie schlucken. Verliert er beim Kartenspiel, setzen sie ihm die Eselsmütze auf den Kopf, lassen ihn auf allen Vieren laufen und *Iiaahh* brüllen. Seine Stücke lässt man sich vorlesen und verlacht sie dann. Am lautesten lacht Lenz.

Noch hat Goethe nicht, wonach er sucht, aber er tut alles dafür. Doch zuerst muss er weg, raus vor die Tore der Stadt. Bisher wohnt er noch hinter der Wache beim Hofkassierer König. Zweimal hat Lenz dort eine degoutante Szene aufgeführt. Begann zu weinen. Stammelte von ihren Treffen in den Auen bei Straßburg. Schluchzte und schrie und ließ sich kaum beruhigen. Der Hofkassierer hatte Goethe am nächsten Tag seltsam angesehen. So geht es nicht weiter. Das Haus mit Garten in den Ilmwiesen ist besser. Hier kann er den Verstörten brüllen lassen, ohne die langen Ohren des Hofes zu fürchten. Goethe zieht um.

Am 23. fasst er seinen Plan. Er wird die Briefe bekommen und einen Grund, Lenz aus Weimar zu verstoßen. Ein Hofball *en masque* ist geplant für den 25. April. Goethe lädt Lenz ein, sie sprechen davon. Verwerfen verschiedene Kostüme. Ein blauer Harlekin wäre ja hübsch, aber andererseits: ein roter Domino ist noch schöner. »Das würde dir stehen, Lenz«, meint Goethe. »Feuerrot. Du brennst doch auch. Und ich nehme den Harlekin. Wir tanzen die adeligen Misels durch den Saal. Die werden Augen machen. Wir sehen uns dort. Abends. Schlag neun Uhr.«

Nie plant Goethe, zu dem Ball zu gehen. Lenz wird dort sein und sich blamieren. In Straßburg sind die Bälle für alle Stände offen. Nicht in Weimar, hier tanzt nur der Adel. Und nur der darf die roten Kostüme tragen. Nie kleidet ein Bürgerlicher sich damit. Das weiß Lenz nicht, der arme Tropf. Wie könnte er auch. Achtet ja nie auf die Etikette, sondern verspielt seine Tage wie ein Bub auf dem Land. Das wird eine Blamage! Grund genug, ihn der Stadt zu verweisen. Vorausgesetzt, Goethe findet die Briefe.

Lenz besorgt sich von dem Louisdor, den Goethe ihm zusteckt, das rote Kostüm. Um halb neun verlässt er die Kammer im Gasthaus. Die Maske in der Tasche, den schwarzen Umhang um den Körper gelegt. Nur über den Stiefeln sieht man den roten Saum seiner Hosen. In der Gaststube drehen sie sich nicht mehr nach ihm um. Er ist einer von ihnen geworden. Ein Verlorener. Er weiß nichts davon.

Kaum ist er draußen, betritt ein Vermummter die Stube. Ist schon durch die Gaststube durch, bevor die Männer am Feuer ihn bemerken. Er drückt dem Wirt einen Beutel in die Hand, nimmt den Schlüssel entgegen, stürmt die Stiegen hoch. Dort muss er durchatmen. Unangenehme Situation. Und doch, er wird's zwingen. Er schließt die Tür zu Lenzens Zimmer auf, tritt ein, nimmt die dunkle Kapuze vom Kopf. Viel gibt es hier nicht zu sehen, irgendwo muss das Päckchen ja sein. Auf einem kleinen Regal in der Ecke einige Bändchen: Herders Fabeln, Homer, einige Landkarten aus Frankreich, ein Dictionnaire, der Julius Caesar. Ein Buch über Kriegsbaukunst, zwei Päckchen Papier der billigsten Sorte. Goethe blättert hastig alles durch. Keine Briefe. Nirgends. Er fingert durch den Stapel Wäsche. Einige Samthosen, ein paar alte Hemden, die Nachtmütze und der Haarbeutel. Nichts. In der Ecke des Zimmers der Koffer von Lenz, die Schnallen offen. Darin ein Pack Papier, unbeschrieben. Widderhörner. Goethe schüttelt den Kopf. Leise, unwillkürlich. Siegellack. Ein paar Tabakkrümel. Keine Briefe. Goethe blickt in den Waschkrug. Leer. Er nimmt die schwere Wolldecke vom Bett. Kakerlaken huschen in die Ritzen der Wand. Nichts. Unter der Matratze: Dreck aus Jahrzehnten. Ein rostiges Messer. Zerquetschte Wanzen. Er flucht. Tastet über die Dielenbretter. Sie sitzen fest und ohne Spalt, eine Hand hineinzustecken. Die Wand ist grob verputzt. Kein Versteck für das, was er sucht. Er schaut aus dem Fenster. Es geht auf einen stinkenden Hof voller Unrat. Er versucht es zu öffnen. Das Holz ist verzogen, es klemmt, keinen Zentimeter bewegt sich das. Goethe gibt auf. Er tut es so bestimmt, wie er hineingekommen ist, ohne zu zögern, ohne zurückzublicken, mit einer einzigen Entscheidung. Zieht die Kapuze über und verlässt den Gasthof unerkannt und schnell.

Es ist nicht weit zu seinem Haus. Der Nebel steht kniehoch über den fetten Wiesen am Flüsschen, und Goethe kann seine Füße nicht sehen. Es ist ihm, als fliege er heim.

Am nächsten Morgen berichtet ihm Herr von Kalb über Lenz. Der tat, was Goethe ihm geraten. Wie ein roter Pfeil drang er durch die Menge der Leiber in grellen Kostümen, den Duft der Speisen, die tanzenden Lichter und die Musik. Er stürmte voran auf sein Ziel, das unschuldig stand an der Hand seiner Mutter und dem Treiben scheu zusah. Rot wurden die

Wangen des Fräuleins von Lasberg, rot wie das Kostüm des Dominos, als der sie zum Tanz forderte. Nicht forderte, wie die Etikette das vorsah, vielmehr von der schützenden Hand der Mutter zerrte und auf die Tanzfläche riss. Lenz tanzte. Ohne Anstand, mit dem Feuer der Jugend und den linkischen Bewegungen, über die die Freunde oft spotteten. Er nahm den Takt der Flöten und Trommeln auf, verdoppelte seine Geschwindigkeit, schlug Synkopen mit seinen Füßen, wedelte mit den Händen und zuckte die Schultern. Das Fräulein wusste nicht, wie ihm geschah. Seine Hand brannte auf ihrer Haut. Seine Wirbelsäule begann hin und her zu schaukeln. Das war weiß Gott nicht schicklich. Schweiß trat auf ihre Stirn, als sie versuchte, seinen Bewegungen zu folgen. Jetzt hüpfte er in kleinen Sprüngen um sie herum. So hatte sie das nie gelernt. Längst hatten die anderen Paare aufgehört zu tanzen und äugten auf den Wirbel in ihrer Mitte. Der rote Domino zuckte, wie von Blitzen getroffen. Seine Lende schlug nach vorne. Das Fräulein prallte entsetzt zurück.

Doch plötzlich ging ein Raunen durch den Saal. Ein Sinn verschloss sich, ein anderer tat sich auf. Die Zuschauer wurden Zuhörer, die einem Gerücht lauschten, das mit einem Male aufgetaucht war, irgendwo, am Rande der Tanzfläche. Dort fielen die Worte, die Wellen warfen, wie ein Stein im Wasser, sich unaufhaltsam ausbreiteten und schließlich durch den ganzen Saal brandeten, so dass bald jeder die Ungeheuerlichkeit vernommen hatte: »Das ist ein Bürgerlicher!«

Die Musik verstummte. Der Domino stand mit einem Mal. Das Fräulein starrte ihm in die Augen, gedemütigt und unfähig, sich zu befreien. Ein verkleideter Ritter fasste sich ein Herz, trat zu ihm und riss ihm die Maske vom Gesicht.

»Lenz!« Jetzt hatten sie ihn erkannt. Jetzt wollten alle dabei sein, ihn hinauszuwerfen. Hände griffen ihn überall, im Genick, an den Haaren, den Schultern. Der Arm drehte sich im

Gelenk. Jemand hob ihn hoch, packte seine Füße. Das Kostüm zerriss. Eine Faust drückte die mageren Rippen. Sie johlten vor Freude und Aufregung. Das war ein Fest. Eine Hand traf sein Gesicht. Er schmeckte das Blut. Er verstand nicht die Worte, die wer in seine Ohren brüllte. Sie waren zu laut. Dann spürte er die kühle Luft des Abends an seinen Wangen. Er wurde einen Moment in die Luft gehoben und schwebte ganz leicht, ganz befreit von der Last des Daseins, wie ein Blatt, das der Wind sacht auf seinen Armen schaukelt, war eine unendliche Sekunde lang schwerelos und fast glücklich und stürzte dann über eine Marmorbalustrade nach unten. Er lag auf einer Wiese. Das Gras war weich und feucht.

Goethe lacht Tränen über diese Geschichte. Sofort schreibt er an Charlotte: »Liebe Frau, gestern hatte ich einen guten Tag. Addio. Lenzens Eseley von gestern Nacht hat ein Lachfieber gegeben. Ich kann mich gar nicht erholen.«

Lenz sieht er am Nachmittag. Noch ein wenig geschunden schaut der Freund aus. Schorfige Nase und Flecken im Gesicht. Er macht Goethe keine Vorwürfe, dass er ausgeblieben war. Goethe darf das, denkt Lenz. Er darf fast alles. Aber das Hofpack soll aufpassen: »Mit all solchem höfischen Distriktionskram sollt ihr mich ein für alle Mal ungeschoren lassen, wenn ihr nicht wollt, dass ich sogleich wieder umkehre und mein Bündel schnüren soll.« Da zuckt Goethe zusammen. Das darf nicht sein. Lenz muss bleiben, so lange er nicht weiß, wo er die Briefe hat. Vielleicht hat er es ein wenig zu weit getrieben. Jetzt wird er ihn schonen, den Freund, sonst geht er vor der Zeit.

Sowjetisch besetzte Zone, Juni 1945

AM NÄCHSTEN MORGEN WARTETEN WLADIMIR UND Alexander vor dem Eingang der Schule darauf, abgeholt zu werden. Sie sprachen nicht. *Non scholae, sed vitae discimus* entzifferte Wladimir in dem roten Sandsteinportal über ihren Köpfen. Granatsplitter hatten einzelne Buchstaben fast ausradiert. Ein Motor heulte auf, und einen Augenblick darauf fuhr ein Geländewagen der Roten Armee vor. Am Steuer saß ein grinsender Mongole mit einer Papirossa im Mundwinkel. Er ließ den Motor laufen, während die beiden ihre Tornister auf die Ladefläche warfen und sich auf die Pritsche schwangen. Der Wagen holperte über Straßen voller Schlaglöcher und Pfützen Richtung Westen. Die Landschaft war weit und leer. Die Städte standen verbrannt und abweisend und rochen nach Tod.

Ihr Fahrer sprach kaum Russisch. Aber er fuhr gut. Kein einziges Mal holperte er durch einen Granateinschlag. Mit seinen kräftigen Händen riss er das Lenkrad von der einen auf die andere Seite und versetzte so den Wagen in eine Pendelbewegung, die zwar die Reifen schonte, nicht aber die Insassen, die mühsam versuchten, sich nicht zu übergeben. Fast hätten sie es geschafft. Der Mongole grinste.

Nach fünf Stunden Fahrt bremste er plötzlich und fuhr rechts ran. Er zeigte auf einen Kiesweg, der von der Straße durch einen Garten führte, und scheuchte sie aus dem Auto. Beim Wenden wirbelte er Staub in ihre Gesichter. Hustend und fluchend gingen sie durch die Toreinfahrt.

Der Weg war gesäumt von Rosen. Die Luft war schwer von ihrem Duft. Bäume waren zurechtgestutzt zu Kegeln, Rechtecken oder Kugeln. Das Haus hatte den Krieg besser überstanden als alle Gebäude, die beide seit langem gesehen hatten. Durch den Herbsthimmel schien ein Sonnenstrahl auf die roten Dachziegel, die Fenster waren verglast, und der Verputz leuchtete frisch und rein. Die Haustür hatte einen Klopfer aus schwerem Messing.

Vor der Tür las Alexander halblaut und stockend vor: »Komitee für Angelegenheiten der Kultur- und Bildungs-Behörden«.

»Das sind wir«, erklärte Wladimir. »Sicher ein Tarnname, die können hier ja nicht hinschreiben: GEHEIMDIENST.«

Er zögerte kurz. Dann packte er den Messingklopfer und ließ ihn gegen die Tür wummern.

Sie starrten den Mann an, der ihnen öffnete und sie begrüßte. Er trug eine dünne Drahtbrille, die Bügel hinter seine abstehenden, fast durchsichtigen Ohren geklemmt. Der Blick ging an ihnen vorbei ins Leere. Sein Gesicht war eingefallen, wie Pergament spannte sich die Haut über die Wangenknochen. Der Hals schien den großen Kopf kaum halten zu können, dieser sank immer wieder schwer nach vorne und wurde ruckartig hochgezogen. Die knochigen Schultern zuckten ebenfalls in einem unregelmäßigen Rhythmus, als ob sie an unsichtbaren Fäden von einem grausamen Puppenspieler nach oben gerissen würden. Dafür war die Stimme warm und tief und schien aus einem anderen, volleren Körper zu stammen.

»Lipschitz. Jakob Lipschitz«, stellte sich der Mann vor. »Ich habe euch erwartet.«

Munzingen, Juni 2001

Munzingen ist ein Winzerdorf einige Kilometer westlich von Freiburg. Es war früh, Stahl hatte genügend Zeit und legte seine Lieblingskassette ein; Musik aus einer Zeit, in der sein Leben noch so intakt war, dass er sich an fremder Trauer berauschen konnte. Er kannte den Text längst auswendig und sang leise mit:
»Da war eine Welle, die spülte mich fort,
von da, wo ich war, an 'nen anderen Ort.
Sie brachte mich um und ließ mich auferstehn.
Ich lag auf dem Sand und konnte nicht mehr gehn.
Mit Hey und mit Ho und mit Regen und Wind,
da war ich wieder ein kleines Kind.«
Er schwebte auf der monoton klagenden Musik durch die Hügellandschaft des Tunibergs und genoss seine Melancholie. Die Reben standen voll im Saft. Lerchen stiegen jubilierend auf und ließen sich dann senkrecht hinunterstürzen. Bussarde lauerten am Himmel, Schwalben zersichelten die Luft. Er dachte an seine Frau. Sie hatten sich in diese Landschaft verliebt, sie in langen Spaziergängen zu einem Teil von sich selbst gemacht, sich die Schönheit dieser Welt einverleibt: die Kirschen gepflückt und Walnüsse gesammelt, Spargel gestochen und aus Fallobst Apfelmus gekocht. Und den Wein getrunken, oft und viel. Jetzt war es immer noch schön, die Luft war weich und warm, die Vögel machten die Töne, die man von ihnen erwartete, die Weinstöcke waren da, wo sie schon immer waren, aber die Welt schwang nicht mehr in ihm nach. Der Resonanzkörper war zerbrochen. Stahl fragte sich, ob das so bliebe.

Über eine Schotterstraße durch die Lößhügel fuhr er nach

Munzingen. Er solle sich am Schloss orientieren, hatte Frau Böhler ihm gesagt. Vor dem Schloss rechts in die Keidelstraße und dann das dritte Haus auf der linken Seite. Der Weg war leicht zu finden. Ein gusseisernes Gitter umschloss den Garten und die Einfahrt zum Haus, die Spitzen vergoldet und geschwungen und dennoch abweisend und drohend. Stahl parkte in der kleinen Straße und fand die Klingel in einer Betonsäule neben dem Zeitungsbriefkasten. Die Tür öffnete sich mit einem leisen Klacken, und er ging über den schwarzen Asphaltstreifen neben den Blumenrabatten zum Haus. Das Haus sah aus, wie die Häuser in diesen Bausparersiedlungen nun einmal aussehen, die sich wie Krebsgeschwüre in die Landschaft hineinfressen.

Das Ehepaar wartete an der Tür. Stahl und Frau Böhler stiegen in den Flur des Obergeschosses und von dort über eine hölzerne und enge Wendeltreppe in das Zimmer der Frau, die er suchen sollte.

Der Vater blieb im Wohnzimmer. Er will sich den Anblick des leeren Zimmers seiner Tochter wohl ersparen, dachte Stahl. Die Mutter ist immer der stärkere Elternteil.

Es war ein seltsames Gefühl, das Zimmer einer jungen Frau zu betreten, ohne ihr selber begegnet zu sein. Wie ein Übergriff, dessen war Stahl sich bewusst, ein Übergriff, der ihn auf unbestimmte Weise mit der Frau verbinden würde, obwohl das Zimmer selber bemüht war, kaum etwas von der Persönlichkeit seiner Bewohnerin preiszugeben. Die Wände waren kahl, keine Poster, Plakate, Pinnwände oder was Stahl sonst von einer 26-Jährigen erwartet hätte. Die mit einem matten Weiß gestrichenen Raufasertapeten schluckten seinen prüfenden Blick, ohne Antwort zu geben. In der Mitte des Zimmers hing eine Lampe aus Japanpapier, Frau Böhler hatte trotz des Sonnenscheins beim Eintreten das Licht eingeschaltet, das einen undefinierbaren Schein absonderte.

»Da ist Bettinas Schreibtisch, und da ist der Computer«, erklärte sie ihm. Ihre Stimme vibrierte ein wenig, als ob sie gleich anfangen würde zu weinen. Aber ihr Gesicht war hart, eine starre Maske, die sie sich übergezogen hatte. Stahl fragte sich, ob sie erst jetzt versteinerte, wo ihre Tochter verschwunden war, oder schon seit langem immer mehr und mehr verhärtete.

»Wir wissen nicht, wie ihr Computer funktioniert, aber das schaffen Sie vielleicht. Ich lasse Sie jetzt allein. Wenn Sie uns brauchen, dann rufen Sie einfach.«

Sie schloss die Tür zwischen sich und Stahl etwas zu hastig. Frau Böhler fühlte sich hier oben unwohl und wollte so schnell wie möglich wieder raus, dachte Stahl. Ob das früher auch schon so war, als die Tochter noch anwesend war?

Stahl schnupperte und versuchte mit dem Duft von Bettina etwas von ihrer Persönlichkeit aufzufangen. Er roch nichts. Stahl ging zum Bett, strich über das Kopfkissen und roch dort, wo ihr Gesicht gelegen haben mochte. Lavendel, ganz eindeutig, aber das war vielleicht nicht Bettina, das konnte auch ein Kräutersäckchen im Wäscheschrank gewesen sein. Er hob die Bettdecke und schloss einen Moment die Augen, bevor er ihren Geruch in sich einsaugte. So nah war er seit Jahren keiner Frau gekommen. Er atmete in die Daunen hinein aus und füllte seine Lungen dann tief mit einem Geruch, der ihn an früher erinnerte, an den weichen Flaum auf der Bauchdecke, den samtigen Duft voller Brüste, den scharfen Geschmack der Achseln. Und da war noch etwas, ein Geruch, der hier nicht reinpasste, Stahl schnupperte misstrauisch: Es roch leicht nach Pferd. Er war sich sicher, dass sie geritten war. Er legte die Bettdecke vorsichtig zurück. Er hatte Tränen in den Augen und den Beginn einer Erektion in der Hose. Stahl öffnete den Kleiderschrank. Auch hier dominierte die Farbe Weiß: Socken, Unterhosen, T-Shirts, Sweatshirts, Hosen. Wie bei einer Krankenschwester. So laufen junge Leute doch nicht rum. Stahl hatte keine Idee, was das bedeuten könnte, aber er war überzeugt, dass es wichtig war.

Die Platten neben der Anlage und die wenigen CDs, die er in einem Schuber neben dem Bett fand, waren unwesentlich. Viele *Best-of*-Platten, Sampler von aktuellen Popsongs und ein paar Klassik-Einspielungen von Interpreten, von denen Stahl noch nie etwas gehört hatte.

Das einzig Lebendige in diesem Zimmer, das Einzige, das Stahl erlaubte, sich ein Bild von Bettina zu machen, waren ein riesiges Bücherregal, das zwei Wände des Raumes einnahm, und der Schreibtisch, voller Zettel, Bücher, Ordner, Papiere und Disketten.

Das Bücherregal war allem Augenschein nach chronologisch geordnet. Das war ungewöhnlich. Oben links standen Kindermärchen, es folgten Jugendbücher, Pferdegeschichten und allmählich die ersten Romane, die den Hauptteil ausmachten. In der untersten Reihe waren noch etwa anderthalb Meter frei. Hier war noch Raum für Neuanschaffungen. Stahl fragte sich, was Bettina machen würde, wenn auch diese Reihe voll geworden war. Alte Bücher wegwerfen? Ein neues Regal kaufen? Ausziehen?

In diesem Regal hatte er ihr Leben vor sich. Ein Leben das sich, wenn er die Menge der Bücher ansah, hauptsächlich zwischen zwei Buchdeckeln abgespielt haben musste. Er schätzte, dass es 3000 Titel waren. Stahl räumte zwei Leitzordner vom Schreibtischstuhl und zwängte sich zwischen die Armlehnen. Er würde jetzt ihre Biografie entschlüsseln.

Bettina musste schon als Kind sehr viel gelesen haben, dachte Stahl angesichts der vielen Märchen und Tiergeschichten. Anscheinend hatte ihr niemand Geschichten erzählt, sie las sie selber. Weitere Kinderbücher. Er nahm probehalber *Die kleine Hexe* heraus. Die Seiten waren geknickt und hatten Fettflecken, teilweise fand er den gelblichen Abdruck eines Glases und einmal rieselten vertrocknete Schokoladenkrümel aus den Seiten. Sie hatte die Bücher immer wieder gelesen. Und Lesen, Essen und Trinken gehörte für sie zusammen. Dann kam die Pferdephase. Er dachte an den leichten Pferdegeruch, den er in ihrem Bett wahrgenommen hatte. Warum las sie Pferdebücher, wenn sie selber ritt? War das Lesen nicht immer Ersatz für das echte Leben? Oder war das Reiten ein Traum, den sie in Büchern ausleben musste, bevor sie selber damit beginnen konnte? Später Enid Blyton. Dutzende. Selten ein einziges Exemplar von einem Schriftsteller, immer schien sie alles von einem Autor oder einem Thema gelesen zu haben, was aufzutreiben war. Offenbar musste sie Bücher auch selber besitzen und hatte sie nicht in einer Bibliothek ausgeliehen. Das kannte Stahl von sich. Gelesene Bücher wieder zurückzugeben, war ihm immer wie Verrat vorgekommen. So hatte er als Student Bücher lieber geklaut, als sie auszuleihen.

Neben den Indianerbüchern, darunter die Gesamtausgabe der Lederstrumpfgeschichten in Fraktur, folgten dann völlig zerlesene Taschenbücher von Ephraim Kishon. Stahl war verwundert. Sind Kinder schon ironiefähig und verstehen Satiren? Er nahm einen Band heraus. *Zum 12. Geburtstag von meinen Eltern. Herzlichen Glückwunsch zum Geburtstag* hatte Bettina hineingeschrieben. Das war seltsam. Normalerweise schreiben die Schenkenden eine Widmung hinein. Ihre Eltern taten das nicht. Aber Bettina hatte den Wunsch gehabt, das Buch nicht nur zu lesen, sondern auch mit ihrem Leben zu verbinden. Also schrieb sie sich selber etwas hinein. Ein armes Kind.

Daneben eine Überraschung: Nietzsches *Zarathustra*. Stahl hoffte, dass das Buch einfach an den falschen Platz im Regal gerutscht war. Jugendliche sollten das nicht lesen dürfen. Die sind verwirrt genug, dachte Stahl. Dann stand fast alles von Hesse. Den *Siddhartha* fand er gleich dreimal, und damit begann auch eine Zeit, in der Bettina eine religiöse oder spirituelle Orientierung suchte. Khalil Gibrans *Prophet* in englischer Ausgabe, Suzukis Texte über den Zen-Buddhismus, Meditationsanleitungen von Alan Watts, einiges über Yoga, Tai-Chi, tibetische Heilkunst. Ob sie das nur las oder auch praktizierte? Anschließend kam die Wende vom asiatischen Glauben zur jüdisch-christlichen Tradition. Sie las kabbalistische Schriften, den Talmud, Bibelerläuterungen, die mittelalterlichen Mystiker in einer mittelhochdeutschen Ausgabe mit Übersetzungshilfen. Das beeindruckte Stahl. Von dort landete sie bei Rainer Maria Rilke. Sie hatte die Gedichte in der Suhrkamp-Gesamtausgabe, eine antiquarische Ausgabe von Rilkes Buch über Rodin und natürlich den *Malte Laurids Brigge*. Ab hier las sie dann alles quer durcheinander. Pessoas *Das Buch der Unruhe* stand neben der *Blechtrommel*, Goethes *Werther* war eingekreist von Krimis von Philipp Kerr, *Don Quijote* fand sich direkt bei Tucholsky. Proust stand neben Italo Calvino und Heinrich Böll neben Harry Rowohlt.

Er fand alles, was ihm gut und wichtig erschien, alles was man gelesen haben sollte, alles, was ein intelligenter Mensch brauchte, um das Leben besser zu ertragen. Von daher konzentrierte er sich auf das, was er nicht fand: Was völlig fehlte, waren typische Pubertätsthemen. Sie hatte keine Boy-meets-girl-Geschichten gelesen. Auch Frauenthemen waren nicht vertreten. Von Simone de Beauvoir hatte sie zwar *Alle Menschen sind sterblich*, aber nicht *Das andere Geschlecht*. Auch von Margaret Atwood standen einige Bücher im Regal, nicht aber die *Geschichte der Magd*. Es gab außerdem keine Reisebücher. So hatte sie *Utz* von Bruce Chatwin gelesen, nicht aber die *Traumpfade*. Auch von Paul Theroux stand einiges im Regal, nicht aber seine Reiseberichte. Fremde Länder interessierten sie nicht, folgerte Stahl, der auch keinen Reiseführer fand. Auch politische Texte waren nicht zu finden.

Stahl fragte sich, ob er jetzt mehr wisse von der Frau, die er suchen sollte. Und wie er das Wissen jetzt verwenden sollte, bei der Suche nach ihr. Auf jeden Fall wunderte ihn jetzt nicht mehr, dass ihre Eltern vermuteten, sie sei bei der Beschäftigung mit Literatur verloren gegangen. Vielleicht ist sie schon viel früher in Büchern verschwunden, dachte Stahl, und hat jetzt nur noch den letzten, den entscheidenden Schritt vollzogen. Aufgrund dessen, was sie gelesen hatte, stellte er sich Bettina sehr intelligent vor, eine scharfe, schnelle Form von Intelligenz. Sie musste eine tiefe Einsicht in menschliche Verhaltensweisen gewonnen haben und eine kritische Distanz zu ihnen. Gleichzeitig kam sie mit dem realen Leben kaum zurecht. Vielleicht weigerte sie sich sogar, sich damit auseinander zu setzen. Das schloss Stahl aus dem, was hier an Büchern fehlte. Sie bevorzugte die erfundene Welt vor der realen. Außerdem gab es in diesem Zimmer zu wenig, was auf eine eigene Entfaltung der Persönlichkeit außerhalb der Literatur hindeutete. Keine Bilder, kaum Musik, keine Postkarten von Freunden oder Freundinnen, keine Briefe. Aber vielleicht hatte er nicht alle Seiten von ihr gelesen, vielleicht war er hier in einer sinnlosen Nebenhandlung gelandet, die nichts mit dem Fortgang der Geschichte zu tun hatte. Vielleicht führte ihn jemand an der Nase herum, wie der Autor den Leser, der von Anfang an alles zu wissen glaubt und doch bis zur letzten Seite warten muss, bis ihm das ganze Geheimnis offenbart wird. Leider konnte Stahl nicht ans Ende blättern, was er bei Büchern gerne tat. Er würde ihrer Geschichte Satz für Satz folgen müssen.

Auch eine erste Inventur des Schreibtisches zeigte sie in erster Linie als Leserin und weniger als Mensch. Alles, was er hier an Büchern fand, beschäftigte sich mit dem Thema ihrer Arbeit. Obwohl sie nach Angaben ihrer Eltern eine sprachwissenschaftliche Untersuchung von Lyrik vornehmen wollte, fand Stahl nur verhältnismäßig wenig linguistische Handbücher. Der Schwerpunkt lag tatsächlich eher auf dem Leben von Goethe und Lenz. Er fand Friedenthals Goethe-Biografie, gespickt mit Zetteln und handschriftlichen Ergänzungen von Bettina. Außerdem Band I von Eisslers psychoanalytischer Goethe-Studie. Gründlich bearbeitet hatte sie *Goethe en Alsace* von Jean de Pange, von dem Stahl noch nie etwas gehört hatte. Seine bescheidenen Französischkenntnisse verhinderten auch, bei einem ersten Durchblättern festzustellen, was sie daran interessiert haben könnte. Ein ganzer Stapel Bücher beschäftigte sich mit der Beziehung Goethes zu Friederike von Sesenheim, für die Goethe die Gedichte geschrieben hatte, die Bettina untersuchen wollte. Darunter waren die Standardwerke von Näke in einer schönen Ausgabe von 1835 und Stefan Leys *Goethe und Friederike*. Zwei Bände der Gesamtausgabe der Briefe Goethes lagen daneben.

Über Lenz gab es seine Lebensbeschreibung von Sigrid Damm und die drei Bände seiner Werke und Briefe, die sie herausgegeben hatte. Außerdem verschiedene andere Biografien, darunter eine moderne von Hans-Gerd Winter und eine von 1901, die ein Russe namens Rosanow verfasst hatte. Aufgeschlagen daneben lag ein Faksimiledruck von Lenzens *Vorlesungen für empfindsame Seelen*. Darunter eine Studie über *Der Dichter Lenz und Friederike von Sesenheim* von 1842. Schließlich hatte der ja, so weit erinnerte sich Stahl, ebenfalls diese Pfarrerstochter angedichtet, für die sich schon Goethe begeistert hatte.

Über den ganzen Schreibtisch verstreut lagen außerdem verschiedene Originaltexte beider Schriftsteller, meist in Form der gelben Reclam-Ausgaben, darunter von Lenz *Der Hofmeister*, *Zerbin oder Die neue Philosophie* und *Der Waldbruder*. Daneben lag der Einband zu Goethes *Faust I*. Der lose eingelegte Dramentext war allerdings von Lenz: *Die Soldaten*. Nicht besonders solide gebunden, dachte Stahl, da kann schon mal was verrutschen.

Von Goethe außerdem *Clavigo*, *Werther*, *Dichtung und Wahrheit* und die Gesamtausgabe seiner Gedichte. Auch hier hatte sie mit Leuchtstiften Textstellen markiert, handschriftliche Anmerkungen angebracht, Seiten eingeknickt, Zettel eingelegt.

Als Nächstes nahm sich Stahl die Aufzeichnungen von Bettina vor. Die zwei Leitzordner, die er, um sich Platz zu schaffen, von dem Schreibtischstuhl genommen hatte, enthielten offensichtlich die Basis der Arbeit. Der erste Ordner war sehr systematisch aufgebaut: jeweils eine Kopie eines Gedichtes aus den Sesenheimer Liedern, gefolgt von einer mehrseitigen semantischen und einer grammatikalischen Untersuchung, die sie vorgenommen hatte. Aus der Analyse heraus versuchte sie dann das Gedicht Lenz oder Goethe zuzuschreiben. Soweit Stahl das auf den ersten Blick beurteilen konnte, war dieser Teil ihrer Arbeit nahezu fertig. Ihm gefiel ihr Stil: Trotz der wissenschaftlichen Distanz, die die Form einer Dissertation und vor allem auch einer linguistischen Untersuchung verlangte, war deutlich, dass die Autorin hingerissen war von der Kraft der Gefühle, die mit diesen Gedichten ausgedrückt wurde. Teilweise schien sie ihm sogar fast zerrissen zu werden zwischen dem Zwang zur wissenschaftlichen Schärfe und einer emotionalen Ergriffenheit, die sie mühsam zu verbergen suchte. Sie wurde Stahl immer sympathischer. Er hatte die Nase voll von den Doktoranden, die lustlos ihre Arbeiten herunterschrieben, weil sie sich von einer Promotion bessere Chancen für ihren Beruf erhofften.

Der zweite Ordner enthielt eine Untersuchung der Verwendung verschiedener Begriffe in den Gedichten. Die Kapitel hier waren *Liebe*, *Leid*, *Himmel*, *Mädchen* und so fort. Hier untersuchte sie die Verwendung der verschiedenen Wörter und bemühte sich, einen unterschiedlichen Gebrauch bei Lenz und Goethe herauszuarbeiten. Das war noch etwas fragmentarisch. Teilweise war die Untersuchung nur in Ansätzen vorgenommen und von Bettina selber mit vielen Fragezeichen am Rand versehen. Teilweise war nur eine Kapitelüberschrift angelegt, die Analyse selber aber noch nicht erstellt.

Nach dem was ihre Eltern ihm erzählt hatten und angesichts der zahlreichen Biografien auf ihrem Schreibtisch, vermisste Stahl noch einen weiteren Teil ihrer Promotion, der weniger auf die Sprache der beiden Dichter einging, sondern stärker ihre Lebensgeschichte berücksichtigte. Stahl fand nichts dazu.

Stattdessen stieß er auf einzelne Papiere, teilweise nur hastig beschmiert mit auf den ersten Blick unsinnigen Aufzeichnungen. *Pruys Tiger lesen* stand in fetten Buchstaben auf einem Notizblatt. *GS bestellen* auf einem anderen. Standnummern der Uni-Bibliothek waren auf ein weiteres Blatt geschmiert: *HSS 3 B 345 at-1,b*, *GE 2001/3541*, *TM 67/654*. Außerdem hatte sie einige Ziffern notiert, die wie Telefonnummern aussahen: *GG 202050*, *P. 278945*, *WK 354040*, *Stefan 871346*. Er schob alle Zettel in eine Klarsichthülle, die er in einer Ablage fand. Er war sich sicher, dass er sich jetzt noch nicht den Kopf darüber zerbrechen musste, dass sie aber irgendwann einmal Sinn machen würden.

Anschließend durchsuchte er die Schubladen eines Rollschrankes. Alles was er fand, war der übliche Bürokram: Briefumschläge, Klarsichtfolien, Patronen für den Drucker und Minen für Kugelschreiber, ein Stapel Trennblätter für Ordner, die Gelben Seiten, einen alten Walkman und eine ausgelaufene Batterie. Wieder nichts, was sie greifbar für ihn machte.

Dann klappte er das Notebook auf und schob den Knopf an der linken Seite auf *On*. Der Computer fuhr hoch. *Bitte Passwort eingeben* forderte ihn das Fenster auf. Stahl schaltete das

Notebook wieder aus. Er klemmte sich den Computer und die Klarsichthülle unter den Arm und ging runter zu Böhlers, die im Wohnzimmer auf ihn warteten.

Karl-Heinz Böhler hatte eine Zigarette im Mund und war auf der Couchgarnitur zusammengesackt. Seine Frau hatte rote Augen. Die Wimperntusche war verlaufen.

»Liest viel, Ihre Tochter«, sagte Stahl.

»Zu viel«, fand die Mutter. Sie sah ihn starr an, fast fordernd, als ob er schuld sei an dem Verschwinden ihrer Tochter. Nur weil er zu der Welt gehörte, in der ihre Tochter gelebt hatte: der Welt der Bücher.

»Marcel Proust sagt, man träume den Traum des Lebens am besten in einer Bibliothek«, versuchte Stahl ihre Stimmung zu verbessern.

»Das Leben sollte man nicht träumen«, entgegnete die Mutter.

»Hör auf«, sagte der Vater. »Haben Sie was gefunden?«

»Vielleicht.« Stahl zögerte. Er hatte keine Lust, den Eltern irgendetwas zu sagen, so lange er selber keine konkreten Anhaltspunkte hatte. Ich hab mal ein bisschen was mitgenommen. Geht das okay?«

»Sie machen das so, wie Sie das machen müssen. Wenn wir Ihnen helfen können, dann tun wir das.« Böhlers Blick versank in dem Zigarettenrauch vor seinem Gesicht.

»Was ist mit dem Computer?«, fragte Stahl. »Wissen Sie das Passwort?«

»Keine Ahnung«, kam es im Chor zurück.

»Kann ich den auch mitnehmen?«

Die Mutter nickte.

»Und ich brauche Fotos von ihr.«

Frau Böhler kramte in einer Schublade der Wohnzimmerschrankwand, breitete ein Album auf dem Tisch aus und begann zu blättern.

»Hier lernt sie schwimmen, im Urlaub, in Italien, da ist sie gerade mal fünf. Hier wurde sie eingeschult, die Schultüte war viel zu schwer für sie. Deshalb guckt sie so angestrengt. Das da war in der dritten Klasse, bei der Aufführung in der Schule. Sie spielte Dornröschen. Und das ist die Konfirmation, sie war so stolz auf das Kleid.« Einen Moment lang schmolz der harte Zug in ihrem Gesicht. Stahl erkannte den Schmerz, der darunter lag.

»Na ja, das alles interessiert Sie ja nicht.« Sie presste ihre Lippen so fest aufeinander, dass alles Blut aus ihnen wich. Stahl fürchtete, dass sie es ihm übel nahm, dass er sie in einem Moment der Schwäche beobachtet hatte. Er hätte ihr gerne gesagt, dass man sich seine Trauer wie einen Orden an die Brust heften sollte, damit alle sie sehen. Das hatte ihm der Pfarrer bei der Beerdigung seiner Frau gesagt. Ein schöner Satz, hatte Stahl damals gedacht, auch wenn er sich nicht daran gehalten hatte. Außerdem war er nicht hier, um Seelsorger zu spielen.

Stattdessen entschied er sich für ein perfekt ausgeleuchtetes Porträt, vermutlich von einem Profi aufgenommen. Bettina hatte auf dem Bild blonde, fast weiße Haare, die sie auf der rechten Seite hoch gesteckt hatte und die links bis auf ihre Schultern fielen. Sie schielte ein wenig, als ob der Fotograf ihr die Brille ausgezogen hätte und ihre Augen nicht genau wussten, in welche Richtung sie blicken sollten. Trotz der Unsicherheit ihres Blicks sah sie kühl und spöttisch in die Kamera mit hübschen, aber fest verschlossenen Lippen unter einer sehr geraden Nase. Sie sah gut aus, entschied Stahl, aber schwierig. Außerdem wählte er ein Ganzkörperbild, auf dem sie ein Pferd am Halfter führte. Hier sah sie nicht verschlossen aus, sondern glücklich auf eine mädchenhafte Art. Sie hielt das Tier mit einer weichen, entgegenkommenden Bewegung, und Stahl freute sich über die langen Beine in der engen Reiterhose.

Weimar, Mai 1776

DER WIND PEITSCHT IHNEN INS GESICHT, DASS ES EINE Freude ist. Die Pferde fliegen über die Felder, springen über die niedrigen Hecken und Bäche. Lenz blickt in den Himmel, wo Wolkenfetzen durch tiefes Blau gerissen werden. Goethes Pferd scheut vor der Hütte eines Landpächters und dem scharfen Geruch der Schweine. Es wiehert. Ein empfindsames Tier. Der Pächter dengelt seine Sense im Hof, mit schweren Schlägen lässt er den Hammer auf die Schneide fallen und blickt den beiden finster hinterher. Die jungen Herren, deren wilde Jagd seine Saat zertritt, haben nie bei Egge und Pflug den Erntetag durchschwitzt. Nie mühsam das kümmerliche Korn zum Müller geschleppt, der einen dann ums Mehl betrog. Die Kerlchen mit den zarten Händen auf den schnellen Pferden haben nie im Winter nach Wurzeln gegraben, damit das Kleine mit den gelben Flecken im Gesicht was in der Wassersuppe hatte. Aber bei Hofe wissen sie's nicht besser. Die Schläge des Hammers und das Gellen der Sichel werden lauter. Der Stiel des Hammers vibriert in der Hand des Bauern.

Goethes Pferd legt die Ohren an und stürmt dem Lärm davon. *Poesie* nennt er seinen Schimmel, den der Herzog ihm überlassen hat. Dabei ist Goethe als Dichter schon verloren, der Strom der Worte aus seinem Innern fast verstummt. Die Literatur werde er Lenz überlassen, schrieb er vor Tagen an einen Freund, der könne das besser. Er werde sich den Dingen des praktischen Lebens zuwenden. Das macht das Zusammensein mit Lenz noch leichter für ihn: Er ist kein Konkurrent mehr auf dem Felde der Feder. Nie mehr wird man Lenzens Gedichte ihm zuschreiben, nie wieder denken, die Stücke des anderen seien die seinen. Und was alles andere betrifft, kann der ihm eh nicht das Wasser reichen. Lenz fühlt sich wie früher: allein mit Goethen in der freien Natur. Vergessen ist die Szene auf dem Hofball, vergessen auch, dass er hier nur ein Geduldeter ist, der seine Anwesenheit dem Freunde abgepresst hat. Er erinnert sich schon nicht mehr der Briefe, obwohl er sie in einem Ledermäppchen an den Leib gebunden trägt und nur für die Wäsche abnimmt. Sie sind zu seinem Talisman geworden. Ein magisches Amulett, das ihn beschützt. Wichtig ist, dass es da ist und nicht, woraus es besteht.

Sie reiten nach Ilmenau, zum Johannisschacht. Der Stollen ist dunkel. Es tropft von der Decke. Die Erde schluckt ihre Stimmen. Sie reden kaum. Goethe hat Fackeln dabei und eine Amsel im Käfig. Stirbt die Amsel, fehlt Luft zum Atmen, dann müssen sie raus. Das hat er gelesen. Wird sich zeigen, ob's stimmt. Der erste Gang ist versperrt, ein Einsturz begrub die eichenen Stützpfeiler. Unter dem Gestein der Griff einer Schaufel. Sie drehen um, den nächsten Stollen zu sehen. Er fällt steil ab. Lenz stolpert, hält sich an Goethes Rücken fest, der geht voran und hält Fackel und Käfig. Tiefer ins Gekröse der Erde. Die Wände sind feucht und glänzen im Schein der Flamme. Sie stehen immer enger zusammen. Manchmal stößt der Kopf an einen vorstehenden Fels. Die Schatten der beiden tanzen als Elfen und Trolle übers Gestein. Die Luft schmeckt brackig. Noch steiler steigen sie ab. Plötzlich weichen die Wände zurück, der Gang öffnet sich, und der Blick geht auf einen See, der den alten Schacht gefüllt hat. Durch den Saal hallt ein vielstimmiges Konzert der Wassertropfen, die von der Decke auf den schwarzen Spiegel fallen. »Der Styx«, flüstert Lenz. Der Eingang zur Welt der Toten. Er sucht das Wasser ab nach dem Fährmann Charon und seinem Boot. Die düstre Stimmung greift auch an Goethes Herz. Die Nacht scheint tiefer hereinzudringen. Er schüttelt sie von sich mit einer unwilligen Geste. Das alte Bergwerk will er wieder zum Leben erwecken. Silber fördern und so den Haushalt des Fürstentums sanieren. Was er gedacht, das wird er auch vollbringen. Der See vor ihm ist nicht der Übergang in die Unterwelt, sondern ein praktisches Problem. Wassereinbruch in einem Bergwerk. Er würde Pumpen benötigen, den Tümpel trockenzulegen. Gesteinsproben müsste man nehmen und neue Stollen anlegen. Fachleute der Bergakademie in Freiberg würden das tun. Er wird mit dem Herzog sprechen. Goethe sieht zu Lenz, dessen träumerischer Blick von der Schwärze des Wassers angezogen wird. Ein Stoß, und er wäre ihn los. Lenz sei gestolpert, würde er berichten. Ein Unfall, bedauerlich, aber auch kein Wunder. Man kennt ihn ja. Die ungelenken Bewegungen. Das verträumte Wesen. Niemand würde zweifeln. Aber die Briefe. So lange er die nicht hat, muss er warten. Er blickt auf den Vogelkäfig. Die Amsel liegt auf dem Rücken, ein Bein in den Stäben des Käfigs verkrallt. Die Augen gelb verschleimt. Er packt Lenz. »Raus hier!« Sie stolpern los, hecheln den Gang hinauf, stoßen sich die Köpfe schrundig. Oben erbricht sich Lenz in den Staub. Goethe öffnet den Käfig und schleudert die Amsel ins Gebüsch.

Bei Jena, Juni 1945

DIE BEGRÜSSUNG KLANG NICHT SEHR MILITÄRISCH. Alexander sah Wladimir fragend an. Der erwiderte den knochigen Händedruck von Lipschitz und nannte seinen Namen. Anschließend bat Lipschitz sie hereinzukommen. Sein Büro lag am Ende des Flurs, es handelte sich um die Bibliothek des Hauses. An drei Wänden standen Bücherregale bis hoch zur Decke. Bücher stapelten sich davor auf dem Boden, quollen aus halb geöffneten Kisten, lagen kreuz und quer in den Ecken des Zimmers, lehnten an einem Stehpult, dienten als Ablage für ein Silbertablett mit Teekännchen und Tasse, waren auf dem Fensterbrett aufgeschichtet und ließen nur Platz in der Mitte des Zimmers für einen kleinen Schreibtisch, den Polstersessel dahinter und zwei Stühle davor. Wladimir, der voranging, zögerte, hier einzutreten. Er tastete mit vorsichtigen Augen die Buchrücken ab, als drohe ihm eine Gefahr.

»Setzt euch«, lud Lipschitz die beiden ein. Wladimir und Alexander räumten einige Bücher von den Stühlen. Lipschitz faltete seinen knochigen Körper in den Sessel.

»Also«, fing er an, »jetzt wollt ihr sicher wissen, wo ihr gelandet seid.«

Sie nickten.

»Die Deutschen haben uns überfallen. Sie haben unsere Städte zerstört, dafür haben wir ihre Städte zerstört. Sie ermordeten viele von uns. Dafür töteten wir viele von ihnen. Sie haben unsere Industrien verschleppt, und wir werden hier die Fabriken demontieren.

Sie haben aber auch versucht, die Seele unseres Volkes zu zerstören: Sie haben unsere Bücher geraubt. Sie verbrannten Archive von Städten und Kirchen, raubten Bibliotheken der Hochschulen und der Museen, plünderten Büchereien der Städte und der Partei, zerstörten die Sammlungen von Klöstern und Schlössern, vernichteten Originale und Autographen unserer großen Dichter. Wenn ein Volk keine Bücher mehr hat, dann vergisst es seine Träume. Es vergisst, wo es herkommt und wo es hin will und schließlich vergisst es sich selber. Versteht ihr?«

Die Frage war ihm wichtig. Beide nickten wie auf Befehl, aber mit Augen voller Fragen.

»Jetzt haben wir den Krieg gewonnen«, sagte Lipschitz, »und wir holen uns die Bücher zurück, die die Deutschen uns gestohlen haben. Das ist unsere Aufgabe. Dafür sind wir hier, das Komitee für Angelegenheiten der Kultur- und Bildungsbehörden.«

»Scheiße«, entfuhr es Wladimir, »kein Geheimdienst, kein Gold, keine Nazi-Töchter, kein Champagner. Bücher. Nur Bücher.«

Lipschitz sah ihn fragend an. Wladimir entschuldigte sich. Lipschitz redete weiter, als ob ihm die Unterbrechung gleichgültig wäre.

»Und wenn wir schon einmal dabei sind, holen wir uns auch ein paar Bücher, um die russischen Bestände wieder aufzufüllen. Das ist nicht meine Idee. Aber meine Ideen sind hier auch nicht wichtig. Schließlich sind wir Teil einer Armee. Oberstleutnant Margarita Rudomino von der Staatlichen Zentralbibliothek für Ausländische Literatur ist unsere direkte Vorgesetzte. Sie ist momentan in Berlin und wird in einigen Tagen hier eintreffen und uns genaue Instruktionen erteilen. So lange sollen wir versuchen, eine Bestandsaufnahme der Bibliotheken und Archive im Umkreis vorzunehmen.«

Wieder nickten Wladimir und Alexander, diesmal allerdings ohne gefragt worden zu sein.

»Aber erst mal zeige ich euch, wo ihr schlafen werdet, dann ist auch Zeit, etwas zu essen.«

Beide sahen erleichtert aus, als sie die Bibliothek verlassen durften. Lipschitz führte sie in den zweiten Stock des Hauses. Im ehemaligen Dienstbotenzimmer standen zwei Feldbetten, auf die sie ihre Tornister warfen. Der Blick aus dem Fenster ging über den Garten zu einem Fluss.

»Die Saale«, sagte Lipschitz. »Und da hinter den Hügeln liegt Jena, die nächste größere Stadt hier in der Gegend, beziehungsweise liegt das, was von Jena übrig geblieben ist. Und in der Richtung ist Weimar. Die Amerikaner haben es eingenommen und an uns übergeben. Vermutlich wird es Sitz der sowjetischen Militäradministration. Schon einmal den Namen gehört?«

»Nie«, antworteten beide gleichzeitig.

»Und was ist mit Goethe. Sagt euch der Name was?«, fragte Lipschitz.

»Ein Dichter«, wusste Wladimir. Alexander sah ihn erstaunt an. »Meine Großmutter hat mir seine Gedichte vorgelesen«, entschuldigte sich Wladimir für seine Kenntnisse bei seinem Kameraden.

»Und bei Weimar liegt Buchenwald. Habt ihr das schon mal gehört?«, wollte Lipschitz wissen, und seine Schultern zuckten noch heftiger als vorher.

Die jungen Soldaten schüttelten den Kopf.

»Das ist vielleicht auch besser«, meinte Lipschitz. »Ihr seid noch so jung.«

»Wir sind Soldaten«, widersprach Wladimir. Seine Stimme klang rau und hart.

Lipschitz' Schultern zuckten, und er schloss die Tür. »In einer Stunde gibt es was zu essen, ruht euch so lange aus«, rief er durch die geschlossene Tür.

»Wie findest du ihn?«, fragte Wladimir seinen Zimmergenossen.

»Ich denke, er ist Hebräer«, sagte Alexander nach einer Pause.

»Ein Jewrej. Warum das denn?« Wladimir war erstaunt.

»Weil die an Worte glauben. An Bücher. Daran, dass die Welt sich in den Buchstaben versteckt. Ein Freund von mir war Hebräer, der hat mir das so erklärt. Außerdem klingt sein Russisch etwas fremd. Sehr harte Konsonanten. Die machen das so.«

Wladimir schwieg und sah aus dem Fenster. Alexander war eingeschlafen und schnarchte leise. Der Wind strich leicht durch die Wiesen und wehte einen kleinen Schauer Blätter von einem der Bäume im Garten.

Freiburg, Juni 2001

KURZ VOR ACHT SETZTE STAHL SICH AN DEN TRESEN IM Casino. Kalle, der Wirt, sah ihn mit seinem schrägen Grinsen an.
»Ein Bier?«
»Ein Bier.«
»Und sonst?«
»Geht so. Bei dir?«
»Jupp. Schon okay.«
Er zapfte ein Pils und fixierte Stahl mit seinem rechten Auge, während sein linkes die Frau taxierte, die an der anderen Ecke des Tresens saß und in ein Rotweinglas starrte. Wie bei einem Chamäleon waren seine Augen völlig unabhängig voneinander; praktisch für einen Wirt, weil er gleichzeitig Bestellungen aus allen Ecken seiner Kneipe aufnehmen konnte und auch sonst alles unter Kontrolle hatte. Der schiefe Blick erinnerte Stahl wieder an Bettina.
»Was machen die Kinder?« Stahl dachte, dass Menschen mit Kindern immer nach ihnen gefragt werden wollen.
»Probleme. Aber wenigstens spritzen sie ihre Drogen nicht.«
»Das ist ja schon was.« Stahl dachte an seinen Sohn in Berlin. Der musste jetzt auch schon 21 Jahre alt sein. Er hatte keine Ahnung, welche Drogen er wohl nehmen würde. Die Mutter des Kindes wollte nicht, dass er Kontakt zu seinem Sohn hatte. Er hatte ihn nie gesehen. Noch so ein blinder Fleck in seinem Leben. Er fragte sich immer wieder, ob er sich nicht langsam über ihr Verbot hinwegsetzen sollte. Vielleicht sollte er sein eigenes Kind suchen, bevor er die Kinder fremder

Leute suchte. Vielleicht suchte er Bettina aber auch nur, weil er seinen Sohn nie gefunden hatte. Verdrehte Welt.

Kalle stellte Stahl das Pils hin. Mit seinen wachen Augen, den borstigen, schwarzen Haaren und einer markanten Nase mit Nickelbrille sah er aus, wie Stahl sich einen jüdischen Intellektuellen aus dem Berlin der 20er Jahre vorstellte. Sie hatten sich beim Boxen kennen gelernt. Beide waren Mittelgewichtler gewesen, Stahl etwas größer und schwerer, aber Kalle Linksausleger, so dass sie fast immer unentschieden endeten, trotz seiner schiefen Augen. Stahl hatte Schwierigkeiten mit Linkshändern. Kalles linker Geraden hatte er seine schiefe Nase zu verdanken; er hatte ihm vor Jahren das Nasenbein gebrochen. Sie hatten mit dem Boxen aufgehört, als Kalle einen Brasilianer auf die Matte legte, der anschließend zehn Tage lang im Koma lag. Außerdem waren beide inzwischen in dem Alter, in dem man anfangen musste, sich zu schonen.

»Was macht die Nase?«, wollte Kalle wissen und zielte mit seiner Faust in deren Richtung.

»Zieht ein wenig. Es wird Regen geben«, prophezeite Stahl, während er mit dem rechten Zeigefinger die Krümmung des Nasenbeins entlangfuhr.

Dann kam Drexler.

»Mensch Udo, lass uns an einen Tisch setzen. Ich brauch was zum Anlehnen. Und Kalle: Bier und einen Kurzen. Oder kriege ich hier auch einen Caipirinha?«

»Sieht das hier aus wie eine Schnöselkneipe? Hab ich Gel im Haar? Oder Bügelfalten in der Cordhose?«

»Ist ja gut, ich frag ja nur. Ich denke eben, dass Produktdiversifikation das Geschäftsrisiko minimiert und dir neue Kundenkreise erschließen könnte.«

»Meine Kunden trinken Bier. Viel Bier. Und das gibt's in kleinen Gläsern, großen Gläsern und ganz großen Gläsern. Das ist diversifiziert genug. Wirst du jetzt Unternehmensberater?«

Drexler schüttelte den Kopf und zog Stahl zu einem Ecktisch beim Flipper. Im Casino flipperte nie jemand, hier würden sie ungestört reden können. Stahl setzte sich, obwohl er sich am Tresen wohler fühlte. Da saß man mit dem Rücken zur Welt, vor sich nur den Wirt, die Flaschen und einen Spiegel, der einem versicherte, dass man noch existierte, falls man dabei war, das zu vergessen.

Drexler drehte sich eine Zigarette und kippte den Schnaps runter.

»Also«, sagte er und zündete sich die Kippe an, »wo soll ich anfangen? Frag mich was!«

»Erzähl mir alles«, forderte Stahl.

»Goethe war das Schwein und Lenz die arme Sau«, fing Peter Drexler an und machte eine künstlerische Pause. Deren Dramatik wurde etwas entschärft, weil in diesem Moment Kalle sein Bier brachte.

»Zum Wohl«, sagte Kalle.

»Spielverderber«, beschwerte sich Drexler.

»Also noch mal«, sagte Stahl. »Goethe und Lenz die Zweite. Aber diesmal etwas differenzierter. Haben sie dich eigentlich auch wegen deiner Ausdrucksweise aus dem Schuldienst entfernt?«

Drexler verzog das Gesicht und nahm einen tiefen Schluck. Das war ein Thema, über das er nur ungern sprach. »Reden wir nicht davon. Also: Lenz war nur zwei Jahre jünger als Goethe und kam aus Livland, Baltikum würde man heute sagen. Damals eine traurige Gegend, zerfetzt von Kriegen, alles kaputt. 1751 wurde er geboren.« Er nahm einen weiteren Schluck.

»Willst du wirklich alles wissen?«

Stahl nickte. Drexler fuhr fort zu erzählen.

»Lenz war ein Sohn des Nordens, die kalten Winde seiner Heimat wehten durch sein Herz. Sein Vater war Pfarrer und predigte das Wort Gottes so streng, dass seine Kirchengemeinde vor Gericht zog. Er liebt den Sohn aus der Heimat hinaus. Der will kein Pfaffe werden. Studiert bei Kant in Königsberg. *Wage, dich deines eigenen Verstandes zu bedienen.* Lenz wagt und springt in die Freiheit, ohne dass seine Flügel ihn tragen. Er schlägt hart auf. Kein Geld, kein Essen. Zwei Adelige mieten ihn als Reisebegleitung. Er wäscht ihre Schmutzwäsche, macht Konversation bei den Gesellschaften und gute Miene zum seltsamen Spiel. Mit ihnen kommt er nach Straßburg. Herder ist auch dort, ein anderer Flüchtiger aus Livland, seine Augenfistel operieren zu lassen. Erfolglos. Und Goethe. Vom Vater geschickt, damit er sein Studium beende. Die jungen Leute begehren auf: gegen die Regeln der Gesellschaft, der Literatur, der Kunst, der Sprache, der Väter. *Sturm und Drang*, der Rock'n Roll des 18. Jahrhunderts. Sie tragen ihre Haare lang. Lederhosen und Stiefel. Die Hemden offen bis zum Bauchnabel. Sie sind so jung. Lenz und Goethe. Goethe und Lenz. Wer kann sie unterscheiden? Ihre Gitarre ist der Federkiel. Goethe schreibt den *Götz*, Lenz seinen *Hofmeister*. Alle denken, es sei ein weiteres Stück von Goethe. Da fängt es an. Die Freunde stehen immer enger, kaum sieht man noch den Sohn des Windes. Lenz übersetzt den Plautus. Im Katalog steht *Von Lenz und Goethe*. Wer ist er? *Unsere Ehe* nennt Lenz ihre Beziehung. Als Goethe geht, dichtet Lenz ihm hinterher: *Ihr stummen Bäume, meine Zeugen/ Ach käm' er ungefähr/ Hier wo wir saßen wieder her:/ Könnt' ihr von meinen Tränen schweigen?* Weint Goethe ihm nach? Es gibt auch eine Frau. Pfarrerstochter Friederike aus Sesenheim. Goethe dichtet für sie. Lenz liebt als Zweiter und heftiger und singt an gegen Goethe. Wer schrieb die Sesenheimer Lieder? Lenz bleibt so jung. Goethe überwindet sich im *Werther*. Er kommt nach Weimar. Der Herzog verehrt ihn. Der Adel tobt. Andere kommen nach. Es wird ein rauschendes Fest. Der Musenhof in Weimar zieht Dichter an wie die Kerze die Motten. Auch Lenz fliegt heran. Er kommt der Flamme zu nahe. Es fängt an zu stinken. Goethe lässt ihn rauswerfen.«

»Er lässt ihn rauswerfen?«, fragte Stahl nach.

»Ja«, antwortete Drexler. »Und zwar hochkant. Sachen packen und weg.« Er trank sein drittes Bier aus und winkte Kalle mit dem leeren Glas zu.

»Warum?«

»Weiß niemand. Lenz hat nie darüber geredet. Goethe auch nicht. Nur ein Tagebucheintrag von Goethe. 26. November 1776: *Lenzens Eseley*. Worin die bestand: Fehlanzeige. Aber Goethe war da nicht zimperlich. Der hat auch andere Jugendfreunde vertrieben, wenn sie ihm nicht mehr passten. Einen Typ namens Klinger zum Beispiel. Der hatte der gesamten Bewegung den Namen gegeben. Ein Stück von ihm hieß *Sturm und Drang*. Als Goethe in Weimar verspießerte, sorgte er dafür, dass Klinger verschwand. Der war ihm zu wild. Ich sag doch: Goethe war ein Schwein.«

»Er hat den *Faust* geschrieben. Und die schönsten Gedichte über die Liebe und den Tod. Ohne Goethe würde ich das Leben viel schlechter ertragen. Er war und bleibt der größte deutsche Dichter«, widersprach Stahl. Er meinte, was er sagte, und er wusste, wovon er redete. Drexler würde das auch irgendwann erfahren. Er war noch so jung. Sturm und Drang eben, dachte Stahl. Und wenn Drexler Sturm und Drang ist, bin ich ein Vertreter der Klassik. Ein Ideal der reinen Menschlichkeit, das mit einer freundlichen Distanz altersweise über den Dingen steht. Stahl wusste, dass das Unsinn war.

»Aber er war trotzdem ein Unmensch«, beharrte Drexler und riss ihn aus seinen Gedanken.

»Das ist der falsche Maßstab. Dichter sollten nicht mit moralischen Kriterien gemessen werden, sondern nur daran, inwieweit sie in der Lage sind, unser Dasein zu ergreifen und zu verändern.«

»Okay, meinetwegen. Aber wie machen wir jetzt weiter?«, fragte Drexler.

»Wir haben ihren Computer«, sagte Stahl. »Wir müssen nur reinkommen.«

»Brauchen wir ein Passwort?«, wollte Drexler wissen.

»Leider ja.«

»Irgendeine Idee?«

»Nein.«

»Blöd.«

»Ja.«

»Mehr hast du nicht zu sagen?«

»Ich habe zwei Disketten mitgenommen. Sie sind nicht beschrieben. Dafür habe ich Fotos von ihr. Sie ist hübsch. Und die Ordner mit Texten zu ihrer Dissertation.«

»Und?«

»Es gibt kein *und*. Das ist alles.«

»Und was hast du den ganzen Tag getrieben, während ich von morgens bis nachts im Deutschen Seminar Bücher gewälzt habe?«

»Ich habe ihren Bücherschrank angeschaut, damit ich ein Bild von ihr bekomme. Ich habe ihren Schreibtisch untersucht. Und ich habe an ihrer Bettdecke gerochen. Sie roch nach junger Frau und Lavendel und Pferd.«

»Meinst du, das hilft uns weiter?«

»Wir lesen ihr Leben wie einen Text, den wir noch nicht verstehen. Wir wissen nicht, ob das, was wir betrachten, eine Metapher ist oder wörtlich verstanden werden muss. Wir wissen nicht, ob Personen, die auftauchen, eine zentrale Rolle spielen werden oder uns nur am Rande beschäftigen müssen. Und so lange wir nichts wissen, können auch scheinbar unwichtige Details der Schlüssel sein. Vielleicht führt uns der Lavendelduft zu Bettina.«

»Oder das Pferd.«

Stahl nickte.

»So ist es. Wir treffen uns morgen um acht im Büro. Dann sehen wir weiter. Es ist spät geworden. Du zahlst, du bist der Jüngere.«

»Nein. Du zahlst, dann übernimmt das Finanzamt die Hälfte.«

Stahl stimmte zu, winkte Kalle, zahlte und steckte die Quittung ein. Die Frau saß immer noch vor ihrem Rotweinglas.

Stahl stieg die Stufen zu seiner Wohnung hoch. Er vertrug den Alkohol nicht mehr so gut wie früher. Seine Beine waren schwer. Auf dem Schreibtisch wartete schweigend das Notebook von Bettina. Stahl ließ sich in den Stuhl fallen. Er knarrte. An den Drucker hatte Stahl die zwei Fotos von ihr gelehnt. Sie blickte ihn spöttisch und überlegen an. Sie wollte es wissen.

Jetzt. Er nahm den Kampf auf.

Stahl klappte den Bildschirm auf, stellte den Computer an und wurde von der Frage nach dem Passwort begrüßt.

Bettina, tippte er probeweise ein.

Das eingegebene Passwort ist falsch. Versuchen Sie es erneut, forderte der Computer ihn auf.

Böhler, schrieb Stahl. Falsch.

Boehler. Wieder nichts. Ein Passwort musste ganz einfach sein. Eigene Namen, Namen der Eltern oder Kinder. So schafften Hacker es ja auch, in die geheimsten Datenbanken einzudringen, weil die Benutzer sich nur die einfachsten Passwörter merken können. Stahl glaubte nicht, dass Bettina ihren Computer besser gesichert hatte als das FBI.

Also: *Keidelstraße*. Zu viele Buchstaben, dachte Stahl, ein Passwort muss was Kurzes sein. Er hatte Recht. Wieder falsch.

Karl-Heinz. Falsch.

Adelheid. So hieß die Mutter, Stahl hatte es auf dem Briefkasten gelesen. Falsch.

Munzingen. Falsch
Freiburg. Falsch
Tuniberg. Er versuchte es geographisch. Variationen ihrer Adresse. Die Telefonnummer. Das Foto lächelte ihn an.

Dann versuchte er es mit Büchern und Autoren, die ihr wichtig waren und deren Namen ihm im Bücherschrank von Bettina aufgefallen waren. *Don Quijote, Cervantes, Proust, Calvino, Böll, Rowohlt, Tucholsky.* Kein Ergebnis. Eigentlich war er sich sicher, dass es ein Büchername sein musste. Sie war eine Leserin. Sie hatte durch Bücher gelebt. Er sollte ins Bett gehen, er wusste das. Es gibt Arbeiten, die können nicht zum Erfolg führen. Und es gibt Zeiten, da sollte man schlafen und sich nicht frustrieren lassen. Er hackte die Namen in den Computer mit derselben stillen Wut, mit der er nachts mit seiner Frau gestritten hatte.

Hesse, Kishon, Blyton, Nietzsche, Kerr, Zarathustra, Pessoa, Siddhartha, jeden Autorennamen, jeden Buchtitel, der ihm noch einfiel. *Rilke, Rodin, Brigge.* Es war zu heiß, die Abwärme der Festplatte drang durch die Tastatur, seine Hände wurden feucht.

Falsch.

Dann nahm er sich Begriffe und Namen aus ihrer Dissertation vor.

Goethe. Falsch.
Lenz. Falsch.
Sesenheim. Falsch. Er probierte alles durch. *Friederike, Werther, Hofmeister, Götz, Semantik, Soldaten, Livland, Straßburg, Sturm und Drang, Weimar, Herder, Klinger.* Stahl dachte nicht mehr nach. Er tippte weiter. Blind, wahllos, wütend. Sie lächelte ihn an. Ruhig und überlegen. Er würde es ihr zeigen.

Kunst, Literatur, Gesellschaft, Plautus, Sesenheim. Hatte er das nicht schon probiert? Egal. Sowieso falsch. *Karl August. Eselei.* Schrieb Goethe das anders? *Eseley. Eissler. Lyrik. Gedichte. Liebe. Leid. Himmel.* Das Foto schwieg und triumphierte.

Die Buchstaben flackerten vor seinen Augen. Die Finger kamen mit der Tastatur nicht mehr zurecht, immer wieder die Löschtaste, so geht das nicht weiter. Stahl knallte den Bildschirm zu und atmete schwer.

Er vermied es, das Foto wieder anzusehen. Er kannte das Gefühl der Niederlage gegen ein stoisches Schweigen. Er hatte es lange nicht mehr verspürt.

Weimar, Mai 1776

IN WEIMAR IST GOETHE SEHR GESCHÄFTIG. ER IST SEINES alten Lebens überdrüssig und entwirft sich neu. Er will kein Dichter mehr sein. Blödes Geschreibsel. Was er in Worten tut, hat er nicht wirklich getan. Seine Hände sind nicht dazu bestimmt, nur mit der Feder übers Papier zu kratzen und Buchstaben an Buchstaben zu reihen zur Freude von Lesern, die er nie sieht. *Am Anfang war das Wort.* Welch ein Unsinn. Ein Satz für Narren und Toren. Die Tintenkleckserei konnte er getrost anderen überlassen. Am Anfang war die Tat. Doch um tätig zu sein, bedarf es einer Position, aus der heraus eine Tat auch erwachsen konnte. Die Regierung des Hofes. Dort könnte er etwas bewirken, von dort aus die Welt bewegen. Aber Vorsicht: Dort will ihn niemand haben. Das will klug geplant sein. So geht er diskret und langsam vor, nur nichts überstürzen. Hier ein scheinbar unbeabsichtigtes Wort beim Kartenspiel mit dem Herzog. Eine Stichelei gegen die Dichter und ihr sinnloses Tun bei Anna Amalie. Von Kalb sagt er, halb plane er eine Rückkehr nach Frankfurt in die Kanzlei des Vaters. Charlotte vertraut er seine Wünsche an. Die kennt die geheimen Kanäle bei Hof. Die Gute wird alles tun, damit er hier bliebe, ihr Herzensmensch. Wieland, der Erzieher des Prinzen, wird beim

Herzog für Goethe sprechen. Vor Monaten hat Goethe Freund Herder eine Stelle verschafft, möge der ihm jetzt Gleiches mit Gleichem vergelten. Die Saat geht auf. Langsam, stetig, unaufhaltsam. Schließlich beschließt der junge Herzog, Goethe ein Amt anzuvertrauen. Einen Mann von Goethes Genie nicht an dem Ort gebrauchen, wo er seine außerordentlichen Talente gebrauchen kann, heißt denselben missbrauchen, meint er. Goethe sträubt sich ein wenig: Er müsse doch schreiben, er sei ein Mann der Feder. Der Herzog setzt nach. Überredet, argumentiert, räsoniert. Goethe, untertänigst, lenkt endlich ein. Der Herzog ist zufrieden. Goethe soll *Geheimer Legationsrat* werden. Ein Mitglied des Geheimen Conseils; 1200 Taler, das zweithöchste Gehalt des Landes. Schließlich sind Goethes Kopf und Genie bekannt, und ein Mann wie er würde nicht die langweilige und mechanische Arbeit aushalten, in einem Landeskollegio von untenauf zu dienen.

Noch widersetzt sich freilich der Hof. Freiherr von Fritsch reicht seinen Rücktritt ein. Der leitende Minister. Eine Revolution. Der Herzog tobt, die Herzoginmutter überredet, die Beamten zittern, der Adel verkriecht sich. Bald wird er überflüssig sein. Die Bürgerlichen werden den ganzen Staat übernehmen. Altes adeliges Blut und die Pergamente ihrer Herkunft werden ersetzt werden durch das Genie der Jugend. Briefe gehen hin und her, geheime Pläne werden geschmiedet und verworfen, Gruppen bilden sich und zerfallen, Verschwörungen platzen, Verleumdungen machen die Runde, Verdächtigungen müssen widerlegt werden. Alle sind Teil eines großen Spiels.

Nur Lenz, das Kind, merkt nichts davon. Dafür sorgt Goethe. Er hält ihn bei Laune. Der Spott gegen Lenz nimmt etwas ab. Er ist oft zu müde, den Narren zu machen. Starrt blicklos in die Welt. Hört er überhaupt, was man ihm sagt? Außerdem hat er als Spielzeug bei Hofe ausgedient. Ihn rumzustoßen, amüsiert nicht mehr, um vieles spannender ist das neue Spiel um Goethes Ernennung. Wird er's schaffen? Wetten werden abgeschlossen, es steht 3:1 gegen Goethe. Manche der Schreiber verpfänden das Gehalt eines Jahres, um mitwetten zu können. Goethe selber setzt drei Kisten Champagnerwein auf sich. Bertuch, der ehemalige Schatullsekretär des Herzogs, hält dagegen. Lenz verschwindet im Windschatten des Größeren.

Oft lädt Goethe in dieser Zeit Lenz ein, die Nacht bei ihm im Gartenhaus zu verbringen. Irgendwann, im vertraulichen Gespräch, wird der ihm sagen, wo er die Briefe verwahrt. Goethe wohnt einfach, das Bett: eine grob gezimmerte Holzkiste mit einem Strohsack. Ein zweiter Sack daneben für Lenz. Der erbebt, spürt er den Körper des Freundes neben sich. Er weiß, er darf ihn nicht berühren. Er weiß nicht mehr, warum. In lauen Nächten schlafen sie im Garten, ein Lager unter den Zweigen der Weide. Als einmal die Morgenkühle über die Ilmwiesen zieht, rutscht Goethe näher zum Freund. Lenz liegt wach, die Augen starr auf die Äste der Weide. Ein Schleiertanz im Morgenwind. Er hält den Atem an. Goethe rückt näher. Legt wie im Traum einen Arm auf seine Hüfte. Seine Augen sind offen. Er will wissen, ob Lenz die Briefe am Körper trägt. Schweiß tritt auf dessen Stirn. Er fröstelt. Goethes Arm ist weich und warm, und die Haut schimmert weiß unter dem groben Hemd. Die Finger schließen sich zart um Lenzens Schulter. Es darf nicht sein. Nicht mehr. Es wäre zu viel, er könnte es nicht ertragen. Zitternd öffnet Lenz Goethes Hand, Finger für Finger und rückt zur Seite, weg von Goethes lockender Haut, seinen glatten Wangen und dem weichen Haar, in dem er einst sein Gesicht geborgen. Er rutscht von dem Strohsack auf den feuchten Boden und rollt sich dort zusammen. Er sieht nicht nach hinten, wo der prüfende Blick Goethes sich in seinen Nacken bohrt.

Bei Jena, Juni 1945

Das Klopfen schreckte sie auf.

»Essen«, rief Lipschitz durch die geschlossene Tür. Sie stiegen mit ihm ins Erdgeschoss, wo auf der rechten Seite des Flures eine Flügeltür den Blick freigab auf den Speisesaal des Hauses. Die Fenster an der Stirnwand standen offen und ließen den Blütenduft aus dem Garten ein; Sonnenstrahlen spiegelten sich in den Scheiben und warfen das Licht auf das helle und feingemaserte Holz des Esstisches und ließen die Porzellanteller, das Silberbesteck und die Kristallgläser funkeln. Das düstere Portrait eines Mannes mit einer seltsamen Samtkappe und einer schweren Goldkette um den Hals hing an der rechten Wand des Zimmers, und gegenüber sahen die jungen Soldaten auf einem Tischchen mit geschwungenen Beinen einen Vogel in einer kleinen Voliere.

Schweigend betrachteten sie das Zimmer. Wladimir kratzte sich heimlich am Hintern, wo der grobe Stoff der Uniform durch die fadenscheinige Unterhose an seiner Haut rieb.

Lipschitz ging zu dem Vogelkäfig und drehte an einer Schraube an der Rückseite. Der Vogel, klein und bunt wie ein Kolibri, begann auf der Stange umherzutrippeln und stimmte ein Lied an.

Das Jucken wurde immer heftiger und breitete sich über den ganzen Körper aus. Wladimir schwitzte. Schweißtropfen flossen aus der linken Achselhöhle über die Innenseite des Oberarms, bis sie am Ellenbogen von der Uniform aufgesaugt wurden.

Lipschitz lächelte.

»Keine Sorge«, sagte er. »Alles hier ist nur Schein, ohne Leben, ohne Wert.«

Alexander und Wladimir glotzten den Vogel an.

»Ihr versteht mich nicht. Kommt mal näher und schaut.«

Vorsichtig hob er den Vogelkäfig auf Augenhöhe und zeigte ihn den beiden.

Der Vogel war perfekt. Die echten Federn waren handbemalt und die Flügel öffneten sich leicht, wenn der Vogel aufgeregt über die Stange lief. Die Augen waren aus Glas und die Lider des Vogels mit einem feinen Silberfädchen untersetzt. In dem gelben Schnabel, der sich zu dem Liedchen öffnete, sahen sie eine zarte rote Zunge aus Seide. Sie konnten nicht erkennen, durch welchen Mechanismus die Beinchen des Vogels diese Trippelschritte machten, vielleicht war ein Magnet in der Stange verborgen.

An der Rückseite sahen sie die Flügelschraube, mit der Lipschitz den kleinen Automaten in Gang gesetzt hatte. Dieser hob ihn noch ein wenig höher und Wladimir hörte das feine Mahlen des Getriebes im Inneren. Plötzlich und brutal schleuderte Lipschitz den Käfig dann durchs ganze Zimmer. Er prallte an die gegenüberliegende Wand. Es klirrte schrill. Das Lied des Vogels erstarb mit einem blechernen Quietschen. Die Unterseite des Käfigs zerbrach und heraus quollen die Eingeweide, kleine Zahnrädchen, eine Pleuelstange aus Messing, Schrauben und Nieten. Die Feder sprang durch den Raum und landete unter dem Esstisch. Der Vogel war aus dem Käfig in die Freiheit gestürzt. Dabei hatte er sich das Genick gebrochen und blickte mit verdrehtem Hals und vorwurfsvollem Blick auf Lipschitz.

»Seht ihr«, sagte Lipschitz in das Schweigen hinein. »Nichts bleibt übrig von der Welt der Dinge. Alles, was ist, zerfällt oder wird zerschlagen, wie jetzt, in den Zeiten des Kriegs. Gewöhnt euch rechtzeitig daran, dann seid ihr vorbereitet. Nichts von dem, was sich hier befindet, konnten die Besitzer mitnehmen. Nichts half ihnen in den Zeiten der Not, erkaufte ihnen einen

Moment der Ruhe oder verzögerte den Augenblick ihres Todes.«

»Aber die Bücher im Nachbarzimmer verfallen doch genauso«, sagte Wladimir. »Die müssen auch zurückgelassen werden, werden verbrannt und gestohlen.«

»Nein«, widersprach Lipschitz. Sein Schulterzucken wurde wieder heftiger und sein Kopf ruckte unkontrolliert nach oben.

»Bücher sind etwas anderes. Sie sind wie Tore in andere Welten. Sie markieren den Übergang von einer Welt, unserer Welt, der Welt der Realität, wie wir sie nennen, in andere Welten. Und wer durch diese Tore hindurchgegangen ist, benötigt sie nicht mehr. Die Welten, die man durch die Bücher betreten hat, sind zu einem Teil von einem selber geworden.«

Wladimir schüttelte unwillkürlich den Kopf. Lipschitz machte einen neuen Versuch.

»Wenn du ein Buch liest, wenn du ein Buch wirklich liest, dann erfährst du etwas, was du nie vergisst, du bekommst etwas, was dich nie verlässt, egal in welcher Situation du dich befindest.«

Wladimir sah unzufrieden aus. »Wenn ich leide, dann leide ich doch, egal, was ich irgendwann einmal gelesen habe.«

»Erstens hast du noch nie gelitten. Zweitens wirst du durch Lesen erkennen, dass dein Leiden ein Teil des Leidens der Menschheit ist, das sich immer und überall abspielt. Drittens: So wie du das Leiden der Welt durch Lesen erkennen wirst, so wirst du dadurch auch die Schönheit der Welt sehen, und das Wissen darum wird dich niemals verlassen.«

»Nie?«, fragte Alexander.

»Nie!«, bestätigte Lipschitz und lud sie mit einer freundlichen Geste zum Essen ein. In der Kristallschale auf dem Tisch schwamm ein ranziger Eintopf aus Steckrüben, die wenigen Fleischstückchen waren fasrig und grün und schmeckten nach Pferd. Der Deckel einer Dose mit Wurst wölbte sich drall nach oben und entließ, nachdem Lipschitz sie mit einem schweren Tranchiermesser geöffnet hatte, einen dumpfen Modergeruch und einen schimmeligen Klumpen, den er auf einen Silberteller stürzte und gerecht in drei Teile zerschnitt.

Er aß ohne jeden Ekel, ruhig und gleichmäßig. Alexander und Wladimir kauten auf einem Kanten Brot herum.

Freiburg, Juni 2001

»GUTEN MORGEN«, TÖNTEN DREXLER UND SABINE fröhlich.

»Wollt ihr mich aufmuntern?«, erkundigte sich Stahl. »Zu gütig.« Seine Augen waren klein und rot. Er hatte sich beim Rasieren geschnitten, und ein Pflaster klebte rechts unterhalb des Kinns. Das war seine heikle Stelle. Jeder Mann hat seine heiklen Stellen. Außerdem war er in dem Alter, wo er das Rasiermesser nicht mehr glatt über das Gesicht ziehen konnte, sondern zuerst mit der anderen Hand seine Haut straff ziehen musste. Das machte es nicht einfacher.

Er packte Bettinas Notebook aus seiner Ledertasche, kramte die Fotos raus und die Zettel, die er auf ihrem Schreibtisch eingesammelt hatte.

»Jetzt erzähle ich euch, was ich über Bettina weiß, und wir überlegen dann, wie wir weitermachen, einverstanden?«

Drexler und Sabine nickten.

»Erst mal ihr Foto.« Stahl zeigte seinen Mitarbeitern die Bilder.

»Sie ist hübsch,« meinte Drexler. »Vielleicht etwas kühl, für meinen Geschmack. Ich hab sie ja lieber etwas weicher und...«

»Was du hättest, ist egal«, unterbrach ihn Stahl. »Sie sieht nicht nur etwas unterkühlt aus, sie wohnt auch so. In einem weißen Zimmer. Kein Schmuck, kein Bild, keine Farbe. Auch die Lampe ist weiß. Und ihre Kleider.«

»Vielleicht was Religiöses«, vermutete Sabine. Dafür hatte sie Verständnis.

»Glaub' ich nicht. Na ja, vielleicht doch. Ich muss noch mal mit ihren Eltern reden. Außerdem hat sie viele Bücher. Etwa dreitausend. Das ist eine Menge. Sie las gute Bücher, die ganze Weltliteratur rauf und runter. Ich würde sie gerne kennen lernen.«

»Warum tut das jemand?«, fragte Sabine.

»Leidenschaft«, sagte Stahl.

»Lebensuntüchtigkeit«, sagte Drexler.

»Tatsache ist«, fuhr Stahl fort, »dass sie vor allem fiktionale Texte las. Keine Bücher mit einem deutlichen Bezug zur Realität. Sie hat überhaupt keine Sachbücher oder Dokumentationen. Aber ich glaube nicht daran, dass jemand, der viel liest, lebensunfähig ist. Ich stelle mir Bettina eher wie eine Raupe vor, die sich in ihrem weißen Zimmer und den Büchern eingesponnen hat wie in einen Kokon und jetzt wie ein Schmetterling ausgebrochen ist in die Freiheit.«

»Wenn sie in die Freiheit geflogen ist, warum suchen wir sie dann?«, fragte Sabine.

»Wir haben einen Scheck«, sagte Drexler.

»Sie interessiert mich«, widersprach Stahl.

»Er hat an ihrer Bettdecke gerochen«, erklärte Drexler Sabine. »Jetzt hat er Witterung aufgenommen.«

»Außerdem ist das mit der Raupe nur eine Idee. Vielleicht braucht sie Hilfe. Nehmen wir an, sie steckt in Schwierigkeiten. Vielleicht ist sie aus bestimmten Gründen für immer weg, und wir müssen den Eltern klarmachen, was los ist. Wir haben eine Verantwortung akzeptiert. Wir sind beteiligt.«

»Und jetzt?«, fragte Sabine.

»Jetzt überlegen wir, wie es weitergeht.«

Sie gingen in Stahls Büro. Er legte ein neues Papier über das Flipchart, nahm einen breiten Rotstift und schrieb als Überschrift *BETTINA* über die gesamte Breite des Papiers. Dann nahm er einen Reißnagel und pinnte damit ihr Porträt in die Mitte der Tafel.

»Autsch, mitten durch die Nase.« Sabine zuckte zusammen.

»Sieht sehr professionell aus. Wie im Tatort«, lobte Drexler.

»Und wie würden die im Tatort jetzt weitermachen?«, erkundigte sich Stahl.

»Die würden ein Täterprofil erstellen.«

»Wir haben aber keinen Täter«, wandte Sabine ein.

»Wir sind ja auch nicht im Tatort«, sagte Stahl.

»Ich denke, wir sollten an zwei Fronten arbeiten. Das eine ist ihre Dissertation. Ich habe ihren Computer und habe die halbe Nacht vergeblich damit verbracht, das Passwort zu finden. Aber ich werde das schon schaffen. Und vielleicht etwas finden, was uns irgendwie weiterhilft. Peter hat über Lenz und Goethe recherchiert und mir einen ausführlichen Bericht über den Stand der Forschung gegeben. Die fixe Idee ihrer Eltern ist ja, dass Bettina etwas entdeckt hat, was mit ihrer Arbeit zu tun hat. Peter sollte also feststellen, welche offenen Fragen es gibt in der Beziehung von Goethe und Lenz. Das könnte ein Ansatzpunkt sein.«

»Also«, wollte Drexler loslegen.

»Nicht jetzt«, bremste Stahl. »Jetzt sammeln wir erst einmal. Lass mich erst mal aufschreiben.«

Er notierte: *Untersuchung Computer.*

Darunter: *Lenz-Goethe. Offene Fragen.*

»Vielleicht ist es aber auch völliger Unsinn, dass der Grund ihres Verschwindens mit dieser Arbeit zusammenhängt. Wir müssen also auch an einer zweiten Front kämpfen. Noch mal mit ihren Eltern reden. Herausfinden, in welchem Umfeld sie lebte. An der Uni nachfragen, mit ihrem Doktorvater reden, Freunde suchen.«

Stahl schrieb jeden dieser Unterpunkte auf die Tafel.

»Was könnten wir noch tun?«, erkundigte er sich bei seinen Mitarbeitern.

»Hat sie keine feste Beziehung?«, wollte Sabine wissen.

»Wüsste ich nicht. Aber da fällt mir etwas ein. Ich habe hier noch ein paar Telefonnummern und Standnummern von Büchern in der Universitätsbibliothek. Die sollten wir auch durchchecken.«

Er schrieb das auf.

»Noch was?«

»Russland«, sagte Sabine. »Sie war in Russland, dann in Weimar. Müssten wir nicht dort suchen? Sie ist doch schließlich von dort nicht zurückgekommen. Alles, was wir hier unternehmen ist doch irgendwie unsinnig. Wir müssten nach Russland fahren.«

Stahl schüttelte den Kopf. »Ja und Nein. Ich schreib das zumindest mal auf. Russland. Weimar. Das sind Spuren, die wir verfolgen müssen. Aber ich glaube, Sie haben Unrecht. An irgendeinem Punkt ihres Weges ist Bettina verschwunden. Einen beliebigen Punkt auf einer Strecke zu finden, ist aber unmöglich. Wir müssen versuchen, den Weg zu rekonstruieren, den sie gegangen ist. Wir verfolgen diesen Weg, und er wird uns zu der Stelle führen, an der sie verschollen ist. Sie ist ja nicht plötzlich abgetaucht. Es gibt eine kontinuierliche Entwicklung. Die versuchen wir nachzuvollziehen. Wenn es nötig ist, dafür zu reisen, werden wir das tun. Aber hier in Freiburg fing es an. Hier liegen die Wurzeln. Also: Graben wir sie aus. Wer macht was?«

»Lenz und Goethe, da mache ich weiter«, sagte Drexler. »Dann schaue ich auch in der Uni-Bibliothek vorbei und versuche, mit ihrem Doktorvater zu reden.«

»Soll ich mit den Eltern reden?«, erkundigte sich Sabine. »Sie scheinen das nicht so gerne zu machen, oder Herr Stahl?«

»Ist mir recht. Dann versuche ich mich noch mal an dem Computer.«

»Das wär's fürs Erste, oder?«, erkundigte sich Drexler. »Dann können wir ja anfangen.«

»Sabine, können Sie noch einmal herkommen, ich gebe Ihnen noch die Telefonnummer und Adresse von Böhlers.«

Stahl setzte sich in seinen Schreibtischsessel, klappte Bettinas Notebook auf und lehnte das andere Foto von ihr dagegen. Dann kramte er aus seiner Tasche die Nummern für Sabine raus.

»Gute Figur«, lobte Sabine mit einem Blick auf das Foto. »Sieht hier gar nicht so verbiestert aus. Und ich wusste nicht, dass sie reitet. Schönes Pferd, hat Klasse. Ein Araber. Gehört das ihr?«

Stahl starrte auf das Bild und dann auf Sabine. Er wurde rot.

»Das Pferd«, stöhnte er.

Er riss ihr Böhlers Nummer wieder aus der Hand und fing an zu wählen. Das Gespräch dauerte nur 15 Sekunden. Währenddessen hatte er Bettinas Computer hochgefahren.

Passwort, forderte der Computer.

Amigo, schrieb Stahl und sah einen Augenblick später auf die Icons der Windows-Startseite.

Auf einer Festplatte herumzustöbern ist weniger intim, als in einem Zimmer, dachte Stahl. Unsinnlich. Vielleicht unsinnig. Wird sich zeigen. Allerdings ist ein Zimmer übersichtlicher. Ein Blick und man bekommt einen Eindruck. Ein zweiter Blick und man erkennt Details. In einem Computer gibt es nur Details. Fragmentierte Welt. Er versuchte einen Einstieg über die Word-Textverarbeitung. Damit schrieb Stahl auch selber. Er klickte auf die kleine gelbe Mappe in der Kopfzeile und öffnete so die Übersicht. Dort gab es drei Ordner: *Deutsch*, *Englisch*, *Privat*.

Englisch, das musste ihr zweites Studienfach sein. Er öffnete den Ordner *Englisch*: *3. Semester*, *4. Semester* und so fort hießen die nächsten Untergruppen. Sie war sehr systematisch. Die ersten beiden Semester fehlten, dann hatte sie den Computer wohl erst im dritten angeschafft. Stahl klickte ein wenig durch die Dateien. Es war der übliche Unikram. Thesenpapiere, Klausurvorbereitung, Literaturlisten, Skripte. Nichts was ihn interessierte. Die Liste hörte mit dem 10. Semester auf. Da hatte sie ihr Studium vermutlich beendet. Ziemlich flott, dachte Stahl.

Er versuchte es bei *Privat*. Er hoffte insgeheim auf eine kleine Sensation, wie ihr Körpergeruch unter der Bettdecke. Ein kleiner verstohlener Einblick in ihre Persönlichkeit. Ein Hauch von erotischer Spannung, von offenbartem Geheimnis, von Intimität, aber der Computer gab in dieser Hinsicht nichts her. Einige Briefe an eine offenbar ältere Tante, mit Schriftgrad 16 geschrieben. Belangloser Inhalt: Das Wetter, das Studium. Der Rest war genauso unergiebig: Briefe an die Krankenversicherung. Post ans Studentenwerk. Der Anfang einer Rezeptsammlung mit chinesischen Gerichten. Adressen von Zahnarzt und Frauenärztin und so weiter.

Er fühlte sich ein wenig wie in ihrem Zimmer. Bettina gab nichts von sich preis. Genauer gesagt: Er war nicht in der Lage, Wesentliches zu erkennen. Das war sicher sein Fehler, nicht ihrer. *Das Tiefe verbirgt sich auf der Oberfläche*, schrieb Nietzsche. Der Satz hatte Stahl immer beeindruckt. Jetzt blickte er auf die Oberfläche und erkannte kein Muster, das ihm weiterhalf. Noch nicht.

Der letzte Ordner: *Deutsch*.

Auch der war chronologisch nach Semestern geordnet. Stahl nahm eine kurze Inhaltsübersicht vor. Sie war als Studentin so eifrig, wie sie es als Leserin war, und hatte in kürzester Zeit sämtliche Pflichtscheine gemacht. Ihr Interesse lag hauptsächlich auf der Sprachwissenschaft. Konstruktive Prosodie, Lexikalische Semantik, Lexikographie, Dependenzgrammatik und so weiter. Darüber hatte sie auch ihre Magisterarbeit geschrieben. Literaturwissenschaftliche Seminare hatte sie weniger intensiv besucht. Hier lag ihr Schwerpunkt auf dem 18. Jahrhundert. Vier Seminare zu Goethe, nichts über Lenz. Vermutlich nicht ihre Schuld, dachte Stahl. Wahrscheinlich gab es an der Uni nichts zu dem vergessenen Dichter.

Dann der Ordner mit ihrer Promotion. Ein Antrag bei der Studienstiftung des Deutschen Volkes für ein Stipendium. Er würde die Eltern fragen müssen, was daraus geworden war. Im Anhang des Antrags das Exposé der Dissertation. Auch hier keine Überraschungen. Es war eine Kurzform von dem, was Stahl bereits von ihr gelesen hatte. Er versuchte die Chancen für ihren Antrag abzuschätzen. Im Rahmen seiner Arbeit hatte er einige Dutzend davon verfasst und immerhin acht Vollstipendien für seine Klienten rausgeschlagen. Bettinas Begründung überzeugte ihn, aber er hatte den Eindruck, dass er inzwischen schon etwas voreingenommen war und sie nicht mehr objektiv beurteilen konnte. Dann folgten einzelne Dateien mit den Teilen der Promotion, die Stahl auch schon aus den Ordnern in ihrem Zimmer kannte. Mehr gab es nicht.

Stahl suchte in Office, Excel, Powerpoint. Fehlanzeige. Sie hatte ihren Laptop nur als bessere Schreibmaschine benutzt. Er fragte sich, warum er die halbe Nacht mit der Suche nach dem Passwort verbracht hatte. Aber schließlich hatte er auch halbe Nächte im Streit mit Marianne verbracht, dachte er, mit ähnlich unbefriedigendem Ergebnis. Auch da hatte er nie erkannt, um was es eigentlich ging, obwohl es die ganze Zeit offensichtlich gewesen war. Hatte sie zumindest immer gesagt.

Später versammelten sich wieder alle im Vorzimmer.

»Jetzt erzähle ich euch mal was.« Drexler strahlte. Das war ein bisschen so wie in der Schule, er durfte reden und alle mussten ihm zuhören.

»Die wichtigste Sache, die auffällt, wenn man sich mit der Beziehung von Lenz und Goethe beschäftigt, ist nicht das, was da ist, sondern das, was fehlt: Zum Beispiel sind so gut wie keine Briefe zwischen den beiden erhalten. Es gibt in der Zeit von ihrem Kennenlernen bis Lenz nach Weimar kommt ganze zwei Briefe von Lenz an Goethe. Umgekehrt ist kein einziger Brief erhalten geblieben. Jedenfalls habe ich das so in einer Studie gelesen.«

»Ja und?«, fragte Sabine. »Dann haben sie sich halt nicht geschrieben.«

»Unmöglich«, wandte Stahl ein. »Die haben damals mehr Briefe geschrieben, als Jugendliche heute SMS verschicken. Die waren praktisch dauernd am Schreiben. Goethe sowieso. Und Lenz auch. Fünf, sechs Briefe am Tag. Ich glaube, es sind deutlich über 10 000 Briefe von Goethe, die noch erhalten sind.«

»Udo hat Recht«, mischte Drexler sich wieder ein. »Die beiden müssen sich viel geschrieben haben. Sie waren engste Freunde, über Jahre hinweg. Besuchten sich häufig. Wanderten zusammen. Und sie hatten sich viel zu sagen als wichtigste Dramatiker ihrer Zeit. Aber Tatsache ist: Die Briefe sind weg. Weg ist außerdem ein Manuskript von Lenz mit dem Titel *Unsere Ehe*. Das hatte er an Goethe geschickt.«

»Was meinte er mit Ehe?«, fragte Sabine.

»Wissen wir nicht. Aber ich finde, es zeigt, dass sie eine recht enge Beziehung gehabt hatten, oder? Also weiter. Es ist nicht das Einzige, was verschwunden ist. Es existieren praktisch keine Spuren, die einen Hinweis liefern auf das, was Goethe *Lenzens Eseley* nennt und was der Auslöser dafür ist, dass Lenz von Goethe aus Weimar rausgeworfen wurde.«

»Es ist ja auch ziemlich lange her«, wandte Sabine ein. »Wenn in 200 Jahren jemand versucht herauszubekommen, warum ich mich von meinem Freund getrennt habe, wird er auch nichts finden.«

»Du hast dich von deinem Freund getrennt? Seit wann? Das wusste ich gar nicht.« Drexler klang interessiert.

»Sie sind ja auch nicht der größte deutsche Dichter«, meinte Stahl zu Sabine. »Im Grunde wissen wir über alles, was damals geschah, Bescheid. Es gibt keine Verdauungsstörung von Goethe, die nicht dokumentiert wäre, so wichtig nahmen die sich. Alle schrieben andauernd Briefe, alle führten ein Tagebuch, und alle sorgten dafür, dass ihre Aufschriebe auch erhalten wurden. Und der Rauswurf von Lenz muss einen Riesenwirbel verursacht haben. Das war die Sensation in Weimar. Das war ja nur ein Kaff mit vielleicht 6000 Einwohnern. Er war der Vorleser der Herzogin. Er hat mit dem Herzog gesoffen. Unterrichtete Englisch bei Frau von Stein. Diskutierte mit Wieland und Herder. War der beste Freund von Goethe. Und das waren alles Vielschreiber. Wenn da nichts übrig ist, steckt was dahinter.«

»Gibt es keine Theorie, was passiert sein könnte?«, fragte Sabine.

»Es gibt nicht eine Theorie, sondern Dutzende. Sie lassen sich in zwei Großgruppen unterteilen. Die eine Gruppe von Vermutungen geht davon aus, dass Lenz irgendetwas geschrieben haben könnte, was Goethe beleidigt habe. Lenz selber schreibt drei Tage später in einem Brief von einem *Pasquill*, also einer Streitschrift, einem Spottgedicht oder so. Er könnte sich lustig gemacht haben über Goethe und seine Stellung am Hof in Weimar.

Die zweite Gruppe vermutet, er habe etwas getan, was er nicht hätte tun sollen. Eine These ist, dass er versucht habe, die Herzogin zu küssen. Andere glauben, dass er in den Wochen, die er mit Charlotte von Stein auf ihrem Schloss verbracht hatte, eine Affäre mit ihr hatte. Und sie war schließlich die engste und beste Freundin von Goethe. Als der das rauskriegt, rastet er aus.«

»Das ist es. So sind sie, die Männer. Lenz schläft mit Charlotte, Goethe erfährt das, und Lenz ist erledigt. Dann vertuscht Goethe alles. Das passt doch. Da ist doch alles geklärt, da muss man ja nicht weitersuchen, oder?«

Diese Theorie deckte sich völlig mit den Erfahrungen von Sabine.

Stahl hatte Bedenken: »Was Sie da sagen, bringt alle bekannten Tatsachen in einen sinnvollen Zusammenhang. Aber eine Theorie wird nicht bewiesen. Eine Theorie kann nur widerlegt werden. So lange wir nichts Gegenteiliges finden, können wir aber mit Ihrer Vermutung leben.«

»Manchmal würde ich mir wünschen, Sie würden weniger geschwollen daherreden«, sagte Sabine.

Drexler fuhr fort: »Es geht noch weiter. Also: Lenz schreibt nach der *Eseley* einen Brief an einen Freund, den dieser Goethe zu lesen geben soll. Der Brief liegt im Archiv in Weimar, jedenfalls eine Hälfte davon. Der zweite Teil wurde säuberlich abgerissen und ist verschwunden. Die letzten Worte auf der überlieferten Hälfte sind: *Es ist nicht seit heute, dass.* Dann ist Schluss. Außerdem gibt es einen dicken Briefumschlag, den Lenz in den Stunden nach dem Rauswurf an Herder schickte. Darauf steht, ich zitiere: *Meinem ehrwürdigsten Freunde Herder dieses einzig existierende Manuskript zu seiner willkürlichen Disposition. Von einem armen Reisenden, der sonst nichts zu geben hat.* Zitat Ende. Das Kuvert, auf dem das stand, ist erhalten. Der Inhalt ist weg.«

»Das kann doch kein Zufall sein.«

»Das ist immer noch nicht alles. Es gibt noch einen weiteren Brief an Herder. Lenz schreibt: *Von dem versiegelten Zettel an*

Goethe sag niemand. Was es mit dem versiegelten Zettel auf sich hat: unbekannt.«

»Da hat jemand gründlich aufgeräumt«, stellte Stahl fest.

»Spuren verwischt«, sagte Sabine.

»Aber wer und warum?«

»Es gibt einen interessanten Satz von Goethe dazu«, meinte Drexler. »Er sagte, Lenz habe ihn in der öffentlichen Meinung vernichten wollen. Habt ihr den Eindruck, dass Goethe in der Meinung der Öffentlichkeit vernichtet worden ist?«

Beide schüttelten den Kopf.

»Das würde doch dafür sprechen, dass er da seine Finger im Spiel hatte und die Sachen verschwinden ließ.«

»Aber Lenz hatte die Beziehung zu Goethe doch selber nochmals in einem Roman beschrieben. Da konnte er dann doch alles klarstellen«, sagte Stahl.

»Stimmt. Lenz schrieb in Weimar einen Briefroman. Der Titel ist *Der Waldbruder*. Die Hauptfiguren sind der emotionale und fast lebensunfähige Herz und auf der anderen Seite Rothe, der sich am Hof eingenistet hat und auf die alten Ideale pfeift. Herz und Rothe. Das sind natürlich Lenz und Goethe. Allerdings: Falls Lenz darin wirklich versucht haben sollte, Goethe anzugreifen, hat er Pech gehabt. Das Manuskript gelangt nämlich in die Hände von Goethe. Und der veröffentlicht es erst 1797, also 21 Jahre nach der ganzen Geschichte, da ist Lenz längst tot. Und Goethe konnte den Text so umschreiben, wie es ihm passte.«

»Wenn Lenz und Goethe so plötzlich Feinde werden: Warum hat Goethe dann das Manuskript?«

»Keine Ahnung. Aber mein Auftrag war ja, rauszufinden, ob es offene Fragen in dem Verhältnis von Lenz und Goethe gibt. Fragen, mit denen sich Bettina vielleicht beschäftigt hat. Und die gibt es offensichtlich reichlich.« Drexler war mit sich zufrieden.

»Wie ging es weiter mit Lenz, nachdem Goethe ihn vertrieben hatte?«, wollte Sabine wissen.

»Es geht bergab. Steil bergab. Zuerst landet er in Emmendingen bei Goethes Schwester, die liebt er heiß und innig und wird Pate ihres Kindes.«

»Ist das nicht die dritte Frau um Goethe, an die er sich ranmacht?«, wollte Stahl wissen.

»Doch. Zuerst diese Friederike in Sesenheim, dann Charlotte von Stein. Und jetzt eben Cornelia. Er bleibt aber nicht lange. Ohne Geld, ohne Arbeit zieht er durch Süddeutschland. Überall Schulden. Dann die Schweiz, das Elsass und dort dreht er dann komplett durch. Versucht tote Kinder zum Leben zu erwecken, will sich umbringen, schmiert sich Asche aufs Haupt und hat religiöse Wahnvorstellungen. Seine Freunde lassen ihn in Ketten legen, und schließlich wird er nach Livland abgeschoben. Dort wirkt er wieder fast gesund, aber niemand will ihn haben. Am wenigsten sein Vater. Der wurde inzwischen zum ersten Mann der Kirche. Lenz wandert nach Petersburg an den Zarenhof, sucht Arbeit. Vergebens. Keine Arbeit, kein Geld, keine Freunde. Wieder in Livland. Dann Moskau. Dort lebt er mühsam als Hauslehrer und Übersetzer. Wird wieder kränker und verfällt. Man findet ihn dann irgendwann tot auf der Straße.«

»Und Goethe?«

»Also es gibt eine Textstelle in einem Brief von einem Reisenden, der Goethe 1816 besucht hat. Das sind immerhin, Moment, lass mich nachrechnen, 40 Jahre nach der Geschichte. Der sagt, dass der Name von Lenz in Weimar immer noch nicht erwähnt werden darf, weil er Goethe so verhasst sei.«

»Nachtragend wie ein Elefant«, meinte Sabine.

»Trauriges Leben. Ich mache uns erst mal einen Kaffee. Wie immer mit Milch?«, fragte Stahl.

Seine Mitarbeiter nickten. Stahl drückte die entsprechenden Knöpfe an der Maschine, die er zusammen mit Marianne in einer aufgegebenen italienischen Bar entdeckt hatte. Der Besitzer war froh gewesen, das Monstrum loszuwerden. Seitdem stand es im Vorzimmer seines Büros. »Wenn es hier nicht mehr läuft, mache ich ein Café auf«, behauptete er immer noch von Zeit zu Zeit. Sabine würde hinter der Theke stehen und Peter sollte bedienen. Mit Peters Aussehen und Sabines Charme wäre der Laden immer voll. Er selbst würde den Gästen zum Kaffee die Vorlesungen halten, die er als Professor an der Universität halten würde, wenn er sich rechtzeitig mit dem System arrangiert hätte.

Sie tranken ihren Kaffee und sprachen über Lenz. Warum er damals, vor 250 Jahren, scheitern musste. Aber heute? Was würde er machen? Drexler vermutete, dass er Lehrer werden würde. Da könne man immer unterkommen, wusste er aus eigener Erfahrung. Die Schüler würden ihn oft fertig machen, weil er zu weich wäre. Hin und wieder würde seine feine Art aber auch dazu führen, dass einem seiner Schüler die Augen für neue Aspekte des Lebens geöffnet würden. Sabine vermutete, er würde sich einer fernöstlichen Religion zuwenden. Er würde ein kleines Zentrum in der Lüneburger Heide leiten und dort geachtet und in Frieden leben. Stahl sah ihn als Junkie enden. Wenn das Gefäß zu schwach ist und der Inhalt zu stark, müsse es immer zu einer Katastrophe kommen, egal in welcher Zeit und in welcher Gesellschaft man lebe, argumentierte er.

»Jetzt bin ich dran«, forderte Sabine, nachdem Stahl die Kaffeetassen gespült und beiseite gestellt hatte.

»Bettinas Eltern waren übrigens sehr nett und zuvorkommend. Na ja, sagen wir Frau Böhler, ihr Mann redet ja kaum. Sie war froh, von ihrer Tochter erzählen zu dürfen. Viel Neues habe ich trotzdem nicht erfahren. Sie hat wohl keinen festen

Freund. Männer interessieren sie nicht besonders, meinte zumindest ihre Mutter. Aber es gibt eine gute Freundin. Eva Steiner. Wohnt im gleichen Dorf. Ich habe schon mit ihr telefoniert. Ich besuche sie heute Nachmittag. Sie zeigt mir auch den Reitstall und das Pferd. Sie kümmert sich darum, solange Bettina weg ist.

Ihr Doktorvater ist Professor Studer, Sprachwissenschaftler. Ich habe in der Uni angerufen, aber er ist noch bis Oktober weg. Forschungssemester in Phoenix, Arizona. Ich wusste nicht, ob wir uns bei ihm melden sollen.

Und ihre Reisen: Sie war nach Petersburg geflogen, vor etwa zwei Monaten, um nach Manuskripten von Lenz zu suchen. Bei der ersten Reise war sie eine Woche weg und hinterher völlig durcheinander. Das haben uns ihre Eltern ja erzählt. Etwa sechs Wochen später war sie einfach verschwunden. Sie hatte zu Hause erzählt, sie müsse auf ein dreitägiges Kolloquium zu ihrem Thema. Das war Anfang Juni. Stattdessen war sie nach Russland geflogen. Und vier Tage später rief sie aus Weimar an. Das wisst ihr ja. Genaueres konnten sie mir auch nicht sagen.«

»Und was hast du heute Morgen gemacht?«, wollte Drexler anschließend von Stahl wissen.

»Ich habe in ihrem Computer rumgeschaut. Sabine hat mir geholfen, das Passwort zu finden. *Amigo*. Wie ihr Pferd. Aber ich habe nichts gefunden, was uns interessiert.«

»Hast du wirklich alles untersucht?«

»Ich habe mir vorgestellt, die Festplatte sei eine Wohnung, und ich habe in alle Zimmer reingeschaut, alle Ecken untersucht, alle Ordner angeklickt, in allen Dateien gestöbert.«

»Weißt du, was ein Detektiv im Film macht, wenn er ein Zimmer durchsucht?«, fragte Drexler.

»Ich schaue keine Krimis.«

»Er guckt in den Papierkorb.«

»Den Papierkorb?«, wiederholte Stahl verständnislos.

»Papierkorb. Ich buchstabier dir das gerne. Hol das Ding mal.«

Drexler machte den Computer an und tippte das Passwort. Dann klickte er den Papierkorb an.

Der Papierkorb war leer.

Glück gehabt, dachte Stahl. Oder Pech, je nachdem.

»Mach mal Platz«, forderte er dann plötzlich Drexler auf. Er hatte eine Idee. Drexler räumte den Chefsessel und blickte Stahl über die Schulter. Stahl öffnete den Netscape Navigator und schob die Maus auf das History-Fenster. Hier werden die Internet-Adressen gespeichert, die zuletzt angewählt wurden. Sein rechter Zeigefinger tippte die Maus an. Auf dem Bildschirm erschien eine Reihe von Adressen:

http://www.pskov.ru.html
http://www.biblioteka-georgiewskaja/pskow/info.html
http://www.meschdunarodnaja/hotel/prices.html
http://www.pulkovo-airlines./frankfurt.de/booking/html
http://www.priority-world.ch/Staedte/pskow.html
http://www.russ.ru/forums/pskow/1040.html
http://www.adg-archiv.de/docs/pskow/078283.html
http://www.iit-online.de/partner/Pskow.html

Die Liste umfasste 22 Adressen.

Weimar, Juni 1776

AM 25. JUNI WIRD GOETHE INS AMT EINGEFÜHRT. LENZ sieht den Freund entgleiten. Das hat er nicht gewusst, nicht im Entferntesten geahnt. Am Tage vorher, beim Mittagsmahl mit

Wieland, erfährt er davon. Eine Welt bricht zusammen für den Ahnungslosen. Goethe sei doch ein Dichter, kein Hofmann. Er sei mit der Gabe der Poesie gesegnet, gottlos sei es, diese brachliegen zu lassen. Er schulde der Welt, dass er schreibe, und zwar das, wozu er bestimmt sei, keine Randnotizen in Akten des Conseils. Er habe einen Auftrag, den müsse er erfüllen, unbedingt erfüllen, sein ganzes bisheriges Leben erscheine doch sinnlos, wenn es nur dazu gedient hätte, ihm eine komfortable Stelle als Beamter zu verschaffen. Es sei ein Schlag ins Gesicht seiner Freunde, mit denen er die Welt verändern, erneuern, beglücken wollte. Die selige Gemeinschaft der Dichter würde enthauptet, besinne er sich nicht eines Besseren. Wende er sich ab von den Musen, dann wendeten die Musen sich ab von ihm. Nie wieder werde er dann etwas zu Papier bringen, was wert wäre, gelesen zu werden. Nie wieder die Stimme einer ganzen Generation sein und die Herzen berühren. Nie wieder sich Gehör verschaffen über die Grenzen dieses beschränkten Ländchens hinaus.

Goethe nagt schweigend an einem Hühnerbein.

Wieland, an dem Goethe und Lenz einst ihre Federn geschärft hatten, beruhigt den tobenden Freund. Goethe werde viel Gutes schaffen und viel Böses verhindern, und das müsse einen dafür trösten, dass er als Dichter auf viele Jahre für die Welt verloren sei. Das werde er, denn Goethe tue nichts halb, und da er nun einmal in diese neue Laufbahn treten werde, so werde er nicht ruhen, bis er am Ziel sei. Goethe werde als Minister so groß sein, wie er als Autor war. Er fürchte zwar, dass Goethe mit all seinem Willen und all seiner Kraft nicht in der Lage sein werde, eine leidliche Welt zu schaffen, und nicht den hundertsten Teil von dem tun könne, was er gerne täte, aber jetzt müsse er die Gelegenheit nutzen.

Lenz will das nicht hören. Heftig steht er auf, der Becher kippt, und der Wein tropft durch die Fugen des Tischs auf den

Boden. Ohne ein Wort verlässt er die beiden, stakst mit wütenden Schritten über die Wege zur Ilm und starrt ins trübe Wasser. Ein Gewitterregen weit weg hat das Flüsschen anschwellen lassen, Äste und Blätter strudeln vorbei. Eine Ratte sitzt auf einem Baumstumpf in der Mitte des Flusses und streift mit den Pfoten über ihre Nase.

Im Gasthaus schließt er sich ein. Zuerst dröhnt die Stille in seinen Ohren, dann das Gegröle der Betrunkenen, schließlich das Kreischen der Weiber. Seine Augen bohren sich in die Dunkelheit. Sie brennen, er wagt es nicht, sie zuzumachen. Drei Tage liegt er da. Am vierten kommt Goethe. Es ekelt ihn. Es riecht nach Exkrement in der Kammer. Lenz liegt bleich auf dem Bett. Das Öffnen der Tür kostet ihn alle Kraft. Was er wolle, fragt Lenz ihn. Alles Wichtige sei schon gesagt. Oder ob er komme, sich endgültig zu verabschieden. Das sei nicht nötig. Und Goethe solle nicht darauf spekulieren, dass er ihm nachsehe, was er im Begriff sei zu tun. Das werde er nie. Nie. Goethe versucht ihn zu besänftigen. Gibt sich zerknirscht. Gesteht Schwächen. Räumt Fehler ein. Lobt den Freund ob seiner klaren Worte. Seiner eindeutigen Liebe zur Kunst. Erkundigt sich nach Lenzens Gedichten. In Weimar sei es ja nicht einfach, sich auf die Literatur zu besinnen. Zu viel Umtriebe. Gesellschaftliche Verpflichtungen. Falsche Rücksichtnahmen. Ob Lenz auch so darunter leide? Ob seine Kunst hier ebenfalls verkümmere? Ob dieses Zimmer ihn nicht lähme? Lenz nickt zu allem. Diese verdammte Kammer! Die dünnen Wände und der Lärm aus der Gaststube! Der Gestank aus den Gassen! Das elende Hofgeschmeiß!

»Ich kann dir helfen«, sagt Goethe.

Lenz lacht höhnisch. Erst stürzt er ihn in die Hölle, jetzt reicht er ihm die helfende Hand.

»Ein Haus. Nur für dich. Der Herzog hat's mir gewährt. Auf dem Lande. Du machst dort lange Spaziergänge und findest wieder zu dir. Bist du erst in Ruhe in deinen vier Wänden, gelingt dir auch das Schreiben wieder.«

Lenz ist unsicher. Vielleicht liebt Goethe ihn doch im Grunde seines Herzens. Aber er muss vorsichtig sein. Die Liebkosungen Goethes scheinen ihm die Liebkosungen eines Tigers. Man fasst unter seinen Umarmungen immer an den Dolch in der Tasche. Aber diesmal gibt es keinen Dolch, nur einen Schlüssel. Aus schwerem Eisen und versehen mit den Insignien des Hofes. Den reicht ihm Goethe.

»Der Herzog leiht dir sein Jagdzeughaus in Berka. Du kannst dorthin, wann immer du magst. Auf dem Land wirst du gesunden. In der Natur. Dich presst man nicht in die Etikette des Hofes. Du musst frei gehen, Lenz, sonst gehst du zugrunde.«

Lenz stimmt ihm zu. Gleich morgen wird er reiten.

Er ist aus dem Weg.

Bei Jena, Juli 1945

»HEUTE WERDE ICH EUCH ETWAS ZEIGEN«, ÜBERRASCHTE Lipschitz Alexander und Wladimir beim Frühstück. Der mongolische Fahrer, der sie auch in den vergangenen Tagen durch die Gegend kutschiert hatte, wartete mit laufendem Motor. Er ließ ihn nie ausgehen. Lieber saß er eine Stunde im Dieselqualm. Er rauchte eine Zigarette, grinste und ließ Lipschitz und seine Gehilfen einsteigen. Inzwischen mussten sie sich beim Fahren nicht mehr übergeben.

Lipschitz sprach nicht während der Fahrt. Sonst informierte er sie über Ziele, die sie untersuchen würden. Redete von den Bibliotheken und ihren Inhalten, den Villen und Landgütern und den Schicksalen ihrer Besitzer. Heute nicht. Das Wetter war trüber geworden. Nebel hing in der Luft und blieb als feine Tropfen in den Haaren der Soldaten hängen. Der Jeep hatte kein Verdeck. Die Nässe drang in die Uniformjacken ein. Frierend saß Wladimir auf dem hölzernen Rücksitz des Wagens. Er sah aus wie ein richtiger Soldat.

»Weimar«, sagte Lipschitz nach einer Weile. Sie fuhren durch ein ganz normales Städtchen: Brandgeruch, Ruinen, graue Gestalten.

»Ja und?«, wollte Wladimir wissen. Er brüllte seine Frage gegen den Fahrtwind nach vorne, wo Lipschitz hinter der Windschutzscheibe kauerte.

»Hier lebte Goethe. In dem Haus da links.«

Das Haus sah nicht anders aus als andere Häuser auch. Eine Bombe hatte einen Teil der Front weggerissen, aber die meisten Mauern standen noch.

Wladimir starrte einem Mädchen in weißem Kleid hinterher, das einen Kinderwagen voller Dachziegel über die Straße schob.

Sie fuhren durch ein kleines Wäldchen einen Hügel hinauf und bogen links ab. Der Wagen schlingerte über ein Sträßchen. Links standen ein paar Baracken, rechts eine zerschossene Fabrik. Der Nebel hatte sich immer weiter verdichtet, inzwischen nieselte es. Unter einer großen Toreinfahrt hielt der Jeep an. Der Mongole klappte seinen Kragen hoch und zündete sich eine Zigarette an. Der Motor qualmte weiter. Lipschitz ließ Alexander und Wladimir aussteigen.

»Wo sind wir?«, wollte Alexander wissen.

»Ettersberg«, sagte Lipschitz. Die drei standen unter dem Eingangstor und blickten in den Regen, der böig über den grauen Asphalt wehte. Dahinter Baracken. Lipschitz wechselte ein paar Worte mit einem Soldaten, der sie misstrauisch beobachtet hatte und dann durchwinkte. JEDEM DAS SEINE las

Alexander halblaut über dem Tor. »Jeder, jede, jedes, jedem«, murmelte er vor sich hin.

»Der Appellplatz«, sagte Lipschitz und wies unbestimmt nach vorne. Seine Stimme hatte jeden Klang verloren. Der Wind riss ihm die Worte aus den Lippen und schlug sie in Fetzen. »Die Schlosserei.« Er wies auf eine Baracke an der Ostseite. Sein Nacken zerrte den Kopf grob nach hinten. Die Schultern zuckten.

Er führte sie in eine Barackenreihe. Der Wind, der sich auf dem Appellplatz gesammelt hatte, fegte kalt zwischen die Gebäude und stemmte sich gegen sie, als wollte er ihnen den Eintritt verwehren.

»Küche«, sagte Lipschitz tonlos und wies nach links. Sie trotteten hinterher. »Wäscherei.« Das war rechts. Dann zeigte er nach unten. Alexander und Wladimir blickten gehorsam auf den riesigen Baumstumpf, der direkt über dem Boden abgesägt worden war.

»Eiche«, sagte er. Er blickte in Augen, die ihn nicht verstanden.

»Hier stand eine Eiche«, wiederholte er.

Wladimir und Alexander sahen ihn fragend an.

Lipschitz tastete sich weiter vor: »Unter dieser Eiche hat Goethe sich mit seiner Freundin getroffen. Sie hieß Charlotte von Stein. Sie wollten ihre Ruhe haben. Sie flüchteten vor der Hofgesellschaft in Weimar.«

Seine Stimme klang wieder kräftiger. Er wagte mehr:

»Sag ich's euch, geliebte Bäume?
Die ich ahndevoll gepflanzt.
Als die wunderbarsten Träume
Morgenrötlich mich umtanzt.
Ach, ihr wisst es, wie ich liebe,
Die so schön mich wiederliebt,

*Die den reinsten meiner Triebe
Mir noch reiner wiedergibt.*

*Wachset wie aus meinem Herzen,
Treibet in die Luft hinein,
Denn ich grub viel Freud und Schmerzen
Unter eure Wurzel ein.
Bringet Schatten, traget Früchte,
Neue Freude jeden Tag;
Nur dass ich sie dichte, dichte,
Dicht bei ihr genießen mag.«*

Er zitierte das Gedicht auf Deutsch. Langsam, als koste er jede einzelne Silbe aus. Mit jedem Vers war seine Stimme wärmer und voller geworden. Der Wind hatte sich gelegt.

»Die Nazis haben den Baum stehen lassen, als sie hier das Lager auf dem Ettersberg gebaut haben. Sie gaben der Gegend auch einen neuen Namen. Sie nannten sie Buchenwald. Die Eiche stand unter Naturschutz. Deshalb wurde sie erst einmal nicht gefällt. Die Deutschen halten sich gern an Gesetze. Dann kamen andere Gesetze. Die besagten, dass Juden, Obdachlose, Homosexuelle und Kommunisten hier eingesperrt, gefoltert und getötet werden sollten. An diese Gesetze hielten sich die Deutschen auch.

Was uns im Lager blieb, war die Erinnerung an eine bessere Welt. Und der Baum war ein Symbol dafür, dass es Anderes gab. Die Liebe. Die Literatur. Die Welt jenseits des Zaunes. Deshalb sägten sie ihn dann doch um. Sie dachten, dass sie uns damit den Ausblick in jene Welt nehmen würden. Das zeigt, wie dumm sie waren. Der Baum war zum Zeichen geworden. Alle kannten seine Geschichte. Wir sagten uns Goethes Gedichte auf. Erzählten von seiner Liebe zu Charlotte von Stein. Berichteten aus seinem Leben. Man kann einen Baum verschwinden lassen, aber nicht ein Zeichen. Ohne dieses Zeichen wäre ich hier umgekommen.«

Er drehte sich um und ging zurück zu ihrem Wagen. Sie gingen stumm hinter ihm her. Der Mongole warf den Zigarettenstummel in den Sand und fuhr sie schlingernd zurück.

Freiburg, Juni 2001

»Sie haben ja schon gesehen, es sind alles Adressen, die mit einer Stadt namens Pskow zu tun haben. Das liegt etwa 50 Kilometer südlich von St. Petersburg.« Sabine hatte inzwischen die Adressen im Internet angeklickt.

»Das ist Leningrad, oder?«, erkundigte sich Stahl. Sein Erdkundeunterricht hatte zur Zeit Breschnews stattgefunden.

»Genau. Seit 1991 heißt das wieder St. Petersburg. Ansonsten gibt es über Pskow wenig zu sagen. Ach ja: Mal schreibt man das mit v am Schluss, mal mit w, das hängt wohl mit dem kyrillischen Alphabet zusammen. Bettina hat teilweise ganz allgemeine Informationen im Internet dazu gesucht. Es ist anscheinend eine Provinzstadt, recht klein mit etwa 200 000 Einwohnern. Es gibt da einen Kreml, eine Kathedrale, eine alte Kirche, einen Fluss und das war's dann auch schon. Außerdem eine Bibliothek, Georgsbibliothek, so übersetzt man das wohl, die hat ebenfalls eine Homepage, die Bettina aufgerufen hat. Und eine kleine Hochschule, allerdings mit Schwerpunkt Ingenieurwesen. Das interessiert Sie vielleicht weniger. Aber ich denke, Bettina ist nach Pskow gefahren: Die Seite eines Hotels mit Preisen und Reservierungen war in der History-Liste, und sie hat sich auch nach Flügen erkundigt.«

»Aber was wollte sie da? Was hat das mit Lenz und Goethe zu tun?«

»Keine Ahnung. Beide sind nie da gewesen. Lenz lebte immerhin in der Nähe, der kam doch mal nach St. Petersburg. Vielleicht hat er auch mal einen Abstecher nach Pskow gemacht, wenn das nur 50 Kilometer waren. Lenz war doch so ein Ruheloser, der wandert das doch in einem Stück runter. Dort hat er dann irgendwas hinterlassen, was Bettina gefunden hat. Ich glaube also, Sie müssen da hinfahren.«

Stahl schauderte bei dem Gedanken. Russland, das war Kälte, Regen und Mafia, Kohlsuppe und Alkoholleichen, die in den Flüssen schwammen, graue Wohnblöcke, die von seltsamen Extremisten aus Provinzen mit unaussprechlichen Namen in die Luft gesprengt wurden. Das bedeutete Korruption, Tschernobyl, Prostitution. Das war das Land, in dem rostige Atom-U-Boote kieloben auf sumpfigen Ufern lagen und verrotteten und Öl aus lecken Pipelines floss. Regiert von Greisen, Idealisten, Alkoholikern oder Nationalisten.

Das alles sagte er natürlich nicht.

»Ich weiß nicht«, entgegnete er stattdessen.

»Das ist doch eine einmalige Gelegenheit«, meinte Drexler. »Du besuchst das Land von Dostojewskij, Tolstoj, Bulgakow, Brodskij, Puschkin und wie sie alle heißen. Oder warst du schon da?«

Das war Stahl nicht. Er hatte es auch nicht vor.

»Ich glaube, man kann da gar nicht einfach einreisen. Da braucht man sicher irgendwelche Visa und darf nur mit der Intourist-Reisegruppe durchs Land ziehen«, sagte er voller Hoffnung.

»Da habe ich mich schon drum gekümmert«, beunruhigte ihn Sabine. »Man braucht einen gültigen Reisepass und muss zwei Wochen vor der Reise einen Antrag bei dem russischen Konsulat stellen. Das wäre für Sie natürlich zu spät. Schneller geht es nur bei Einladungen von offiziellen Stellen. Ich habe daher eine Bekannte gefragt, die in Petersburg Medizin studiert. Ich kenne sie aus Freiburg. Hier war sie zwei Jahre lang an der Uni. Sie schickt Ihnen eine Einladung von einem befreundeten Professor für eine Tagung über zeitgenössische mitteleuropäische Literatur. Damit kriegen Sie Ihr Visum innerhalb von 24 Stunden. Außerdem wäre ein Flug frei am nächsten Montag ab Frankfurt nach Petersburg. Alles was Sie brauchen, ist ein Reisepass.«

Sabine strahlte. Es machte ihr Freude, Dinge zu organisieren und Hindernisse aus dem Weg zu räumen.

Stahl strahlte nicht. Er legte sein Gesicht in sorgenvolle Falten.

»Oh je«, sagte Drexler. »Sein Pekinesengesicht. Er hat keinen Pass und muss daheim bleiben.«

»Schlimmer«, sagte Stahl. »Ich habe einen Pass und muss fahren. Aber könntest du das nicht machen? Du bist jung, flexibel, dynamisch, immer auf der Suche nach Abenteuern, offen für Neues.«

»Nein. Das ist eindeutig Chefsache.«

Stahl seufzte. »Wir haben hier doch noch gar nicht alle Spuren verfolgt. Was ist denn mit Bettinas Freundin, von der Sie erzählt haben?«

»Das ist eine ganz Nette, wirklich. Sie kennen sie. Eva Steiner. Sie haben vor einiger Zeit eine Diplomarbeit in Sozialpädagogik von ihr betreut. Ich soll sie auch schön grüßen. Sie leitet inzwischen eine Begegnungsstelle für obdachlose Frauen. Sie kommt aus dem gleichen Dorf wie Bettina und schaut nach ihrem Pferd. Das wird ihr inzwischen zu viel. Den Eindruck hatte ich zumindest. Das würde sie nie sagen, dazu ist sie viel zu nett. Sie hatten ausgemacht, dass Bettina nach vier oder fünf Tagen wiederkommt. Dass sie jetzt schon so lange weg ist, macht ihr natürlich auch Sorgen. Sie weiß auch, dass ihre Eltern Sie mit der Suche beauftragt haben. Zu ihrem Verschwinden konnte sie aber überhaupt nichts sagen. Sie hat auch wenig

Ahnung, womit sich Bettina in ihrer Arbeit beschäftigt. Sie wusste aber, dass es um einen Dichter geht, den Bettina über alles verehrt und den sonst kaum jemand kennt. Ansonsten sei Bettina nicht sehr mitteilsam gewesen. Meist hat wohl Eva etwas erzählt, von den Problemen mit ihrem Freund, Stress mit den Obdachlosen, Ärger mit ihren Vermietern. Bettina hat ihr dann Tipps gegeben. Mal mehr, mal weniger hilfreich. Von sich selber hat sie nicht so viel preisgegeben. Aber sie hat ihr oft Gedichte vorgetragen, von dem Dichter, den sie so liebt, bei ihren Spaziergängen. Das hat Eva sehr beeindruckt. Sie sagte, da habe sie mehr von Bettina erfahren, als wenn sie viel geredet hätte.«

»Und was ist mit den Standnummern der Bücher, die ich dir mitgegeben habe. Hast du da was rausbekommen?«, fragte Stahl Drexler. Es war seine letzte Hoffnung, doch noch einen Grund zu finden, nicht nach Russland zu fliegen.

»Nichts Auffälliges, alles Sachen, die sie für ihre Arbeit braucht. Goethe-Biografien, Lebensgeschichte von Lenz, Literaturgeschichte. Absolut nichts, was dich hier in Freiburg halten könnte. Zwei oder drei Bücher sind noch ausgeliehen, die Titel klingen aber auch nicht besonders spektakulär. Ich habe sie bestellt, die kommen Mitte nächster Woche.«

Stahl gab auf. »Ich fahre heim und suche meinen Pass. Dann rufe ich Sie an, und Sie machen alles klar, okay?«

Sabine nickte.

»Aber wie beschäftige ich euch in dieser Zeit möglichst sinnvoll?«

»Ich mache die Post und das Büro. Das kann ja nicht alles ewig liegen bleiben. Und bis ich alles für Sie organisiert habe, bin ich ganz schön beschäftigt.« Sabines Aufgabe war klar strukturiert.

»Und ich nehme den Computer mit und zeige ihn meinem jüngeren Bruder. Der soll mal versuchen, gelöschte Dateien zu rekonstruieren. Der kann so was vielleicht. Und unter

Umständen kann man den Email-Briefwechsel von Bettina öffnen.«

»Dein Bruder, das ist doch der picklige Typ mit der Glatze und dem Ring in den Augenbrauen, der außer kiffen und Musik hören gar nichts kann?«

»Dachte ich auch. Aber vor sechs Wochen hat er sich meinen Computer vorgenommen. Seitdem läuft er dreimal so schnell. Das ist diese Generation. Die haben das mit dem Computer mit der Muttermilch mitgekriegt. Das lernen wir nie.«

»Dann mach das mal. Ich schaue nach meinem Pass.«

Am Abend war der Pass gefunden, ein Flug gebucht, ein Hotel bestellt. Stahl saß am Tresen im Casino vor einem Bier und schwieg ins Glas. Ein Tresen ist ein guter Platz, wenn das Leben zu schnell wird, dachte er. Er stützte seinen Kopf auf die linke Hand und sah seinem Spiegelbild hinter der Bar zu, wie es einen großen Schluck Bier trank. Er fand, es sehe aus wie das Klischee vom einsamen Säufer, pathetisch und mitleidregend. Es war ihm egal.

Der Beschleunigung der Ereignisse setzte er seine eigene Bewegungslosigkeit entgegen, um die Dynamik etwas abzubremsen. Am anderen Ende der Theke saß die Frau vor ihrem Rotweinglas. Stahl sah sie an und hatte eine hübsche erotische Fantasie in drei Sätzen: Allegro, Andante ma adagio und dann Presto. Er hob seinen Blick aus dem trüben Schaum im Glas und sah plötzlich mitten in die Augen der Frau, die sich tief in die seinen bohrten. Er zuckte zurück. Eine Sekunde lang fürchtete er, sie könne seine Gedanken lesen. Dann hoffte er es, und schließlich sah er sie an, mit Augen wie offene Tore, die ihr Einlass gewähren sollten in die Welt seiner Fantasien. Er stellte sich vor, wie sie das Bild seiner Vision auf seiner Netzhaut sah. Er sah es auch in ihren Augen blitzen. Einen Augenblick später wandte sie sich enttäuscht ab. Stahl war sich unsicher. War sie enttäuscht, weil sie in seinen Gedanken lesen konnte? Oder war sie enttäuscht, weil sie es nicht konnte? Oder sah sie in ihm den einsamen Säufer, den er im Spiegel erblickt hatte und mit dem niemand etwas zu tun haben wollte?

Er trank weiter. Ruhig und beständig. Ein Bier führte zum nächsten. Der Weg war klar und vorgezeichnet, es würde keine Abweichungen geben. Er sank tiefer in sich zusammen und bildete den ruhenden Pol der Kontinuität in dieser Kneipe, in der dauernd etwas passierte: Menschen kamen und gingen, redeten, stolperten zum Klo und warfen Geld in die Jukebox, lachten, stritten sich und versöhnten sich wieder, küssten sich auf die Wangen und winkten sich zu, stießen Gläser um und knabberten Erdnüsse, fischten Eiswürfel aus der Cola, wedelten mit Geldscheinen, waren laut und schnell und aktiv.

Stahl aber saß und schwieg tiefer in sich hinein. Das Auge des Orkans. Betrunken, aber geduldig wie ein alter Buddha, jenseits von Raum und Zeit existierend. Und fast glücklich dabei.

»Soll ich dich auch auf den Tresen stellen, oder kannst du dich noch bewegen?« Kalle hatte bereits alle Stühle und Barhocker hochgestellt. Die Kneipe war leer. Kalter Rauch hing in der Luft, und es roch säuerlich. Stahl schüttelte sich. Er brauchte eine Weile, um den Weg zurück in die Welt zu finden. Seine Koordinaten waren verrutscht.

»Kommst du klar?«, fragte Kalle.

»Immer.« Das sagt man halt so, dachte Stahl. Ob's stimmt oder nicht. Heute stimmte es.

»Zahlst du jetzt oder ein andermal?«

»Schreib's auf, oder, nein, ich fahre weg, wie viel war's denn?«

»12 Bier.«

Stahl schob 50 Mark über die Theke. »Stimmt so.«

Er stand auf, wankte ein wenig und fand dann einen stabilen Stand. Er war zufrieden. Wenn es ihm gelänge, dem Treiben der Welt immer so gelassen zuzusehen, dann hätte er nie mehr Probleme. Vielleicht sollte er Sabine fragen. Vielleicht war das die Erleuchtung. Die kannte sich ja damit aus. Er ging nach Hause, mit unsicheren Schritten, aber einer inneren Klarheit.

Weimar, Juli 1776

GOETHES DIENER PHILIPP VERSORGT LENZ IN BERKA MIT dem Nötigsten. Der Herr Geheimrat ist beschäftigt. Dauernd tagt das Consilium. Er leitet die Bergwerkskommission. Organisiert die Feuerwehr. Plant eine Bodenreform. Macht Skizzen zur Bewässerung. Studiert die Finanzverwaltung. Entwirft das Straßennetz neu. Die Widerstände der anderen Räte sind groß und das Aktenstudium mühsamer, als gedacht. Nur kurze Zettel legt er seinen Päckchen an Lenz bei.

»Hier ist der Guibert, die andern Bücher sind nicht zu haben. Da ist ein Louisdor. Deine Zeichnungen sind brav, fahre nur fort, wie du kannst. Leb wohl und arbeite dich aus, wie du kannst und magst.«

›Brav‹! Lenz ist gekränkt. Ist er ein Kind, dass Goethe so mit ihm redet? Und erst die Sprache des Briefes. Ein deutliches Zeichen, wie Goethe in kürzester Zeit gestürzt ist, von einem Meister der Dichtkunst zu einem stammelnden Beamten. Wie die Macht seiner Worte verdorrt ist und nichts bleibt als das dürre Kanzleideutsch, das er früher selber so gehasst hat. Und das nach wenigen Wochen im Amt! Dass er es nicht merkt! Dass er seine Ohren verschließt vor der einfachen Wahrheit, dass er im Grunde seines Herzens ein Dichter ist.

Ein Dichter, nicht mehr, aber auch nicht weniger. Und von allen Dichtern, die in den letzten Jahren ihre Stimme erhoben, der beste. Der einzige, an den man sich in hunderten von Jahren noch erinnern mag. Und jetzt das! Äcker trockenlegen und Brände bekämpfen. Lenz schüttelt den Kopf. Aber noch ist es nicht zu spät. Lenz würde Goethe auf den richtigen Pfad führen. Dorthin, wo sein Platz ist. Lenz hat die Mittel. Und eines Tages würde Goethe es ihm danken. Würde erkennen, dass Lenz ihn bewahrt habe vor einem Leben, das eines Philisters würdig ist, aber nicht eines Goethe. Und würde ihn dann wieder lieben.

Eine Chance wird Lenz dem Freunde geben: Er soll wissen, was ihm geschieht, falls er ein Knecht am Hofe bleibt. Er solle später nicht sagen, Lenz habe ihn nicht gewarnt. Soll nicht den Ahnungslosen spielen, wenn ein schreckliches Ungewitter über ihn hereinstürzt, alle Flüsse über die Ufer treten und ihn mit sich reißen.

Er steckt Seidel den Brief beim Abschied zu, der schiebt ihn in sein Wams. Lenz sei wohlauf, wird er seinem Herren später melden, stecke tief in der Arbeit, die ganze Hütte voll mit Zetteln und Manuskripten. Außerdem bitte sich Lenz Papier aus, das Geld benötige er für Brot und Kohl.

Goethe liest den Brief im Garten. Es ist ein langer Tag gewesen. Die Strahlen der Abendsonne leuchten in den Wipfeln der Weiden. Morgen werden sie die Aushebungen der Soldaten im Conseil debattieren. Eine undankbare Aufgabe. Wäre es nur schon vorbei. Aber zum Wohl des Landes kann nicht auf die Bedürfnisse und Wünsche des Einzelnen Rücksicht genommen werden. Hat er schon immer so gedacht? Eine Wolke schiebt sich über die Sonne und schluckt ihre Strahlen. Goethe dreht sich mit dem Rücken zum Abendrot, um besser lesen zu können.

Lieber Freund.

Die Gegend, in der ich wohne, ist sehr malerisch. Grotesk gewellte Berge, die sich mit ihren schwarzen Büschen dem herunterdrückenden Himmel entgegenzurecken scheinen, unten ein breites Tal, wo an dem kleinen hellen Fluss die Häuser eines armen, aber glücklichen Dorfs zerstreut liegen. Wenn ich denn einmal heruntergehe und den engen Kreis von Ideen, in dem die Adamskinder so ganz existieren, die einfachen und ewig einförmigen Geschäfte und die Gewissheit und Sicherheit ihrer Freuden übersehe, so wird mir das Herz so enge, und ich möchte die Stunde verwünschen, da ich nicht als Bauer geboren bin. Das Pressende und Drückende meiner äußeren Umstände presst und drückt mich nicht. Es ist etwas in mir, das mich gegen alles Äußere gefühllos macht. Du hast vermutlich erfahren, dass mein letztes Geld, das ich aus der Stadt mitgenommen, mir von einem schelmischen Bauern gestohlen worden, der die Zeit abpasste, als ich unten war, Brot zu kaufen. Aber wozu sollte mir auch das Geld? Wenn ich Mangel habe, gehe ich ins Dorf, und tue einen Tag Tagelöhners Arbeit, dafür kann ich zwei Tage meinen Gedanken nachhängen. Lass mir nur meine Hirngespinste. Ich erlaub' es euch sogar, über mich zu lachen, wenn euch das wohltun kann. Vielleicht bin ich ein Narr. Aber Narren sind da, die Wahrheit zu sagen und den Mächtigen die Maske vom Gesicht zu reißen. Du lebst jetzt glücklich am Hof unter deinen leichten Geschöpfen. Ich begrabe mich hier in meiner Arbeit und bin doch glücklicher als ihr. Ich schreibe an einem neuen Manuskript. Die Helden sind der einsame Herz, dessen Schicksal mir süße Tränen des Mitleids auf die Wange bringt. Er lebt in einer einsamen Hütte aus Moos und Baumblättern als Waldbruder, so soll das Büchlein heißen. Der andere ist Rothe, der ihn einst liebte und jetzt verlacht. Rothe ist ein eitler Stutzer am Hofe einer nahen Stadt. Herz und Rothe. Du kennst die beiden. Es wird ein Briefroman, wie dein Werther, an den du inzwischen nicht mehr erinnert werden willst, weil er einer Grille deiner Jugend entsprungen sei. In meinem Manuskript wird die ganze Korrespondenz zwischen Herz und Ro-

the offenbar. Und der schönste Teil im ganzen Plane sind gewisse Briefe, die du mir einst schriebst. Briefe, die du gerne zurückverlangen wolltest. Damit du dich gut erinnern magst, lege ich dir hier eine Abschrift bei. Die Originale habe ich wohl verwahrt.

Du wirst diese Briefe bekommen, in gebundener Form und großer Auflage. Was wird Charlotten sagen, wenn sie das liest? Wie die Mutter des Herzogs reagieren? Wirst du dann noch mit Wieland speisen? Mit welchen Augen blickt dich das Consilium dann an? Du glaubst mich grob, aber ich bin gekommen, dich zu retten. Du denkst, du bedarfst der Rettung nicht, aber du täuschst dich, wie du dich in vielem getäuscht hast. Mich aber narrst du nicht. Das gewisse Manuskript werde ich in dem Augenblicke verbrennen, wo du deinen Abschied am Hofe nimmst. Tust du es nicht, bekommt es der Drucker.

Lenz

Weimar, Juli 1945

DER JEEP KÄMPFTE SICH SCHWER DURCH DEN WIND IN DIE Stadt zurück. Wladimir sah schweigend auf die Schultern seines Vorgesetzten, die im Sitz vor ihm in alle Richtungen gerissen wurden. Er biss die Zähne zusammen und drehte den Kopf in den Wind, so dass ihm der Regen ins Gesicht peitschte. Er leckte die Tropfen von der Oberlippe. Sie schmeckten salzig. Der Jeep fuhr wieder durch die Stadt. Wladimir erkannte das Haus des Dichters. Davor wieder das Mädchen im weißen Kleid mit dem Kinderwagen. Ein Mann brüllte sie an und humpelte auf sie zu. Sein linkes Bein war verkrüppelt. Er packte den Kinderwagen und stieß ihn um. Dachziegel fielen in den Bombentrichter vor den beiden. Wladimir bat den Fahrer anzuhalten. Das Mädchen stellte den Kinderwagen wieder auf, kniete sich hin und sammelte die Ziegel ein. Das Kleid hing im Schlamm. Sie kümmerte sich nicht darum. Ihre Lippen bewegten sich tonlos. Der Mann schlug ihr die Ziegel aus der Hand und kippte den Kinderwagen wieder um. Wladimir stieg aus und spannte den Hahn seines Karabiners. Es gab ein sattes Klacken. Dann ging er Schritt für Schritt dem Rücken des Mannes entgegen, der auf das Mädchen einschrie, das jetzt schon wieder nach den wenigen Ziegeln griff, die nicht in Scherben lagen, und vor sich hinmurmelte wie die alten Frauen in den Kirchen seiner Heimat. Drei Schritte hinter dem Mann blieb er stehen. Der Lauf zeigte auf eine fleckige Cordmütze, unter der das Haar rot und fettig leuchtete. Erst jetzt hob die Frau ihren Blick und sah auf zu Wladimir. Ihre Lippen flüsterten etwas. Der Mann drehte sich um und starrte in das junge Gesicht mit dem entschlossenen Ausdruck.

»Nein«, schrie er. »Ich habe nichts getan.« Er wimmerte. Wladimir sah die Frau an. Ihr Blick ging an ihm vorbei in die Ferne. Er krümmte seinen Zeigefinger am Abzug.

»Goethe«, winselte der Mann. Er ließ sich auf die Knie in den Dreck fallen.

»Goethe lebte hier. Es ist sein Haus.« Er zeigte auf das Gebäude hinter ihm. »Sie will die Ziegel holen. Von dem Bombentreffer. Die gehören ihr nicht. Einmal wird man das Haus wieder aufbauen. Man darf nichts wegnehmen. Es ist von Goethe. Verstehst du?«

Wladimir sah ihn an. Er nickte. Er erinnerte sich an das, was Lipschitz in dem Lager erzählt hatte. Goethe hatte ihn gerettet. Jetzt rettete Goethe den Mann, der vor ihm im Dreck kniete. Wladimir löste den Finger vom Abzug und winkte mit dem Lauf des Karabiners. Der Mann stand auf und rieb sich den Schlamm von den Knien seiner Hose. Dann humpelte er davon. Das Haar unter der Cordmütze war der einzige Farbtupfer in dem grauweißen Nebel, der über allem lag, ein Farbfleck, der mit den unregelmäßigen Schritten des Krüppels auf- und abhüpfte und dann plötzlich in einer Seitengasse verschwand. Wladimir beugte sich zu dem Mädchen, das im Schlamm saß und zwei Ziegel an ihre Brust drückte. Er verstand kaum, was sie sagte.

»Der Krieg riss ein Loch in das Dach, da regnet es rein, das arme Kind und ist doch so zart und wir können's nicht schützen, wollt's haben warm, doch die Bombe riss es von meiner Brust, jetzt friert es so sehr und der Regen fällt und der Wind zerrt dem Kind die Windeln vom Leib, ein Loch ist im Dach, da fällt der Himmel jetzt rein, doch wir bauen eine Wiege aus Ziegeln ganz fest, dann gibt uns der Himmel die Erde zurück, dann atmet es wieder und lächelt und trinkt, nimm die Steine, nimm sie aus den Häusern der Dichter, die brauchen kein Haus, wo die Kinder keins haben, nimm die Ziegel, die ganzen, sie sind doppelt gebrannt, ein drittes Mal brennen die nicht, den Wagen voll Steine, so schwer war er nie, wird sie schon tragen, wisch ab den Ruß, lass sie glänzen, mach schnell, durch das Loch in den Himmeln schaut ein grausig Gesicht, es ist Gott, er hat Hunger, gleich frisst er ein Kind, nimm die Ziegel, nimm alle, wir bauen dann die Wiege.«

Wladimir wandte sich ab. Der Mund der Frau bewegte sich weiter und murmelte Wörter, die im Nebel ertranken.

Freiburg, Juni 2001

Es war definitiv der falsche Tag für den Friedhof, dachte Stahl, der zum dritten Mal um den voll besetzten Parkplatz vor dem Tor fuhr. Schließlich bog er in eine der kleineren Seitenstraßen und stellte sein Auto auf einem Stellplatz für Anwohner ab. Er hatte die Hoffnung, dass die Knöllchenverteiler am Sonntag zu Hause saßen, und sich nicht um sein Auto kümmern würden. Das waren schließlich Beamte. Die hatten ein Recht auf ihr Wochenende. Einigkeit und Recht auf Freizeit. Auch die Kassiererin aus dem Blumenladen war nicht da. Stattdessen saß ein grober Mann mit Krückstock hinter der Kasse und raunzte Stahl an, der etwas abwesend nach dem Üblichen verlangt hatte.

»Übliches ham wir nich.«

»Bitte einen Strauß Rosen.«

»Farbig soll er auch sein?«

»Ja, bitte.«

»Mensch und welche Farbe? Machen Sie's mir nicht so schwer. Typ, Anzahl, Farbe, dann bekommen Sie, was Sie brauchen. Also noch mal.«

»Rosen. 20. Rot.«

»Na also, kriegen Sie. Gerne. Wenn's Ihnen gefällt.«

»Um mich geht es dabei nicht.«

Stahl ließ sich das Wechselgeld geben. Die Glöckchen der Tür klingelten, als er sie hinter sich ins Schloss fallen ließ.

Die Wege waren dicht bevölkert. Überall schleppten alte Frauen in schwarzen Mänteln die schweren Gießkannen über die Kieswege, um die Gräber ihrer Männer zu wässern. Vor Stahl mühte sich ein hageres Weib ab. Ihr grauer Dutt war etwas verrutscht und hing schief am Kopf. Er überholte sie. Ihr Gesicht war müde und verzweifelt. Sie würde gleich aufgeben. Die Gießkanne schlug ihr mit jedem Schritt gegen die Beine, die seitlich wegknickten. Stahl beugte sich etwas vor.

»Darf ich?« fragte er und zeigte auf die Kanne.

»Junger Mann«, sagte sie, »was denken Sie sich, mich auf offener Straße anzusprechen. Ich bin verheiratet.«

»Ich wollte Ihnen mit der Gießkanne helfen.«

Sie sah ihn an. »Ach. Der Gärtner. Kommen Sie nur mit.«

Sie drückte Stahl die Kanne in die Hand und stelzte aufrecht vor ihm her durch die Gräberreihen bis zu einem schweren Marmorstein, der über eine Breite von drei Metern ein Familiengrab bedeckte. Das Beet ringsherum war überwuchert von Unkraut. Die Wicken waren bereits dabei, Besitz von dem Grabstein zu nehmen.

»Familie Trugstein«, las Stahl halblaut. Über die Mitglieder informierte ihn der Grabstein: Obermeister, Ärzte, Professoren. Alt-Freiburger offensichtlich. Die letzte Datierung galt einem *Alfred Trugstein, 1917–1977*. Ohne Berufsangabe.

»Welcher ist Ihrer?«, wollte er von der Frau wissen.

»Gießen Sie erst mal ein bisschen«, befahl sie ihm. »Ich muss erst ein wenig verschnaufen. Und dann holen Sie noch Wasser. Da hinten, die Veilchen, die brauchen noch etwas.«

Stahl konnte in dem wuchernden Biotop keine Veilchen erkennen, tat aber, was die Frau von ihm verlangt hatte. Als er mit der nächsten Ladung Wasser wieder am Grab stand, hatte die Frau sich eine Zigarette angezündet. Sie rauchte aus einer Spitze aus Elfenbein und blickte wohlwollend auf Stahl, der gehorsam das Unkraut goss.

Sie zeigte mit der Zigarette auf den Marmorklotz. »Alfred. Der gehört zu mir. Der gehörte schon immer zu mir. Ich war noch ein lüttes Ding, als er mir den Hof machte. Brachte mir immer Blumen, so wie Sie da. Große Sträuße. Nicht so mickriges Zeug wie die anderen, wo man immer dachte, mein Gott, wie geizig. Nee, Alfred hat immer rangeklotzt. Er war ein fescher Mann. Aber dann hieß es: ab nach Russland. 1949 kam er zurück. Nix mehr geredet. Kaum noch gegessen. Nie mehr gelacht. Und mit dem steifen Arm wieder Arbeit finden, das hat dann auch gedauert. Wenn du wüsstest... hat er immer gesagt, aber wir hatten's hier auch nicht leicht. Vier Kinder und mitten im Krieg.«

Sie machte eine Pause, zog ein letztes Mal tief an der Zigarette und fischte dann den Stummel aus der Zigarettenspitze. Sie warf ihn in hohem Bogen auf das Nachbargrab.

»Und dann?«, wollte Stahl wissen.

»Was heißt da *und dann*? Sie sind ein besonders Neugieriger, was? Haben Sie keine eigenen Toten, dass Sie hier in fremden Familien stöbern müssen?«

»Doch, schon.« Stahl winkte mit dem Blumenstrauß. »Für meine Frau. Vor zwei Jahren mit dem Motorrad verunglückt. Sie liegt dahinten.« Er winkte unbestimmt nach rechts.

Die Alte war wieder mit ihm versöhnt. Er gehörte auch zu den Überlebenden. Und ein Mann, der seiner Frau solche Sträuße schenkte, konnte nicht schlecht sein. Tot oder nicht tot. »Ist ja schon gut. Ich dacht man nur, was wollen Sie eigentlich.«

»Und was wurde später aus Ihrem Mann?«

»Hat sich langsam wieder aufgerappelt. Am Schluss war er Geschäftsführer bei Großmann. Kennen Sie sicher nicht. Maschinenbauer in Karlsruhe. Da hat ihn dann der Schlag getroffen. Mit 60 Jahren. Aber das waren die Jahre in Russland, sag ich immer, die zählen dreifach.«

»Da muss ich morgen auch hin. Nach Russland. Mehr oder weniger freiwillig. Aber die Zeiten haben sich geändert. Und selbst wenn die Zeit doch dreifach zählt, mehr als ein paar Tage werde ich nicht bleiben. Das fällt dann kaum ins Gewicht.«

»Junger Mann.« Die Frau hatte sich aufgerichtet und sah ihm zum erstenmal mit klarem Blick in die Augen.

»Sie nehmen mich nicht ernst, das merke ich. Sollten Sie aber. Und die Zeiten ändern sich nie. Das sagt man nur. Der Russe bleibt der Russe, und wenn's in tausend Jahren ist.« Sie drehte sich abrupt um und ließ Stahl stehen, dem immer noch die leere Gießkanne in der Hand baumelte.

Er stellte die Kanne an einer der Wasserstellen ab und trottete mit seinem Rosenstrauß über die Kieswege. Er lief Slalom zwischen den Witwen. Denen würde er heute keine Kanne mehr schleppen.

Die Rosen auf dem Grab leuchteten kaum weniger als die Rosen in seiner Hand. Er war zu früh hier. Die Reise nach Russland schmiss alles durcheinander. Zuerst stand er ein wenig unschlüssig vor der Vase, dann versuchte er, die Rosen, die er gerade gekauft hatte zu den anderen in die Vase zu stopfen. Sie passten nicht rein. Dafür spritzte ihm das modrige Wasser auf die Ärmel des Anzugs.
»Scheiße«, sagte er. Und dann: »Entschuldigung.«
Sie mochte es nicht, wenn er fluche. Schafft nur schlechte Energien, hatte sie immer gesagt. Er zog den Strauß wieder raus. Dabei fielen auch einige der Rosen aus der Vase raus und landeten auf der Erde. Er fluchte. Leise. Dann lachte er. Sie würde jetzt auch über ihn lachen. Er machte gerade vermutlich keinen besonders eleganten Eindruck. Er legte den Rosenstrauß auf den Grabstein, nahm die Rosen aus der Vase und leerte sie aus. Dann füllte er frisches Wasser ein, stellte den Strauß zurück, goss die Kräuter und zerrieb ein wenig von dem Rosmarin zwischen Zeigefinger und Daumen und roch an seiner Hand. Der Duft des Südens. Dann nahm er den Strauß wieder und ging. Er lief mit beschwingten Schritten und schlenkerte den Rosenstrauß durch die Luft wie einen Spazierstock. Wäre er nicht auf dem Friedhof gewesen, hätte er am liebsten ein kleines Lied gepfiffen. Er hatte zu Marianne geredet, zum ersten Mal seit ihrem Tod. Es war nicht besonders viel und nicht besonders tiefgründig, aber es war ganz einfach gewesen. Er fragte sich, was ihn früher so verstockt hatte und was ihn jetzt plötzlich öffnete. »Scheiße – Entschuldigung«, murmelte er glücklich vor sich hin. Fast wie früher.
Als er an der Friedhofsgärtnerei vorbeikam, sah er seine

Kassiererin, die aus einem alten Renault Kränze auslud. Er wartete, bis sie den letzten Kranz auf einen Holzständer gepackt hatte und bog dann wie zufällig um die Ecke.

»Madame«, sagte er und deutete eine kleine Verbeugung an.

Die Frau stutzte. Es war der falsche Tag. Dienstag kam er. Stahl ignorierte ihre Verwunderung.

»Sah ein Knab ein Röslein stehn, Röslein auf der Heide. Na ja, ein Knabe bin ich nicht mehr, darf ich Ihnen dennoch nach unserer langen, wenn auch bislang nicht weiter in die Tiefe reichenden und rein geschäftlichen Beziehung als Zeichen meiner tiefen Bewunderung diesen Strauß überreichen?«

Er drückte ihr die Blumen in die Hand. Sie nahm die Rosen und erbleichte. Das Rot der Blüten und ihre vornehme Blässe kontrastieren aufs Vortrefflichste, dachte Stahl in Hochstimmung. Er musste aufpassen, sonst würde er ihr gleich einen Kuss auf die Wange drücken. Sie war unsicher, was er gesagt hatte. Was genau wollte er von ihr? Sie bedankte sich vorsichtig. Das konnte nicht falsch sein. Stahl verbeugte sich wieder kurz, wendete sich ab und schlenderte dann davon Richtung Ausgang. Am Tor drehte er sich noch einmal kurz um und winkte der Frau, die ihm nachsah und immer noch nicht wusste, wie ihr geschah. Wenn er was von ihr wollte, warum ging er einfach? Wenn nicht, warum schenkte er ihr Blumen? Sie beschloss, Stahl bei seinem nächsten Friedhofsbesuch zur Rede zu stellen. So konnte man dann doch nicht mit ihr umgehen. So nicht. Andererseits hatte ihr schon lange niemand mehr Blumen geschenkt. Und doch: Das war doch der Strauß für eine Tote. Er macht es einem nicht einfach, dachte sie. Depressiv war er ihr lieber.

Stahl fuhr in Hochstimmung nach Hause. Er wusste, was er jetzt tun würde: Ordnung in seiner Wohnung schaffen. Er hatte eine komische Vorahnung, wenn er an die Reise nach Russland dachte. Falls ihm etwas zustöße, sollte die Wohnung so aussehen, dass es ihm nicht peinlich sein müsste, wenn sie jemand ausräumte.

Er suchte irgendeinen seichten Sender im Radio, stellte auf volle Lautstärke, holte einen großen Müllsack aus der Küche und durchsuchte seinen Kleiderschrank nach Dingen, über die Drexler und Sabine lachen würden. Die Boxershorts mit Mickey-Maus-Motiv. Er hielt sie vor seinen Bauch und schaute in den Spiegel des Kleiderschranks. Untragbar. Weg damit. Ausgeleierte weiße Socken mit blauem Ringel. Weg. Ein Calvin-Klein-T-Shirt. Er war ja keine 18 mehr. Rein in den Müllsack. Wer hatte ihm die Krawatte mit Gummibärchen geschenkt? Grauenvoll. Stück für Stück wurde seiner Prüfung unterzogen. Was nicht standhielt, wanderte in die Tüte. Stahl war gut gelaunt und unerbittlich. Heute Nachmittag würde er das Zeug in den Kleidercontainer des Kolping-Werks werfen. Dann würde bald jemand in einem Krisengebiet damit rumlaufen. Er stellte sich einen albanischen Rebellen mit Kalaschnikow und seiner Bärchenkrawatte vor und einen Schwarzen aus der Sahelzone mit den Batik-Leggins, die Stahl früher zum Badmintonspielen angezogen hatte.

Dann öffnete er den Kleiderschrank seiner Frau. Stahl wusch ihre Kleider von Zeit zu Zeit durch, damit die Motten sie nicht fraßen. Er fuhr mit der Hand zwischen den Stapel mit ihrer Wäsche. Sie fühlte sich angenehm an. Leicht und kühl, anders als seine Sachen. Er holte ein Bündel raus. Er rieb mit dem Stoff über seine Wangen. Sie kratzten. Marianne würde das nicht gefallen haben. Einen Moment lang schloss er die Augen, ihre Unterhemden vor seinem Gesicht. Dann stopfte er die Wäsche in die Mülltüte. Er hielt inne. Erschrocken. Überrascht von dem, was er da tat. Er machte eine Pause und wartete. Aber niemand bremste ihn. Keine Stimme aus dem Off, die ihn zurückhielt. Er griff in ihre Blusen, die er sorgfältig gebügelt und zusammengelegt hatte, und stopfte sie weg. Wieder das Lauschen nach innen. Keine Reaktion. Er wurde mutiger. Die Nachthemden aus Seide für den Sommer und die aus schwerer Baumwolle für den Winter. Rein in den Müll. Spende für Afrika. Mit besten Grüßen aus der Ersten Welt. Dann die Hosen, Socken, T-Shirts, der Tennisdress aus ägyptischer Baumwolle. Return to sender, heim ins Reich der Pharaonen. Der Sack war schnell voll. Stahl band ihn zu und holte den nächsten. Noch immer wartete er darauf, dass irgendetwas ihn aufhalten würde, aber noch immer bremste ihn nichts. Er räumte ihren ganzen Schrank aus. Mit jedem Kleidungsstück stopfte er eine Erinnerung in den Sack. Er machte vor nichts Halt, stutzte bloß einmal kurz, als er das weinrote Kostüm in den Händen hielt, das sie bei ihrer Hochzeit getragen hatte. Bald war der Schrank ausgeräumt, ein dritter Müllsack voll gestopft. Im Flur entsorgte er ihre Jacken, den Pelz, den sie von seiner Mutter geerbt hatte, den Strohhut aus Andalusien. Mochte jemand in der Dritten Welt damit glücklicher werden. Alles stopfte er weg, rein in den Sack, je tiefer, desto besser. Obendrauf quetschte er ihre rote Motorradjacke mit dem grauschwarz aufgerissenen Ärmel, den Ölflecken an der Vorderseite und der Brandwunde, wo sich der Auspuff in ihre Flanken gebohrt hatte. Die nächste Mülltüte: Pumps für Afrika, Stiefeletten für Nordkorea, Sandalen für Albanien. Stahl sah eine Armee von Frauen und Mädchen in den Kleidern und Schuhen seiner Frau vor ihm aufmarschieren. Bettlerinnen aus Katmandu, Mütter mit 12 Kindern aus Bangladesch, Kinderprostituierte aus den Slums von Lima, aidskranke Teenager aus Sierra Leone, sterbende Greisinnen in Kalkutta, Waisenkinder in Daressalam, eine Welle des Elends, hübsch gewandet in den

Kleidern von Gucci, Armani, Max Mara, Strenesse und Schuhen von Prada und Salvatore Ferragamo. Kleider machen eben doch keine Leute, dachte er.

Er ging ins Bad, nahm die Parfumflasche, ihre Schminksachen und den Lippenstift, der seit zwei Jahren ohne Deckel auf der Ablage vor sich hin trocknete. Er stopfte die Sachen in den Mülleimer im Bad, schob die angebrochene Packung mit Tampons hinterher, eine Tüte mit Wattepads und verschiedene Fläschchen mit Wässerchen, Ölen, Lotionen und Cremes. Ihren Bademantel nahm er vom Haken, band einen Müllsack auf und schob ihn zu den anderen Kleidern seiner Frau. Zum Schluss nahm er eine weitere Mülltüte und entsorgte darin ihr Kopfkissen und die Bettdecke. Er schüttelte sein Bett auf und breitete die Decke über die gesamte Breite der Matratze aus.

Stahl war mit dem Ergebnis zufrieden. Er kochte sich einen Kaffee und blickte auf die Säcke im Hausflur. Das gibt eine schöne Schlepperei, dachte er. Er hatte Recht. Stahl wuchtete die Säcke die Treppe hinunter und in die Garage, wo der Volvo stand. Dann fuhr er sie zum Altkleidercontainer auf den Hof des Kolping-Kollegs. Der schluckte sie mit breitem Maul aus schwerem Eisen.

Weimar, 12. Juli 1776

JETZT IST DIE SONNE FAST UNTERGEGANGEN. EIN ROTER Schimmer brennt durch den Himmel. Wenn er nur die Briefe verschlingen könnte, nicht nur die Abschrift, die er hier in Händen hält, sondern die Originale und Lenz gleich mit dazu. Goethe liest die Kopien, die Lenz in seiner geschwungenen Schrift auf billigstem Papier verfasst hat:

Goethe an Lenz, Frankfurt, 3. Mai 1773:

Mein ganzes Ich ist erschüttert. Lenz, Lenz bleibe mir, was du bist. Bin ich bestimmt, dein Planet zu sein, so will ich's sein, es gern sein, es treu sein. Ich lasse dich nicht los. Ich lasse dich nicht! Jakob rang mit den Engeln des Herrn. Und sollt' ich lahm drüber werden! Jetzt eine Stunde bei dir zu sein, wollt ich mit – bezahlen. Wär ich einen Tag und eine Nacht Alkibiades, und dann wollt ich sterben.

Lebe wohl und liebe mich wie von jeher.

Lenz an Goethe, Straßburg, 4. Juni 1773:

Als ich dich das erste Mal erblickte, Bruder Goethe, so durchdrang, durchbebte, überfiel mich dein Geist, der Geist all deines Tuns und all deiner Schöpfungen mit einem Entzücken, dem sich nichts vergleichen lässt. Ach, wo ist ein Gefühl, das dem gleichkommt, so viel unaussprechliche Reize vor sich zu sehen mit der schrecklichen Gewissheit, nie, nie davon Besitz nehmen zu dürfen. Um Mitternacht suchtest du mich dann doch auf – mir wurde wie eine neue Seele. Von dem Augenblick konnte ich dich nicht mehr lassen. Und als das geschah, warst du nicht wie Alkibiades ein Liebling der Götter? Und als wir ein Herz wurden und eine Seele, geschah das nicht im Einklang mit unsrer eigensten Natur?

Ich schicke dir anbei die Plane zu einem Stück, von dem ich hoffe, dass es das Beste wird, das je aus meiner Feder geflossen ist. Lese es und gedenke meiner dabei.

Lebe wohl, du Lieber

Goethe an Lenz, Frankfurt, 2. August 1774:

Ich träume, lieber Lenz, den Augenblick, habe deinen Brief und schwebe um dich. Du hast gefühlt, dass es mir Wonne war, Gegenstand deiner Liebe zu sein. O, das ist herrlich, dass jeder glaubt, mehr vom anderen zu empfangen, als er gibt! O Liebe, Liebe! Die

Armut des Reichtums und welche Kraft wirkt's in mich, da ich in dir alles umarme, was mir fehlt, und dir noch dazu schenke, was ich habe. Lägst du bei mir! Gute Nacht. Ich schwebe im Rauschtaumel, nicht im Wogensturm, doch ist's nicht eins, was uns an Stein schmettert? Wohl denen, die Tränen haben! Ein Wort! Lass' meine Briefe niemand sehen! Versteh! Erklärung darüber nächstens, wenn's braucht.
    Ich küsse dich

Lenz an Goethe, Straßburg, 22. September 1774:
    Bisher habe ich deines Briefleins noch mit keiner Silbe erwähnt. Ich erhielt's gestern Morgen; wollt dir gleich antworten, konnt nicht vor lauter Fülle und mächtigem Wesen in mir. Ging auf und nieder den ganzen Morgen, dir allein meine ganze Seele, drinnen zu walten und zu schalten nach Wohlgefallen. Wie du in mir wirkst, so gewaltig! Du hast wohl nie dergleichen erfahren. Lies auch das Gedicht und sage mir, ob's dir so besser gefällt.
    Tausend Dank und einen Kuss, Lieber

Goethe an Lenz, Weimar, 8. November 1775:
    Der Mann verlangt den Mann; er würde sich einen zweiten erschaffen, wenn es ihn nicht gäbe. Eine Frau könnte eine Ewigkeit leben, ohne daran zu denken, sich ihresgleichen hervorzubringen. Und weil das so ist, fordert die Natur die griechische Liebe vom Manne. Vorausgesetzt allerdings, dass sie selten bis zum höchsten Grad der Sinnlichkeit getrieben wird, sondern in den mittleren Regionen der Neigung und Leidenschaft verweilt; so kann ich sagen, dass ich die schönsten Erscheinungen davon, welche wir nur aus griechischen Überlieferungen haben, mit dir erleben und, als ein aufmerksamer Naturforscher, das Physische und Moralische davon beobachten konnte.

Lenz an Goethe, Straßburg, 21. November 1775:

Heut saß ich da, wo wir bei unserm Hiersein die Nacht verbracht, und überschaute den nun einsamen, traurigen, vom Mond beschienenen Plan. Die Tränen netzten meine Wangen. Bittere Zähren über dein Brieflein. Es reißt mir ins Herz. Was war ich dir? Eine mittlere Region der Leidenschaft? Eine Blüte, die du forschend zerpflückst und zergliederst? Was können wir uns noch sein? Goethe – muss unser Weg auseinander? Wir Unzertrennliche? Wo und wie werde ich dich antreffen? Wirst du noch mein sein? Wird dein Herz mich begleiten? Und ich habe dein Bild nicht. Ich will es nicht haben, es würde mich martern.

Und nicht nur du allein bereitest mir Kummer, auch mein Stück will nicht voran.

Goethe an Lenz, Weimar, 3. Januar 1776:

Dein Brief trägt die offenbaren Zeichen des Wahnsinns, würde ein anderer sagen, mir aber, der ich dir ein für alle Mal durch die Finger sehe, ist er unendlich lieb. Du bist nun einmal zum Narren geboren und wenigstens hast du doch so viel Verstand, es mit einer guten Art zu sein. Die Selbstliebe ist immer das, was uns die Kraft zu den anderen Tugenden geben muss, merke dir das, mein menschenliebiger Don Quichotte! Du magst nun bei diesem Worte die Augen verdrehen, wie du willst, selbst die heftigste Leidenschaft muss der Selbstliebe untergeordnet sein, oder sie verfällt ins Abgeschmackte und wird endlich sich selbst beschwerlich.

Lenz an Goethe, Straßburg, 1. Februar 1776:

Fahre fort, mir mehr zu schreiben, es ist mir alles lieb, was von dir kommt, sollte mir's auch noch so viel Galle machen. Was ist uns geschehn? Ich glaube, der Geschlechtertrieb ist nicht bei allen Individuen gleich. Eine gewisse Mischung des Blutes trägt freilich etwas dazu bei. Außerdem eine gewisse Lebensordnung und gewisse Speisen und Getränke und vor allem die Gelegenheit, die Leichtigkeit, diesen Trieb zu befriedigen, die Ruhe von anderen Geschäften, die Einsamkeit mit dem begehrten Gegenstand.

Hätte Herder uns damals begleitet, hätte unser Wunsch nie eine Tat geboren.

Goethe an Lenz, Weimar, 8. Februar 1776:
Lenz, bist du nicht ein Narr, und zwar einer von den gefährlichen, die, wie Shakespeare sagt, für ihre Narrheit immer eine Entschuldigung wissen und folglich unheilbar sind?
Vergiss, was uns geschah. Meine Briefe, Freund, versteh! Ich muss sie haben.

Lenz an Goethe, Straßburg, 13. Februar 1776:
Ich werde deine Briefe wohl verwahren, Lieber. Kann ich wissen, ob sie nicht einmal der Schlüssel sein werden zu deinem Herz?
Du bist jetzt wohlgelitten beim Herzog. Mache, dass er mich einlädt an seinen Hof. Dann bist du deinen Briefen nah und kannst Sorge tragen, dass kein falsches Auge sie erblickt.

Goethe an Lenz, Weimar, 1. März 1776:
Du magst kommen. Der Herzog wird dich gnädig empfangen, du bist hier als Dichter schon bekannt. Ein einziges Wort aber über die griechische Liebe, und wir werden beide verderben. Verschließ mir die Briefe!

Weimar, Dezember 1945

»SCHEISSE«, FLUCHTE OBERSTLEUTNANT MARGARITA Rudomino und schlug mit ihrer Rechten so heftig auf die Tischplatte, dass die Landkarte des Bezirkes IV der sowjetischen Besatzungszone auf den Boden flatterte. Wladimir beeilte sich, den Plan wieder aufzuheben und vor der zornigen Genossin auszubreiten. »Das kann unmöglich alles sein.« Sie starrte wieder auf die Karte, auf der Lipschitz und seine jugendlichen Helfer mit roten Punkten die Bibliotheken und Archive markiert hatten, die sie in den letzten Wochen ausfindig gemacht und inventarisiert hatten. Details zu ihrer Arbeit waren auf einer Liste vermerkt:

Bestandsaufnahme Bibliotheken Zone IV

1. Bibliothek der Grafen von der Heerburg
- Literatur über deutsche Geschichte, 19. Jahrhundert
- Deutsche Literaturzeitschriften aus dem 18. Jahrhundert
- Einzelne wertvolle Ausgaben über Kunst und Geographie

2. Bibliothek von Stefani, Gut Saalfeld
- Sammlung von Flugblättern, 19. Jahrhundert
- Bücher zur Philosophie
- Astronomie, 18. Jahrhundert

3. Bibliothek von Mersal, Villa Knaupp
- Technisches Archiv, Zeichnungen von Flugzeugen und Lokomotiven
- Schmalspuraufnahmen, technischer Inhalt

4. Deutsch-Japanische Gesellschaft, Erfurt
- Monographien über Japan
- Lexika
- Deutsch-Japanische Wörterbücher

Die Liste umfasste insgesamt 13 Bibliotheken, die von Lipschitz, Alexander und Wladimir untersucht worden waren.

Die drei waren mit den Fortschritten bei ihrer Arbeit eigentlich sehr zufrieden gewesen. Wladimir und Alexander glaubten zwar nicht unbedingt an den Sinn ihrer Arbeit, erledigten sie aber mit einem gewissen sportlichen Eifer. Vor allem Wladimir fand Gefallen daran. Er trat zahlreiche herrschaftliche Fenster ein, zerschoss schwere Eichentürn und versetzte die Besitzer der Bücher, soweit sie nicht bereits gestorben oder in weiser Voraussicht beim Anrücken der Roten Armee geflüchtet waren, in Angst und Schrecken. Er hatte innerhalb von wenigen Wochen seinen jungenhaften Blick verloren. Er merkte, wie seine Schultern breiter wurden, und wenn er sich über das Kinn strich, glaubte er, dass auch sein Bart kräftig zu wachsen begann. Das war besser als der Krieg, von dem er geträumt hatte, als er einberufen wurde. Das Ganze hatte nur einen Fehler: Es gab keinen Grund, jemanden zu erschießen. Wladimir glaubte daran, wie viele Jugendliche in seinem Alter und zu seiner Zeit, dass erst damit der Übergang in die Welt der Männer vollzogen wäre. Es war keine Mordlust, sondern das Bedürfnis nach einer Initiation, die mit Blut besiegelt werden musste. Dass er getrieben wurde von der Suche nach einem möglichen Opfer, merkten allerdings alle, mit denen er zu tun hatte, und so gab es nie den geringsten Widerstand gegen den schlaksigen Soldaten mit der Uniform der Roten Armee, dem schweren Karabiner und dem perfekten Deutsch.

»Ich weiß nicht, warum ich immer mit solchen Leuten zusammenarbeiten muss.« Oberstleutnant Rudominos Stimme zitterte vor Empörung. »Ein Ex-Sträfling und zwei Kinder. Da muss ich mich nicht wundern, wenn nicht mehr dabei rauskommt. Zehntausende Rotarmisten in diesem Land, und was bekomme ich: Leute wie euch.«

Wieder fegte sie die Karte zu Boden. Wladimir wagte diesmal nicht, sie aufzuheben. »Könnt ihr mir sagen, warum die Listen, die wir in Moskau erstellt haben, detaillierter sind als das, was ihr vor Ort gesammelt habt? Was ist mit der Universitätsbibliothek in Jena? Warum steht hier nichts über die Bibliothek von Verdorf? Die Archive des Technischen Museums in Arnstadt? Was ist mit Schloss Markstett? Und was ist mit den ganzen Büchern, die die Nazis vor den Bombenangriffen evakuiert haben? Habt ihr die Lagerstätte Weihall untersucht? Die Stollen bei Saalfeld? Die Grube Dorndorf bei Weimar?«

Wladimir riskierte einen Blick auf das erhitzte Gesicht der Genossin. Sie sah aus wie eine, die das bekam, was sie wollte. Mit nur 32 Jahren war sie die Leiterin der Staatlichen Zentralbibliothek für Ausländische Literatur in Moskau geworden. Und als solche war sie jetzt zuständig für die Sanierung der kriegsbeschädigten Bibliotheken in der Sowjetunion durch deutsche Bestände. Sie rechnete mit mindestens einer Million Bücher, die hier zu holen wären. Aber nur dann, wenn ihre Leute auch das taten, was sie von ihnen verlangte. Das war das Problem. Bücher gab es hier genug. Das Problem waren ihre Mitarbeiter. Das Komitee für Kultur- und Bildungsbehörden bei dem Ministerrat hatte insgesamt nur sieben Leute einberufen, um die gesamte sowjetische Besatzungszone zu bearbeiten. Einer davon war Lipschitz. Laut Akte eigentlich der richtige Mann. Parteimitglied, Literaturwissenschaftler, in Leipzig und Moskau studiert, später Kritiker bei verschiedenen Zeitungen. Aber drei Jahre im KZ in Buchenwald. Viel war nicht von ihm übrig geblieben. Im Bezirk III hatte sie auch so jemanden. Acht Monate Auschwitz. Sie brauchte eigentlich Leute, die ihrer Aufgabe gewachsen waren. Körperlich und geistig. Aber die Deutschen hatten kaum jemanden intakt gelassen, dachte sie. Übrig waren Idioten oder Krüppel.

St. Petersburg, Juni 2001

AM AUSGANG DES FLUGHAFENS IN ST. PETERSBURG erwartete ihn eine junge Dame mit einem weißen Karton, auf den sie *Udo Stahl* gemalt hatte.

»Ich bin Oxana. Es freut mich sehr, Sie kennen zu lernen, nachdem mir Sabine so vieles und auch viel Gutes über Sie berichtet hat, und ich wünsche Ihnen einen erfolgreichen Aufenthalt in meinem Land.« Sie sprach deutsch ohne jeden Akzent, mit einer melodischen Stimme und langen, verschachtelten Sätzen. Oxana reichte ihm ihre Hand. Sie lag so zart in seiner Rechten, dass es ihm fast peinlich war, so groß zu sein.

Stahl war froh, dass sie hier war. Mit ihr würde es wesentlich leichter sein, seine Aufgabe zu erfüllen. Oxana war klein und gedrungen und hatte ein freundliches und breites Gesicht mit hohen Wangenknochen und ausladenden Nasenflügeln. Stahl fand sie hübsch, auf eine fremde Art. Sie lud ihn in ihren klapprigen Lada, fuhr los und berichtete von ihren Plänen. Sie habe ihm zwar den heutigen Nachmittag frei gelassen, er müsse sich schließlich von dem Flug erholen, schon morgen früh aber würden sie zusammen die Hochschule in Pskow besuchen, und am Nachmittag habe sie ein Treffen mit der Leiterin der Biblioteka Georgiewskaja verabredet. Überdies wohne er in dem Hotel, in dem vermutlich Bettina gewohnt habe, und vielleicht ergebe sich im Gespräch mit dem Manager oder den

Zimmermädchen etwas, was für ihn von Interesse wäre. Sie würde für zwei Tage bei ihm bleiben können, am Freitag allerdings habe sie eine Übung an der Universität in Petersburg. Er sei an diesem Tag auf sich selbst gestellt, falls ihm das recht wäre. Sie zweifle aber daran, dass es Sinn mache, mehr als zwei Tage in einem Kaff wie Pskow zu verbringen, das habe die junge Frau, auf deren Spuren er sei, sicher auch nicht getan. Auch wenn die Stadt eine große, zumal große religiöse Vergangenheit habe, so sei sie doch, seit sie vor 500 Jahren dem Moskauer Staat eingegliedert wurde, im Grunde von provinzieller Bedeutungslosigkeit. Und nicht einmal die alte und große Geschichte der Stadt sei heute noch präsent, da sie im großen vaterländischen Krieg zu über 90 Prozent zerstört worden war. Was sie ihm persönlich natürlich nicht übel nehme, er sei ja, wenn auch schon deutlich älter als sie, doch aus einer Generation, die für die Übel der Vergangenheit nicht zur Rechenschaft gezogen werden könne. Sie habe ja auch während ihres Studiums in Freiburg so viel positive Erfahrungen mit Deutschen gemacht, dass sie sowieso alle Vorurteile, mit denen sie anfangs dem Volk der Nazis gegenübergetreten sei, schnell verloren habe. Sie hoffe, dass sie in der Lage sein werde, ihm zu helfen und so dazu beizutragen, dass nicht nur sein Aufenthalt so angenehm wie möglich verlaufe, sondern auch erfolgreich sei, so dass er das Verschwinden der Studentin aufklären und sie unter Umständen sogar mit nach Deutschland bringen könne.

Stahl wusste später nicht mehr, in welchem Moment ihres Monologs er eingeschlafen war. Er wachte auf, als sie ihn freundlich an die Schulter stieß. Seine Augen waren verklebt.

»Habe ich geschnarcht?«, wollte er von Oxana wissen.

»Wie ein Walross. Ich habe den Motor kaum noch gehört. Und das heißt einiges.«

»Sagen Sie es nicht Sabine, einverstanden?«

»Einverstanden. Hier ist Ihr Hotel. Ich komme noch mit

raus und hole Sie dann morgen um 10 Uhr ab. Ist das eine gute Zeit?«

»Sie sind ein Engel.«

Sie stiegen aus, und Stahl sah misstrauisch auf die bröckelnde Betonfassade. *Meschdunarodnaja Hotel* flackerte ein defektes Neonlicht in kyrillischen und lateinischen Buchstaben.

Oxana sah seine Skepsis. »Es ist nicht das beste Hotel Russlands, aber Sie wollten ja nicht nach St. Petersburg, dort gäbe es alles, was Sie sich wünschen können. Aber hier war schließlich auch die Frau, die Sie suchen, und von daher schien es mir und Sabine am günstigsten, Sie hier einzuquartieren, zumal Sie keine anders lautenden Wünsche geäußert hatten. Wollen Sie nicht eintreten?«

Stahl seufzte, zog seinen Koffer hinter sich her und wünschte sich in seine Wohnung nach Freiburg. Oxana sprach kurz mit dem Portier und drückte Stahl einen Schlüssel in die Hand.

»Siebter Stock. Zimmer 723. Wir sehen uns morgen.«

Er nickte und trottete zum Fahrstuhl.

Der Fahrstuhlführer war alles andere als ein Liftboy. Er war genauso langsam wie der Lift, doppelt so alt und keuchte dreimal so asthmatisch. Er sah Stahl aus seinen milchigen Augen so leidend an, als der ihm den Zimmerschlüssel zeigte, als müsse er den Aufzug mit Muskelkraft ins siebte Stockwerk wuchten. Er legte schweigend einen Hebel nach oben und der Lift setzte sich, widerwillig und schwankend, in Bewegung. Als der Fahrstuhl mit einer knarrenden Bewegung hielt, zog der Mann missmutig das Scherengitter auseinander. Stahl blickte auf einen langen Flur.

»Wohin?«, fragte er den Alten. Der schüttelte traurig den Kopf. Stahl hielt ihm seinen Schlüssel vors Gesicht und zuckte mit den Schultern, um anzudeuten, dass er den Weg zu seinem Zimmer nicht wisse. Der Mann holte tief Luft, schien etwas sagen zu wollen, aber hustete dann nur lange und schmerzhaft und bedeutete Stahl mit einer Handbewegung, jetzt auszusteigen. Stahl ging auf den Flur. Der Boden bestand aus abgetretenem Linoleum. Durch Milchglasscheiben fiel trübes Licht. Die Türn ihm gegenüber hatten keine Nummern. Er versuchte es auf der linken Seite. Neben der vierten Tür hing ein handgeschriebener Zettel mit der Zahl 783. Stahl ging einige Türn weiter. An manchen standen die Namen der Bewohner. Auf einer Tür klebte ein Polaroidfoto einer rothaarigen älteren Frau. Niemand war zu sehen. Irgendwo polterte es dumpf. Ein schrilles Kichern kam von weither, vielleicht aus einem der unteren Stockwerke. Der Gang teilte sich. Stahl versuchte es rechts. Er nickte befriedigt, als er seine Zimmernummer fand. Er verglich noch einmal die Zahl auf dem Schlüssel mit der Zahl auf der Tür und schloss dann auf. Es war weniger schlimm, als er befürchtet hatte. Das Zimmer war größer als eine Gefängniszelle. Die ursprüngliche Farbe des Teppichbodens war nicht mehr zu erkennen, was vermutlich kein Nachteil war. Das Bett war lang genug, und die Bettwäsche roch nach Desinfektionsmitteln, war also vermutlich sauber. An der Decke hing eine nackte Glühbirne. Stahl drehte am Lichtschalter. Höchstens 25 Watt, schätzte er. In dem Resopalschrank an der rechten Zimmerwand baumelten ein paar Drahtbügel. In einem der Fächer lag ein klebriger Socken. Stahl wollte ihn in den Papierkorb entsorgen, fand aber keinen. Gegenüber stand ein Waschbecken aus der Wand und machte mit einem tiefen Gurgeln auf sich aufmerksam. Stahl drehte probeweise an dem Hahn. Das Wasser roch nach Chlor und war grün gesprenkelt. Andere Länder, andere Sitten, dachte er. Der Fensterrahmen war mit Papierstreifen verklebt und nicht zu öffnen. Stahl sah hinaus auf die gegenüberliegende Wand des

Hotels, das um einen düsteren Innenhof herum gebaut worden war. Im Hof standen ein ausgeweidetes Auto und einige Müllkübel. Daneben eine Rutschbahn und eine Wippe. Auf der Wippe saß ein Kind in einem dicken Pullover, eine Wollmütze auf dem Kopf. Das Kind starrte auf das andere Ende der Wippe, das in den Himmel zeigte.

Ein kleines Fensterchen knapp unterhalb der Decke ließ sich aufkurbeln. Kühle Luft und ein Geruch nach Brathähnchen füllten das Zimmer. Eine Falttür aus unlackiertem Pressspan führte ins Bad. Stahl beschloss, erst einmal eine heiße Dusche zu nehmen. Beim Auskleiden vermied er es, mit den nackten Füßen auf den Boden seines Zimmers zu treten. Zum Glück hatte er Badelatschen eingesteckt. Ein Tipp von Drexler. Stahl drehte den Heißwasserhahn auf und wartete. Das Wasser war eiskalt. Vermutlich stand der Brenner im Keller und bis die Wärme im siebten Stock angelangt war, würde es eine Weile dauern. Er wartete, bis es so weit war. Es war nie so weit. Er stieg unter den kalten Strahl. Die grünen Sprenkel würde er später mit dem Handtuch abwischen müssen.

Es war kurz vor sechs als er sein Jackett überzog. Er beschloss, essen zu gehen und sich dabei nach Bettina zu erkundigen. Er steckte ihr Foto ein und die Rubel, die Oxana für ihn gewechselt hatte.

Zuerst würde er es beim Fahrstuhlführer versuchen. An dem kam niemand vorbei. Der Fahrstuhl hielt, der Mann öffnete das Gitter und sah Stahl von oben herab an, denn er hatte das Stockwerk um einen halben Meter verfehlt.

Er winkte ihn herein. Stahl schüttelte den Kopf. Er versuchte ihm klarzumachen, dass er einfach ein Stück herunterfahren solle. Schließlich verstand er und schloss das Gitter. Stahl war erleichtert. Er wollte hier keine Turnübungen vollführen. Der Aufzug fuhr langsam hinunter, an Stahl vorbei und war verschwunden. Macht über andere zu haben, deformiert den Charakter, dachte Stahl. Und wenn es nur die Macht war, andere sieben Stockwerke laufen zu lassen. Er drückte wieder auf den abgegriffenen Rufknopf für den Aufzug.

Irgendwann später schnarrte das Gitter wieder auf. Diesmal hielt er punktgenau an der Kante des Stockwerks. Stahl trat ein, das Gitter wurde zugeschnappt.

»Langsam«, bremste Stahl den Mann und untermalte seine Bitte mit einer entsprechenden Geste. »Schauen Sie mal.« Er zeigte dem Mann das Foto von Bettina und hielt einen 100-Rubel-Schein dazu. Das mussten ungefähr zehn Mark sein, rechnete er. Er hatte nicht genau aufgepasst, als Oxana ihm das Geld in die Hand gedrückt hatte. Keine Ahnung, ob das zu viel oder zu wenig war. Was verdient ein Fahrstuhlführer im Monat? Er wollte weder den Mann beleidigen noch die Preise verderben.

Eine gichtige Hand umklammerte den Schein und stopfte ihn in die Brusttasche der Uniform.

»Und?« Stahl wollte irgendeine Reaktion auf das Foto von ihm haben, sei es nur ein Nicken, das bestätigte, dass er sie hier gesehen hatte.

»Und was?«, fragte der Liftführer zurück.

Stahl hob erstaunt seine rechte Augenbraue. Dass der Greis deutsch sprach, hatte er nicht erwartet. Dieser wiegte den Kopf langsam hin und her.

»Jaja«, sagte er schließlich.

»Sie sprechen deutsch?«

»Jaja«, wiederholte der Alte. »Ich bin Erntehelfer auf Bauernhof. In Ravensburg. Lange her, sehr lange her.« Er wurde von einem Hustenanfall geschüttelt. Stahl wartete.

»1943. Bis Krieg vorbei.« Wieder der röchelnde Husten. »Vielleicht sogar Kind in Deutschland. Von Freundin. Als Mann aus Krieg kommt, ich nach Russland. Verstehe?«

Stahl verstand.

»Kennen Sie die Frau auf dem Bild?«, fragte er den Alten.

»Deine Frau weg?«, fragte der zurück.

Stahl schüttelte den Kopf. »Nicht meine. Eine andere Frau. Ihre Eltern suchen sie. Sie haben Angst. Sie wohnte hier im Hotel.«

Der Fahrstuhlführer sah das Bild wieder an. Eine blonde Deutsche mit einem strengen Gesicht und einer geraden arischen Nase, dachte er. Was arisch heißt, hatte er gelernt. Auf dem Hof, dem er als 21-Jähriger zugewiesen worden war, versuchte ihn die Bäuerin von der Überlegenheit der deutschen Rasse zu überzeugen. Kaum hatte er genügend Deutsch gelernt, begann sie mit missionarischem Eifer, ihm die Rassenlehre der Nazis zu vermitteln. Sie war keine gute Lehrerin. Nachts holte sie ihn in ihr Bett und trieb mit ihm Rassenschande in ihrer ungesetzlichsten Form. Das unterrichtete sie besser. Lange her, das alles. Aber er erinnerte sich an jedes Detail. Dafür vergaß er alles, was in der unmittelbaren Vergangenheit passierte. Je kürzer ein Ereignis her war, umso blasser schien es ihm in der Rückschau. Wenn das Foto 60 Jahre alt wäre, könnte er sicher jemanden identifizieren. Aber ein Bild aus der Zeit zwischen 1985 und heute? Völlig unmöglich. Aber sein Deutsch reichte nicht aus, um das dem Herrn in dem Fahrstuhl zu sagen.

»Nein«, sagte er. »Ich Gesicht vergessen.«

Stahl verstand das als Aufforderung, zog weitere 100 Rubel aus der Tasche und hielt sie ihm hin. »Hilft das beim Erinnern?«, fragte er ihn.

Der Mann schob das Geld zurück. Er langte sich an den kahlen Schädel. »Nicht vergessen wegen Geld. Vergessen wegen Kopf.«

Stahl erkannte die Endgültigkeit, mit der er das sagte und steckte das Geld wieder ein.

Schweigend fuhren sie nach unten. Stahl dachte an die Termine, die morgen anstanden. Der Fahrstuhlführer dachte an die arischen Schenkel seiner Bäuerin.

Die Lobby des Hotels bestand aus einem gigantischen viereckigen Saal. Gegenüber der Drehtür am Eingang duckte sich ängstlich die Rezeption an die Wand. Schräg links davon standen einige zerschlissene Kunstledersessel um ein paar Tische. Rechts führten einige breite Stufen hinunter, wo die Restaurants und die Bar des Hotels waren. Es war zu früh, um etwas zu essen. Stahl ging in die Bar. Sie war mäßig besetzt und sah so aus, wie man sich im real existierenden Sozialismus einmal westliche Dekadenz vorgestellt haben mochte. Alles war zu viel. Das Licht zu schummrig, die Sessel zu plüschig, die Musik zu laut, die Separees zu abgelegen. Stahl studierte die Karte. Die Drinks hatten fantasievolle Namen, von denen er noch nie etwas gehört hatte. Er überlegte sich, ob er lieber ein russisches Bier oder einen russischen Wein bestellen sollte. Beides verlangte mehr Entdeckergeist, als er bereit war aufzubringen.

»Wissen Sie nicht, was Sie bestellen sollen?«, fragte ihn eine heisere Stimme in brüchigem Deutsch. Die Besitzerin der Stimme setzte sich in den Sessel neben ihn. Sie hatte etwa das Alter der Frau, auf deren Suche er war, sah aber nicht so aus, als habe sie viel Erfahrung mit Büchern. Dafür andere Erfahrungen. Ihre Lippen waren zu rot, ihre Brust zu üppig, ihre Stimme zu rauchig, ihr Parfum zu schwer. Sie passte gut zu dem Interieur dieser Bar.

»Woher wissen Sie, dass ich Deutscher bin?«, fragte Stahl. Das war ihm peinlich. In der Beziehung war er sehr deutsch. Sie lachte und strich mit einer nebensächlichen Bewegung ihre Locken hinter die Ohren und zog eine Packung Marlboro aus ihrer Handtasche.

»Darf ich?«, fragte sie ihn.

Er nickte und suchte in seinen Taschen nach einem Feuerzeug. Er fand keines. Sie zündete sich die Zigarette selber an, inhalierte tief und blies den Rauch in die Luft. Sie blickte ihm nach und schob dabei nachdenklich die Unterlippe über die Oberlippe. Stahl war davon überzeugt, dass sie eine Szene aus einem Hollywood-Film imitierte. Aber sie tat es mit einer Hingabe, die echt war.

»Es gibt zurzeit nicht so viele fremde Gäste im Hotel. Dass ein Deutscher angekommen ist, spricht sich herum. Die meisten fahren ja lieber nach Petersburg. Kann ich verstehen.«

Der Kellner schlich um den Tisch herum und wartete darauf, ihre Bestellung aufzunehmen.

»Was trinkst du, Süßer?«, fragte sie ihn.

Stahl zuckte zusammen. Er konnte sich nicht daran erinnern, wann ihn das letzte Mal jemand so angesprochen hatte. Vielleicht noch nie?

»Überlasse ich Ihnen.«

Die Frau bestellte etwas auf Russisch. Er würde sich überraschen lassen.

»Sagst du mir auch, wie du heißt?«

»Stahl. Udo Stahl. Und Sie?«

»Du kannst Lucy zu mir sagen.«

»Ich will nicht wissen, was ich zu Ihnen sagen kann, sondern wie Sie heißen.«

Die Frau sah ihn erstaunt an.

»Tamara. Ich heiße Tamara, aber wenn ich arbeite, bin ich Lucy. Okay?«

»Betrachten Sie das Gespräch hier als Arbeit?«

»Kommt darauf an. Willst du mit mir schlafen?«, fragte sie zurück.

»Nein, ich glaube nicht«, sagte er. Er fühlte sich alt und schmutzig.

»Okay.« Sie drückte die Kippe aus und stand auf. »Also dann...«, leitete sie ihren Abgang ein.

Schlechtes Timing, dachte Stahl, denn in dem Augenblick kam der Kellner mit einer Flasche Sekt und zwei Gläsern.

»Ich mache Ihnen einen Vorschlag«, sagte er zu ihr. »Sie setzen sich, und wir trinken zusammen, was Sie uns bestellt haben. Und wenn hier jemand auftaucht, der ein besseres Geschäft zu sein verspricht als ich, dann gehen Sie zu ihm. Es ist noch früh, Sie finden schon jemanden. Einverstanden, Tamara?«

»Wenn Sie meinen.« Sie setzte sich zögernd und versuchte ihn einzuschätzen.

Stahl schenkte ihnen ein. Krimsekt. Das würde teuer werden. Kommt alles auf die Spesenrechnung. Böhler wird Augen machen.

»Wie kommt es, dass hier alle Deutsch sprechen?«, erkundigte sich Stahl bei ihr. »Die Frau, die mich vom Flughafen abgeholt hat, hatte in Deutschland studiert. Der Fahrstuhlführer war als Zwangsarbeiter in Deutschland. Wie ist das bei Ihnen?«

Sie hob das Glas und prostete ihm zu. »Wir gehen dahin, wo das Geld ist. In Deutschland ist Geld. So einfach ist das.«

Sie stießen an.

»Ich war auch eine Art Zwangsarbeiterin. In Berlin, auf'm Strich. 1994 hab' ich dort angefangen. Ich hatte mich auf eine Annonce als Kellnerin gemeldet. Alle sagten, ich würde mich daran gewöhnen. Ich habe mich nie daran gewöhnt. Na ja, jetzt bin ich hier. Ich hatte eine Stelle als Sekretärin bei einer Computerfirma in St. Petersburg bekommen. Der Chef hatte mich in Berlin bei einer Messe kennen gelernt. Ein Ukrainer. Anfangs war alles gut. Dann haben die anderen erfahren, was ich in Berlin gemacht habe. Kurz darauf war Schluss.«

Sie zündete sich die nächste Zigarette an. Diesmal ohne theatralischen Blick zum Rauch.

»Was machen Sie hier?«

»Ich suche jemanden.« Er zeigte ihr das Foto. Sie schüttelte den Kopf.

»Braves Mädchen, geht sicher nicht in Bars.« Das vermutete Stahl ebenfalls.

»Warum suchen Sie die? Ihre Frau? Ihre Freundin?«

»Nein. Meine Arbeit.«

»Ah. Ein Bulle«, sagte sie.

»Nein. Ich wurde von den Eltern privat engagiert. Ich mache das zum ersten Mal. Und sicher auch zum letzten Mal. Es ist mit zu vielen Veränderungen verbunden. Zu aufregend. Ich mag es nicht, wenn zu viel passiert.«

Sie sah zur Bar, wo der Kellner Gläser auswischte und unauffällig in eine Ecke nickte, wo sich eine Gruppe Neuankömmlinge niedergelassen hatte und gerade eine erste Runde Wodka trank.

»Wollen Sie wirklich nicht mit mir schlafen? Die Nacht ist lang. Wenn Sie es nicht tun, bleiben Sie alleine und werden es bereuen. Und ich bereue das vielleicht auch, auch wenn ich nicht alleine bleibe.«

Stahl fühlte sich geschmeichelt. Das gehörte zu ihrem Job. Er schüttelte den Kopf.

»Ich kann nicht. Aber es hat mich gefreut, Sie kennen zu lernen und mit Ihnen zu reden.« Er stand auf, um ihr die Hand zu geben.

»Bin ich Ihnen noch etwas schuldig, ich meine für unser Gespräch? Gibt es da auch einen Tarif?« Er war sich unsicher, er hatte keine Erfahrung im Umgang mit Prostituierten. Sonst hätte er vielleicht doch mit ihr geschlafen, dachte er.

Sie verneinte. »Zahlen Sie den Sekt, das geht schon in Ordnung.« Sie sah beleidigt aus. Jetzt habe ich doch etwas falsch gemacht, dachte Stahl. Die Frau strich ihre Haare zurecht und schlängelte sich durch die Tische zu der Männerrunde.

Stahl trank sein Glas aus und verlangte die Rechnung. 900 Rubel schien ihm viel Geld. Böhler würde es zahlen.

»Frau nicht gut?« fragte der Kellner mit einem schiefen Grinsen. »Besser Mann?«

Stahl schüttelte den Kopf und ging.

Weimar, Juli 1776

GOETHE LÄSST DEN BRIEF FALLEN. DIE ABENDBRISE erfasst das Blatt und weht es in die Rosenstauden, die er vor Wochen erst in die Erde gesetzt hat. Er fasst es nicht. Lenz will ihn tatsächlich vernichten. Ganz und gar in der öffentlichen Meinung vernichten. Endgültig und unwiederbringlich. Goethe würde nicht mehr der Geheimrat sein, der ein rückständiges Fürstentum in ein ansehnliches Ländchen verwandeln will. Er würde nicht der Dichter des *Götz von Berlichingen* und des *Werther* sein, die zu ihrer Zeit wie Wellen die ganze Jugend des Landes erfasst haben. Er würde zum Gespött der Menschen. Verlacht von allen, die ihm begegneten, und das nur aufgrund von Briefen, die er im Überschwang seiner Jugend an einen falschen Adressaten gerichtet hat. Oder schlimmer noch als verlacht: zum Tode verurteilt. Schließlich ist Goethe studierter Jurist. Er kennt die Paragraphen. »Sodomiterei und andere dergleichen unnatürliche Sünden, welche wegen ihrer Abscheulichkeit nicht genannt werden können, erfordern eine gänzliche Vertilgung des Andenkens.« Auch der Herzog würde ihn nicht mehr schützen können. Und die alten Kräfte im Kollegium würden triumphieren.

Aber auf Lenzens Verlangen eingehen und den Abschied vom Hofe nehmen, damit er das Manuskript verbrenne, das ist keine Lösung. Noch immer würde Lenz die Briefe haben. Immer wieder würde Lenz neue und unverschämtere Forderungen an ihn stellen. Würde ihn, der immer weit über ihm stand, nach seinem Bilde formen wollen. Goethe, eine Marionette in den Händen von Lenz. Eine Kasperlefigur, die das kranke Kind nach Belieben bewegen kann. Und das ihm! Hat er nicht immer alles selbst vollendet? Neidet man ihm nicht überall seine Kraft und sein Geschick? Durchdringt er nicht jedes gesetzte Ziel, wie ein Pfeil von Götterhand gelenkt? Erfindet er sich nicht selber immer neu, in jedem Augenblick? Nur zwei Kräfte konnte selbst er nicht bezwingen: die allmächtige Zeit und das ewige Schicksal. Aber Lenz ist nicht sein Schicksal, er spielt es nur. Und weiß nicht einmal, womit er hier spielt.

Die Briefe. Alles hängt an diesen vermaledeiten Briefen. Er gäbe etwas darum, könnte er die Sünden seiner Jugend ungeschehen machen und deren Spuren löschen. Warum hat er dem Freund solche Briefe geschickt? In welchem blinden Übermut hat er sich befunden? Goethe erinnert sich nicht mehr. Auch nicht daran, wie viele dieser Briefe es geben musste. Er hat sich inzwischen so oft gehäutet, dass die Gefühle jener Zeit längst abgelegt sind. Aber das kann er niemandem verständlich machen: Dass er heute ein anderer sei, als damals. Dass es keinerlei Beziehung gebe zwischen dem Straßburger Goethe von vor anderthalb Jahren und dem Weimarer von heute. Die Menschen leben in ihren kümmerlichen Existenzen und tragen sie wie eine Last über Jahrzehnte mit sich herum, dass sie nicht verstehen können, dass einer sich immer neu entwirft. Und dass jeder neue Entwurf als Eigenes gesehen werden muss und nicht als Fortsetzung von etwas, das längst nicht mehr besteht.

Zwei Dinge tun jetzt Not: Zum einen muss er verhindern, dass Lenz am *Waldbruder* weiterschreibt. Lenz m u s s schweigen. Goethe denkt an Charlotte von Stein. Sie wird Teil eines Komplottes werden, ohne es zu wissen. Charlotte wird Lenz auf ihr Schloss einladen, dafür würde er sorgen. Gründe dafür werden sich finden lassen. Lenz spricht doch Englisch. Sie wird ihn als ihren Hauslehrer engagieren. Das wird ihn ablenken. Goethe kennt sein wankelmütiges Wesen. Lenz würde sich in die Unnahbare verlieben. Das tut er immer. Und ist er erst verliebt, wird er kleine Gedichtlein an sie schreiben und sein schmachtendes Herz in langen Briefen ergießen. Die Arbeit am *Waldbruder* aber wird ruhen. So gut kennt ihn Goethe. Zur Not würde Charlotte darauf bestehen, dass Lenz sich voll und ganz dem Unterricht widme und während seines Aufenthalts nicht arbeiten dürfe. Gleichzeitig müssten Lenz die Lippen versiegelt werden, so dass er der Freifrau nichts von dem Manuskript erzählt. Goethe würde ihn aufsuchen und ihn das schwören lassen.

Das wäre das eine. Das andere sind die Briefe. Wo die zu finden sind, klärt sich vielleicht, ist Lenz erst auf dem Schloss.

Bei Jena, Dezember 1945

»Die Frau ist purer Wahnsinn«, stöhnte Wladimir, als er und Alexander nach der Standpauke von Rudomino wieder in ihrem Zimmer waren.

»Überwältigend.«
»Vollkommen unfassbar.«
»Und sie weiß, was sie will.«
»Und sie kriegt es.«
»Bei der Energie.«
»Über eine Million Bücher!«
»Mit unserer Hilfe.«
»Bei Lipschitz wusste ich nie, warum wir das eigentlich tun, obwohl das ja alles Spaß gemacht hat. Seine komischen

Ideen von der Seele eines Volkes. Alles zu verschwommen. Jetzt weiß ich: Sie hat einen Plan, der wird durchgezogen. Weil sie es will.«

»Und weil es der Sowjetunion hilft.«

»Es wird eine Menge Arbeit. Hast du die Liste gesehen, die sie Lipschitz gegeben hat? Und wir sollen nicht länger nur schauen, wo was steht, sondern gleich Bücher mitnehmen.«

»Das finde ich auch besser, als immer nur Bücher anzuschauen. Ich bin ja nicht zur Besichtigung hier.«

»Wir brauchen Kisten.«

»Die lassen wir uns schreinern.«

»Und Lastwagen. Und Arbeiter, die die Kisten transportieren. Das müssen wir organisieren. Lipschitz schafft das nicht. Der ist zu müde.«

»Wir machen die Organisation. Er sucht die Bücher aus.«

»Und wenn wir gut sind, werden wir befördert. Und Rudomino heftet uns einen Orden an die Brust.«

»Lieber würde ich ja ihr an die Brust.«

»Und den Arsch.«

Sie organisierten ihre Arbeit neu.

Alexander fand einen Schreiner, der sofort fürchtete, dass seine SS-Vergangenheit offenkundig geworden war, als der junge Soldat auftauchte. Er war daher überglücklich, dass er nur Kisten zimmern musste und machte sich sofort an die Arbeit. Wladimir requirierte mit vorgehaltenem Karabiner einen Lastwagen, der mit Holzkohle fuhr. Ein Glücksfall, denn Benzin war auch für russische Soldaten kaum zu bekommen. Der Besitzer, ein deutscher Bauer, der eine Sondergenehmigung für den Wagen hatte, wollte ihn erst nicht herausrücken und sorgte so um ein Haar für das Initiationserlebnis, auf das Wladimir noch immer wartete. In letzter Sekunde gab er die Schlüssel her.

Mit dem Kommandanten des Kriegsgefangenenlagers auf

einer Flussaue der Saale in der Nähe ihrer Unterkunft vereinbarten sie außerdem, dass sie bei Bedarf kräftige Männer bekämen, die die Kisten schleppen sollten. Lipschitz ließ sie kopfzuckend gewähren.

Pskow, Juni 2001

WAR DIE BAR ZU DUNKEL, WAR DAS RESTAURANT ZU HELL. Neonlampen an der Decke leuchteten gnadenlos jeden Winkel aus, die Haut der Gäste schimmerte bläulich. Stahl setzte sich mit dem Gesicht zur Wand an einen Tisch, um nicht geblendet zu werden. Er bestellte achtlos ein Menü und aß, ohne dass er mitbekam, was ihm vorgesetzt wurde. Aber es war viel. Viel und fett. Er fühlte sich sehr satt und ging noch einmal in die Bar, um seine Verdauung mit einem Kognak in Gang zu bringen.

Im ersten Augenblick konnte er kaum etwas erkennen. Es war finster. Aber die Musik war lauter geworden, es lief *Somethin' else* von Miles Davis. Der warme Klang der Trompete hüllte ihn ein und erinnerte ihn an früher. Männer riefen durcheinander. Außerdem war die Luft schlechter. Es roch nach Zigaretten und süßlichem Rasierwasser. Als sich seine Augen an das dämmrige Licht gewöhnt hatten, sah er, dass es voll geworden war. An den meisten Tischen saßen Männer, vor sich Bier und Wodka. Stahl erkannte Tamara. Sie saß immer noch an dem Tisch, an dem er sie zuletzt gesehen hatte. Sie beugte sich nach vorne und ein kantiger Typ mit Eidechsenhaut küsste beide Brüste, hob sie dann mit seinen Händen an und sagte etwas zu seinen Tischnachbarn. Die lachten. Tamara schien sich zu amüsieren. Stahl bereute, dass er ihr Angebot abgelehnt hatte.

Er fand einen kleinen Tisch am Rand des Geschehens und setzte sich.

»Jetzt Frau?«, fragte ihn der Kellner.

»Jetzt Kognak«, sagte Stahl.

»Jetzt Wodka!«, bestimmte der Kellner.

Stahl nickte. Der Wodka war scharf und brannte. Der Kellner hatte ihm gesagt, wie er ihn trinken solle: immer einen Schluck Wodka, dann einen Schluck Wasser. So vertrage man am meisten. Stahl folgte ihm. Der Alkohol spülte ihn langsam fort. Miles Davis wurde abgelöst von Thelonius Monk. Die beiden Giganten im Kampf miteinander. Die Stimmen am Nebentisch schrien gegen die Musik an. Das Glas wurde nie leer. Da war noch einmal eine Frau an seinem Tisch, aber es war die falsche, sie roch anders, sie ging wieder. Plötzlich hatte Stahl eine Zigarre im Mund. »Du Freund?«, fragte der Kellner. Stahl nickte schwach. Ein Stroboskop wurde eingeschaltet, Schatten zuckten durch den Raum. Seit wann läuft hier eigentlich russische Musik? Die vom Nachbartisch grölten schon seit einer Weile mit. Hinten im Raum wurde getanzt. Hier jetzt auch. Jemand stieß an seinen Tisch. Heiß war es außerdem. Stahl wischte sich den Schweiß von der Stirn. Immer noch ein volles Glas. Er trank es aus, er wollte gehen. Der Raum neigte sich leicht nach links. Er steuerte dagegen. Der Raum kippte stärker. Stahl glich wieder aus, dann wurde er einen Moment lang ganz leicht, ganz befreit von der Last seiner Existenz. »Ostoroschno!«, rief jemand. Arme griffen ihn unter den Achseln und setzten ihn wieder auf. Das war nicht sein Tisch. Jemand drückte ihm ein Glas in die Hand. Das war nicht sein Glas. Er trank.

Das Klopfen war hartnäckig. Es kam von der Tür, bohrte sich durch sein Trommelfell ins Hirn und explodierte dort. Eine der Explosionen riss ihn aus dem Schlaf. Stahl schreckte hoch und sah auf den tropfenden Wasserhahn. Das war nicht sein Zimmer. Er sah zur Decke. Das war immer noch nicht sein Zimmer. Das Klopfen war unerbittlich. Er schüttelte den Kopf. Das musste eine Verwechslung sein. Er würde es ihm sagen. Der Teppichboden unter seinen Füßen fühlte sich feucht und fremd an. Er öffnete die Tür.

»Guten Morgen, Herr Stahl.«

Er sah sie an. Sie kam ihm bekannt vor. »Tamara?«, fragte er unsicher.

»Oxana.« Zum Glück war sie nicht beleidigt.

»Ich habe es schon an der Rezeption erfahren, dass Sie gestern reichlich dem Alkohol zugesprochen haben. Aber Sie sind ja schon angezogen. Sollen wir gleich los?«

Stahl blickte an sich herunter.

»Ich bin nicht schon angezogen. Ich bin noch angezogen. Sehe ich so alt aus, wie ich mich fühle? Und was haben die an der Rezeption erzählt? Habe ich Unsinn gemacht? Und wer hat mich hergebracht?«

»Der Herr an der Rezeption hat mir nur erzählt, dass Sie gut tanzen und singen können, dass Sie aber irgendwann schlapp gemacht hätten, bevor die Party richtig losgegangen war, und dass Sie deshalb ins Bett gebracht wurden.«

»Ich bin froh, dass ich neben dem Laster der Trunksucht mit der Gnade der Amnesie ausgestattet bin. Ich erinnere mich nur noch daran, dass man Wodka und Wasser abwechselnd trinken soll. Aber irgendwann war das Wasser weg. Und eine Hure redete mit mir. Ganz umsonst. Aber das erzähle ich Ihnen gleich alles in Ruhe. Treffen wir uns in 20 Minuten unten zu einem Kaffee? Ich muss erst duschen. Und das Hemd habe ich wohl vorerst ruiniert.« Der faltige Fetzen, der von seinen Schultern hing, sah nicht mehr aus wie von Mazzarelli.

Oxana saß in dem Restaurant des Hotels und rührte in

einer Teetasse. Stahl erschien mit verstrubbelten Haaren und einem neuen Anzug. Er sah beinahe frisch aus.

»Warum färben die Russen ihr Leitungswasser mit grüner Farbe?«, begrüßte er sie. »Ich hab das Zeug fast nicht aus den Haaren gekriegt.«

»Das ist keine Absicht. So überprüfen die Heizkraftwerke, ob ihr Wasserkreislauf dicht ist. Sie kippen grüne Farbe hinein. Kommt das grüne Wasser aus der Leitung, ist der Kreislauf undicht.«

»Klingt überzeugend.«

Während er aß, erzählte er Oxana von den Erlebnissen des vergangenen Abends, an die er sich erinnern konnte. An seine Fragen nach Bettina. Daran, dass niemand etwas von ihr wusste. Nicht einmal der Fahrstuhlführer.

»Was haben Sie den Leuten erzählt?«, erkundigte sich Oxana.

Stahl versuchte, seine Gespräche möglichst wortgenau wiederzugeben.

»Kein Wunder, das niemand etwas verrät«, stellte sie anschließend fest. »Die halten Sie für einen Polizisten. Denen sagt man nichts. Wenn ein Polizist einen Russen auf dem Roten Platz nach der Basilius-Kathedrale fragt, dann zuckt der Russe mit den Schultern. Für unseren Besuch an der Technischen Hochschule und der Georgsbibliothek gilt: Sie sind der Vater und suchen Ihre Tochter. Das werden alle verstehen. Die Familie ist den Russen heilig.«

»Ihnen auch?«

»Ich bin für die Werte meines Volkes schon verloren, dafür habe ich zu viel Zeit im Ausland verbracht. Meine Mutter verzweifelt deshalb oft an mir. Sie sagt, ich sei wie eine Brücke, die von Russland nach Deutschland reiche. Ich gehöre nirgends hin, alle trampeln über mich, ohne mich zu beachten, und irgendwann werde ich einstürzen.«

»Hat sie Recht?«

»Mütter haben nie Recht. Mütter haben immer Recht. Weiß ich nicht. Aber wir haben heute ja auch was ganz anderes vor.«

Oxana hatte mit dem Rektor der technischen Hochschule einen Termin ausgemacht. Die Hochschule lag ein wenig außerhalb der Stadt. Der Lada holperte über eine staubige Straße voller Schlaglöcher durch eine unwirtliche Landschaft. Sie war nicht mehr Natur und noch nicht Stadt. Ein umgestürzter Kran verrostete in dornigem Gebüsch, umgeben von Autowracks und einigen Bretterverschlägen, aus denen verwitterte Männer mit Flaschen in der Hand in die Leere starrten. In einem schlammigen Tümpel schwamm ein grauer Schwan. Zerfetzte Plastiktüten hingen in den Ästen der Bäume. Eine Betonbrücke stand nutzlos herum. Krähen kreisten im Grau des Himmels und wurden vom Wind gezaust. Sie passierten einen mannshohen Stacheldrahtzaun und landeten in einer anderen Welt. Die technische Hochschule bestand aus einem kleinen Campus, umgeben von einigen modernen Institutsgebäuden aus Stahl, Glas und Beton.

»Sieht aus wie im Westen«, lobte Stahl die Hochschule, als sie die frisch gemähte Rasenfläche überquerten, um zum Haupteingang zu gelangen.

»Ist auch Geld aus dem Westen«, erläuterte Oxana. »Irgendeine Computerfirma hat sie gebaut und ausgestattet. Alles neu. Früher hatten die eine Baracke in der Innenstadt, wo der Putz von den Wänden fiel.«

Der Rektor der Hochschule war ein feingliedriger älterer Herr mit einem offenen und freundlichen Gesicht, der in einem riesigen Saal an der Südseite des Hauptgebäudes residierte. Er trug einen dunkelblauen Anzug mit einer Nelke im Knopfloch und war gerade dabei, mit einer Gießkanne einige Tropfen Wasser auf einen Kaktus zu geben, der auf der Fensterbank stand.

An der Wand neben der Flügeltür stand ein kleines Holztischchen mit Einlegearbeiten. Er bat sie, sich auf einen der niedrigen Lederhocker zu setzen und schenkte ihnen aus einem Samowar Tee ein. Er hielt sich eine Hand auf die Lende, als er sich leicht stöhnend auf den Hocker niederließ. Das macht ihn noch sympathischer, dachte Stahl.

Er sprach langsam und zögerlich, als suche er nach den richtigen Worten. Stahl kam die energische Übersetzung Oxanas unangemessen vor.

»Besuch aus Deutschland ist uns immer willkommen, denn wir kooperieren mit deutschen Firmen. Sie geben uns Geld und sorgen so für eine angemessene Ausstattung unserer Hochschule, wir erledigen im Gegenzug ihre Aufträge für ein Viertel des Geldes, das sie in Deutschland zahlen müssten. Und meistens auch schneller als vergleichbare Einrichtungen in Deutschland. Und oft sind wir auch besser, wenn es mir ansteht, das an dieser Stelle zu sagen, ohne Sie zu beleidigen. Alle profitieren, alle sind zufrieden. Die Globalisierung macht uns alle glücklicher.«

»Was für Aufträge übernehmen Sie?«

Der Rektor schüttelte den Kopf. »Das ist alles geheim, nicht alle Firmen wollen mit uns in Verbindung gebracht werden, aber alles ist streng legal. Wir wollen ja nicht, dass wir hier Schwierigkeiten bekommen, nicht? Dafür ist das Arrangement, das wir gefunden haben, zu erfreulich für alle Beteiligten.«

»Wissen Sie, warum wir hier sind?«, fragte Stahl ihn.

Der Rektor sah ihn aus freundlichen, grauen Augen an. Sein rechtes Lid hing ein wenig hinunter. »Diese Deutschen. Keine Geduld. Kaum sind Sie hier, fallen Sie mit der Tür ins Haus. Wir sind hier in Russland. Russland funktioniert anders. Die USA übrigens auch. Amerikaner und Russen sind einander viel näher als Deutsche und Russen. Vielleicht kam es deshalb auch zum Kalten Krieg. Wir und die USA sind zu ähnlich, um uns wirklich gut zu verstehen. Was meinen Sie dazu?«

»Ich weiß es nicht. Ich habe mir noch keine Gedanken darüber gemacht, worin der Unterschied zwischen den Deutschen, den Amerikanern und den Russen bestehen könnte. Waren Sie einmal in den USA?«

»Für ein Praktikum bei Ford in Detroit. Das war schon 1968.«

»Wie kam es, dass Sie damals in die USA reisen konnten? War das nicht schwierig?«

»Sehr schwierig. Aber ich kannte jemanden, der einen kannte, der jemanden mit einer angeheirateten Tante dritten Grades kannte, die über ihre Halbschwester Beziehungen zum amerikanischen Konsulat hatte. So kam ich an das Visum, das war vergleichsweise einfach. Wirklich kompliziert war es, einen Pass zu bekommen, um ausreisen zu dürfen. Aber das ist eine längere Geschichte, dafür sind Sie kaum hier, oder?«

»Eigentlich weniger. Ich suche meine Tochter. Sie war hier in Pskow und vielleicht auch an Ihrer Hochschule, zumindest hatte sie Ihre Internet-Adresse aufgerufen. Ich wüsste aber nicht, was genau sie hier getan haben könnte. Es ist ein bisschen verworren, das alles. Kennen Sie sie vielleicht?«

Stahl legte dem Rektor das Foto von Bettina hin. Der zog eine Lesebrille aus seinem Jackett und setzte sie umständlich auf die Nase. Er musterte das Bild gründlich und verglich es dann mit dem Gesicht Stahls.

»Soso, Ihre Tochter. Ein hübsches Mädchen. Sieht Ihnen gar nicht ähnlich, wenn ich das sagen darf, ohne Ihnen zu nahe zu treten. Sie ist also verschwunden. Das sollen Mädchen nicht. Zumindest nicht, ohne den Eltern Bescheid zu geben. Und unsere Seite im Internet hat sie aufgerufen. Sieh an. Was kann dieses Mädchen bei uns gesucht haben? Ist sie aus der Computerbranche?«

»Nein. Eher Bücherbranche.«
»Technische Bücher?«
»Literatur.«
»Das ist besser, viel besser. Haben Sie die großen Russen gelesen?«
»Die meisten. Vielleicht nicht alle.«
»Tun Sie es, Sie werden es nicht bereuen. Lesen Sie Dostojewski, das würde ich Ihnen empfehlen. Wir sind in dem Alter, wo wir uns damit abfinden müssen, dass wir alleine sind und uns niemand aus unserer Einsamkeit befreien kann. Dostojewski hilft uns dabei. Aber diese Frau auf dem Foto ist zu jung dafür. Sie könnte vielleicht Tolstoj lesen. Junge Leute glauben doch immer an eine Idee. Tolstoj kann uns den Mut geben, das wirklich zu tun. Als ich jung war, glaubte ich an die Macht der Technik. Ich wollte alles darüber wissen, alles lernen und so meinem Land helfen. Das ist lange her. An was glaubten Sie?«
»An die Freiheit. Daran, dass sie den Menschen Flügel wachsen lässt.«
»Das ist ein schöner Gedanke. Manchmal wäre ich gerne noch einmal jung. Nicht wegen der Liebe, nicht weil mich jetzt das Rheuma plagt, sondern wegen dem Mut zu träumen. Wovon träumte Ihre Tochter?«
»Sie träumte davon, diese Welt zu verlassen und eine Figur in einem Roman zu werden.«
Der Rektor sah ihn aufmerksam an.
»Meinen Sie, dass es ihr gelungen ist?«
Stahl schüttelte den Kopf.
Der liebenswürdige Herr sah sich noch einmal das Bild an und schüttelte dann ebenfalls seinen Kopf. »Nein, ich kenne sie nicht, aber hier passiert manches, was ich nicht kontrollieren kann. Menschen kommen und gehen. Projekte werden geplant und wieder eingestellt. Hier gibt es viele Freiheiten für

alle, die hier arbeiten und studieren. Viele gebrauchen sie richtig, manche missbrauchen sie, manche wissen damit überhaupt nichts anzufangen. Fragen Sie bei unseren Professoren oder auch den Studenten nach Ihrer Tochter. Die Familie ist wichtig. Sie ist die Keimzelle, aus der alles entsteht. Sie sollte nicht ohne Grund zerstört werden.«

Das Gespräch war beendet. Alle erhoben sich, der Rektor verbeugte sich zum Abschied leicht vor den beiden und öffnete ihnen die Tür zu seinem Vorzimmer. Als er die Tür wieder leise geschlossen hatte, nahm er die Gießkanne und widmete sich den anderen Kakteen.

Weimar, Juli 1776

SIE HAT IHR PFERD ABGESATTELT UND DECKEN AUF DEM Boden ausgebreitet. Die Sonne steht hoch am Himmel. Der mächtige Baum wirft einen Schatten, es rauscht in seinen Blättern. Der Ruf eines Hähers hallt über die Lichtung. Ein Kuckuck antwortet. Sie zählt, wie oft er anschlägt. Die Zahl der Rufe macht die Zahl der Jahre, die der Geliebte noch bei ihr bleibt. Achtmal hallt es aus dem Wald. Acht Jahre. Ist das zu viel? Ist das zu wenig? Sie sitzt auf den Decken, aufrecht und aufmerksam, als gelte es, nichts zu versäumen. Goethe hat ihr ein Billet geschrieben. Ein Treffen, die übliche Zeit an ihrem Baum. Das hat er wirklich geschrieben: Ihr Baum. Dabei war es sein Baum. Groß, kraftvoll und unbezwingbar. Mit alten Bäumen konnte er sich identifizieren. Ihr Baum, das wäre eine stille Weide an einem ruhigen Fluss. Aber das würde er nie verstehen. Trotz der Briefe, die er ihr fast täglich schreibt. Und sie ihm. Die Fremdheit bleibt. Ihre Schultern heben und senken sich mit jedem Atemzug. Wieder schreit der Häher. Ein Eichhörnchen klettert den Stamm hinter ihr hinunter und sucht nach Nüsschen. Es ist zu possierlich. Wenn sie sich ruhig verhält, wird sie es vielleicht streicheln können.

Das Land liegt weit und friedlich, betrachtet man es vom Ettersberg aus. Die Kleinlichkeiten des Hoflebens liegen im Dunst des Tals. Von der Kirche weit unten hört sie das Geläute. Drei Uhr. Er ist wieder über der Zeit. Und wenn er kommt, dann wird er nicht kommen, wie es sich geziemt, sondern hastig, in vollem Galopp, mit erhitzter Stirn und feuchten Händen. Die Zeit, die er sich verspätet hat, wird er versuchen einzuholen, indem er sie überfällt mit Worten, Gesten, Gedanken, Gedichten. Von Ferne hört sie ein Pferd. Das wird er sein. Sie zwingt sich, nicht den Kopf zu wenden. Die Peitsche knallt, die Hufe donnern über den Boden, schließlich ist er bei ihr, springt vom Sattel und schlingt mit einer einzigen Bewegung die Zügel um den Pflock, an dem Charlottes Schimmel grast. Schaum tropft der *Poesie* aus dem Maul. Charlotte verkneift sich den Tadel. Es sei nur ein Pferd, hat er ihr schon oft gesagt. Ihr Mann würde das nie sagen. Der kann mit Tieren umgehen wie kein anderer in Weimar. Bester Reiter des Fürstentums und Hofstallmeister und ein Tänzer, dass alle neidisch werden beim Contre-Danse. Aber sie trifft sich mit Goethe, diesem ungehobelten Kerl, weiß Gott warum. Sie würde dafür bezahlen müssen, das weiß sie, aber sie weiß nicht, mit welcher Münze.

Seit Goethe hier ist, vibriert die Luft. Das Eichhörnchen ist längst in Deckung gegangen. Der Häher schweigt. Goethe hat ihr einen Stapel seiner Zeichnungen mitgebracht. Alle in den letzten Tagen gemalt. Wie sie ihr gefielen? Er malt mit kühnem Strich. Wichtiger als die Erfassung dessen, was ist, sei die Darstellung dessen, was er beim Zeichnen empfinde. Alle Bilder seien entstanden, während er ihrer gedachte. Ob sie das sehen könne? Sie betrachtet aufkeimende Knospen und sich öffnende Blüten, Tautropfen an einem Grashalm und eine Libelle am Wasser. Sie blickt auf die Bilder und fühlt sich alt. Sie ist schon dreiunddreißig. Sieben Kinder hat sie geboren, vier davon begraben. Seit elf Jahren lebt sie mehr oder weniger an der Seite ihres Mannes. Sie ist keine aufkeimende Blüte mehr, eher ein dürres Blatt, das sich mit letzter Kraft an den Baum klammert, bevor ein Herbststurm es endlich zu Boden reißt. Sieht er das nicht? Will er ihr schmeicheln? Aber es ist zu spät, ihre leisen Zweifel zu äußern. Schon ist er weiter. Goethe erzählt von der Tätigkeit für das Konsilium. Er hat viel vor mit dem kleinen Weimar. Aber die Kröten und Basilisken am Hof werfen ihm Knüppel zwischen die Beine. Bitter beschwert er sich über sie. Ihren Widerstand würde er schon brechen, sie sollten nicht glauben, dass er sich so schnell ins Bockshorn jagen lasse. Eine Menge Arbeit sei das alles, er komme wirklich nicht mehr zum Schreiben, das sei jetzt wohl endgültig vorbei, aber gerade heute Morgen, während einer Sitzungspause, habe er ihr Bild vor Augen gehabt und ein Gedichtlein geschrieben. Er wolle ihr das kurz vortragen, dann bekomme sie auch den Zettel, auf den er das Verslein, mehr sei es leider wirklich nicht, gekritzelt hat:

> *Ich bin eben nirgend geborgen:*
> *Fern an die holde Saale hier*
> *Verfolgen mich manche Sorgen*
> *Und meine Liebe zu dir.*

Dass ihn die Liebe zu ihr verfolge, das wisse sie ja. Aber auch Sorgen habe er mehr zurzeit, als er ertragen könne. Sie könne sich kaum vorstellen, was ...

Sie muss ihn bremsen. Dieser Wortschwall reißt sie weg, seine ungebremste Energie ist kaum auszuhalten, und sie würde wieder den ganzen Tag brauchen, um sich zu beruhigen.

Trotzdem ist es besser als all die distinguierte Langeweile bei Hofe. Wenn sie nur in der Lage wäre, ihn zu bändigen, diese Kraft in kultivierte Bahnen zu lenken, ein Bett zu graben, in dem der breite Strom seiner Ideen ruhig und gesammelt fließen könnte. Sie streicht ihm mit der Hand ein paar Strähnen aus der Stirn und lässt sie auf seinem Kopf liegen. Die Geste berührt ihn. Er hält einen Augenblick inne. Erst jetzt nimmt er die Schönheit der Landschaft wahr, den blauen Dunst in der Ferne und den feinen Schleier, der sich gnädig über das Städtchen gelegt hat.

»Erzähl mir von deinen Sorgen«, bittet sie ihn. »Aber tue es langsam, sonst kann ich dir nicht folgen.«

»Ich sorge mich um Lenz. Er lebt noch immer in seiner Camera obscura zu Berka und wird dort über kurz oder lang sein zartes Gemüt zur Gänze ruiniert haben. Ich weiß nicht, wie ich helfen soll.«

Rührend, dass Goethe bei allem, was er zu bewältigen hat, des alten Freundes gedenkt.

»Wie gefällt dir der arme Junge, meine hohe Herrin?«

»Er ist…,« sie sucht nach Worten.

»Er ist kein Goethe.« Seit sie ihn kennt, ist das der Maßstab, neben dem keiner bestehen kann. Sie weiß, dass sie grausam ist.

»Warum nimmst du ihn nicht zu dir nach Weimar?«, fragt sie ihn.

»Am Hofe kann ich ihn nicht brauchen, dort macht er sich und mich unmöglich, denke nur an die Eseley bei dem Ball. Dabei liebe ich ihn wie einen Bruder. Man kann den Jungen nicht lieb genug haben. So eine seltsame Komposition von Genie und Kindheit. So ein zartes Maulwurfsgefühl und so ein neblichter Blick. Und der ganze Mensch so harmlos, so befangen, so liebevoll.«

»Ist er so? Dann könnte ich ihn über den Sommer zu mir

nach Kochberg nehmen. Dort hätte er Gesellschaft und könnte in Ruhe schreiben.«

»Lass ihn nicht schreiben, das regt ihn zu sehr auf, er fantasiert und weiß dann nicht mehr recht zu unterscheiden, was er geschrieben hat und was erlebt. Gib ihm Arbeit. Lass ihn dich unterrichten. Sein Englisch ist sehr gut, er übersetzte den Shakespeare und Teile des Ossian.«

»Wenn ich ihn einlade, meinst du, er kommt?«
»Er muss, er wird, er betet dich an.«
»Wie du?«
»Er ist kein Goethe.«
Sie schließt ihre Hand und greift fest in seinen Schopf.
Er schreit im Spaß.
»Ich kann dich nicht entziffern. Manchmal fürchte ich, dass ein Punkt in deinem Herzen ist und bleibt, mit dem es nicht just ist.«

Goethe lacht und befreit seine Haare.

Sie sitzen und sprechen, bis der Nebel aus dem Tal zu ihnen steigt und die Decken schwer werden von Feuchtigkeit.

Dorndorf, bei Weimar, Mai 1946

»Hopphopp, schneller graben!« Die Befehle gingen Alexander auf Deutsch inzwischen flott von den Lippen. Die mageren Rücken der Kriegsgefangenen brannten in der Sonne. Sie gruben schneller. Schließlich war ihre Arbeit die einzige Möglichkeit, aus dem dreckigen Sumpfloch herauszukommen, in das sie abends wieder gebracht wurden. Sie bekamen häufig Essen und sogar Zigaretten, die einzige Währung im Lager. Von daher taten sie alles, um die privilegierte Stellung zu behalten. Der Dreckhaufen neben ihnen wuchs schnell.

Schließlich legten sie den verschütteten Eingang zum Stollen der Grube Dorndorf bei Weimar frei.

»Und jetzt?«, fragte Wladimir den älteren Herren mit dem feisten Gesicht.

»Da ist jetzt alles drin. Schön verpackt«, sagte er und wischte sich mit einem rotkarierten Taschentuch die fettige Stirn. Vor drei Jahren war er als Leiter der regionalen Kommandantur dafür zuständig gewesen, dass evakuierte Bücher vor den Folgen des Krieges geschützt werden sollten. Sogar Bibliotheken aus Berlin wurden hier in der Provinz vergraben. Jetzt half er den Russen, die Eingänge auszugraben, ohne dass die Stollen einstürzten. Er tat das freiwillig und hoffte, dass sich das für ihn mehr auszahlte als der Eintritt in die NSDAP vor einigen Jahren.

Seit dem Besuch von Rudomino requirierten Wladimir und Alexander alles, was die Genossin Oberstleutnant verlangte. Und das war nicht wenig: Sie wollte alle Nazi-Schriften und sämtliche verfügbaren Studien über osteuropäische Länder. Archivalien über Marx und Engels wurden eingesammelt. Sieben Briefe von dem Arbeiterführer Lassalle an Freiligrath fand Wladimir im Goethe-Archiv in Weimar, das ansonsten ungeschoren blieb, aufgrund der guten Beziehungen zwischen Weimar und Russland und Goethes Ansehen in der Sowjetunion. Gefragt waren außerdem Prozessakten gegen Kommunisten und gegen die Mörder von Karl Liebknecht und Rosa Luxemburg. Alles, was alt und wertvoll aussah, sollte eingezogen werden: seltene Drucke, mittelalterliche Handschriften, Inkunabeln, Bücher aus den Anfängen der Buchdruckerkunst. Ganze Bibliotheken wurden eingepackt, um in der Sowjetunion als Grundstein für Sammlungen von Hochschulen verwendet zu werden. Philologie, Pädagogik, Geschichte, Kunst, Ethnographie, Architektur, Wissenschaft und Technik. Es gab kaum etwas, für das es keinen potenziellen Abnehmer gab.

Im Garten ihrer Dienstvilla stapelten sich die gepackten Kisten. Der Schreiner musste inzwischen vier Gehilfen beschäftigen, um mit den Bestellungen der Soldaten nachzukommen. Außerdem gab es diese feste Gruppe von sechs Kriegsgefangenen, die jetzt staubig und verschwitzt im Dreck saß, während Wladimir mit einer Taschenlampe in den Stollen hineinleuchtete.

Alle waren zufrieden, außer Lipschitz. Der schloss sich inzwischen ganze Tage in sein Büro ein und las. Wenn er den wachsenden Berg von Kisten in dem Garten sah, traten ihm Tränen in die Augen. »Das ist zu viel«, versuchte er seinen jugendlichen Helfern zu vermitteln. »Das ist nicht richtig.«

»Befehl ist Befehl«, antworteten sie ihm. »Oder wollen sie sich mit der Rudomino anlegen?«

Lipschitz wollte sich mit niemandem mehr anlegen. Weder mit seiner Vorgesetzten noch mit seinen Untergebenen. Irgendwann ließ er sich auch sein Essen in die Bibliothek bringen. Er fand Trost bei den griechischen Stoikern. Sich nicht mehr mit dem Chaos der Welt beschäftigen, sondern die kleinen Freuden der Welt genießen, das leuchtete ihm immer mehr ein. Wladimir und Alexander vergaßen ihn fast.

Direkt neben dem Eingang des Stollens sah Wladimir die ersten Kisten stehen. *Bibliothek von Rust, Berlin Zehlendorf. Geschichte I. Ur- und Frühgeschichte. 132/6a* konnte er im Schein der Lampe lesen.

»Also, raus mit dem Zeug und so aufstellen, dass ich die Zettel lesen kann.« Die Gefangenen erhoben sich stöhnend.

Fast alles, was sie hier fanden, ließ Wladimir direkt auf ihren Lastwagen laden. Insgesamt 32 Kisten, nur zwei, die mit *Kinderbücher, Märchen, Fabeln* beschriftet waren, sortierte er aus. Probeweise untersuchte er die erste dieser Kisten, um zu sehen, ob Inhalt und Beschriftung übereinstimmten. Er brach die Bretter mit einer Hacke auf, schob eine Schicht braunes

Packpapier zur Seite und griff hinein. *Rotkäppchen und der böse Wolf. Illustriert von Gunter Hesselmann* fiel ihm als Erstes in die Hände. Er hockte sich hin und begann in dem Buch zu blättern. Die Kriegsgefangenen und Alexander sahen ihm interessiert zu. Wladimir spürte ihre Blicke, sah auf, warf mit einer achtlosen Geste das Buch in den Dreck und kippte die Kiste aus. Kinderträume fielen heraus und wurden zertreten. Der nächste Gewitterguss würde sich um sie kümmern.

Dann waren alle Kisten draußen.

»Da ist noch was«, rief Heiner Knebel aus dem Stollen. Er war der jüngste und kleinste der Gefangenen, und Alexander hatte ihn mit der Lampe reingeschickt, um sicher zu sein, dass ihre Aufgabe hier erledigt war.

Knebel kroch raus und hielt einen Pappkarton in den Händen.

»Der lag ganz hinten im Stollen, nicht bei den anderen Kisten, ich weiß nicht, ob das dazugehört«, meldete er eifrig.

Wladimir nahm den Karton, schnürte die braune Kordel auf und schaute rein.

Es war altes Zeug. Er blätterte durch den Stapel Papiere und versuchte etwas zu entziffern. Das konnte er nicht. Aber jedes Blatt hatte eine Datumszeile. Diese Zahlen erkannte Wladimir. Er zeigte es Alexander. Sie einigten sich darauf, dass es sich um Briefe handeln müsse. Das schrieb Wladimir auf den Karton: *Alte Briefe*. Er schnürte ihn wieder zu und fluchte auf Russisch auf den übereifrigen Deutschen, der ihm unnötigerweise Arbeit gemacht hatte.

Pskow, Juni 2001

DIE DOZENTEN DER HOCHSCHULE WAREN FAST ALLE EBENso entgegenkommend wie ihr Rektor. Ja, sie seien gerne bereit, mit ihnen zu sprechen. Hübsch sei sie, seine Tochter, und schrecklich, dass sie einfach verschwunden sei, heutzutage sei eben alles möglich, und sie hofften mit ihm, dass er sie bald fände, aber nein, sie hätten sie hier nie gesehen, daran würden sie sich sicher erinnern, denn allzu viele deutsche Frauen in ihrem Alter kämen hier nicht her, die meisten deutschen Besucher seien Projektmanager irgendwelcher Firmen, die erstens älter und zweitens Männer seien. Ein positives Resultat hatten ihre Gespräche nicht. Nach jedem Versuch wurde Oxana unruhiger. Stahl beruhigte sie: ohne Geduld keine Einsicht. Das sei im richtigen Leben nicht anders als in der Wissenschaft. Jede Stagnation sei nur die Vorbereitung einer nächsten, höheren Ebene der Erkenntnis.

Stahl saß anschließend in der Cafeteria der Hochschule und rührte in der Plastiktasse mit lauwarmem Kaffee. Die Vorlesungen liefen noch, die meisten Stühle waren leer. Am Nebentisch beugten sich einige Studenten über einen Schaltplan, den sie auf dem Tisch ausgebreitet hatten, diskutierten heftig und aßen Pommes frites. Auch an den anderen Tischen wurde gearbeitet. Gesichter verbargen sich hinter Lehrbüchern, Karteikarten wurden ausgetauscht, ein Laptop brummte und warf einen blauen Schein auf das Gesicht einer Studentin. So viel Engagement hatte Stahl in einer deutschen Universität selten gesehen. Hinter der Theke standen gelangweilte Frauen mit grauen Gesichtern, die widerwillig Kaffee ausschenkten oder Essen aufwärmten. Das kam Stahl bekannt vor.

Oxana machte die Runde um die Tische. Sie zeigte das Foto vor und redete kurz mit den verschiedenen Gruppen von Studenten. Die schauten verstohlen zu Stahl. Auch bei den Frauen hinter der Theke zeigte Oxana ihr Bild. Vergebens. Sie kam mit kämpferischem Blick zurück an den Tisch.

»Wir schaffen das schon. Nicht aufgeben!«, sagte sie.

Die Frage nach dem Aufgeben hatte sich für Stahl nie gestellt. Er hatte einen Auftrag, den würde er erledigen, genauso wie er alle anderen Aufträge erledigt hatte. Sackgassen waren ein Teil des Ganzen. Sie kosteten Zeit, aber sie erweiterten letztlich den Horizont.

»Fragen sie die Jungs am Nebentisch doch mal nach der Bibliothek«, bat Stahl seine Übersetzerin.

Sie redete kurz mit ihnen.

»Sollen wir es da noch versuchen?«

Stahl nickte.

Die Bibliothek der Hochschule war im Untergeschoss untergebracht. Jacken, Taschen und Rucksäcke hingen an Garderobeständern, die unter ihrer Last fast zusammenbrachen. Eine Reihe von Bildschirmen flimmerte bunt. Vor jedem Bildschirm saßen junge Männer und Frauen und arbeiteten, andere warteten, dass ein Platz frei würde. Die verstaubten Karteikästen weiter hinten im Raum schien niemand zu benutzen. An der Wand hingen großformatige Farbkopien von technischen Zeichnungen hinter Glas. In einem Stahlregal vor ihnen wurden aktuelle Neuanschaffungen der Bibliothek ausgestellt, vermutete Stahl zumindest, der interessiert die Titel der Bücher durchsah. Informatik, Halbleitertechnik, Hard- und Software, lauter Dinge, von denen er nichts verstand. Die Fachrichtung der Hochschule war eindeutig, Bettina hatte hier nichts verloren.

Der Mann an der Leihstelle trug einen grauen Schnauzbart, einen Ohrring und ein intelligentes Gesicht zur Schau. Oxana begrüßte ihn, Stahl hielt sich im Hintergrund und nickte freundlich. Sie zeigte das Foto vor. Der Mann blickte auf Stahl. Der versuchte, möglichst betroffen auszusehen. Das gelang ihm gut. Der Mann hinter der Glasscheibe sah wieder auf das Foto. Dann rief er nach hinten. Eine junge Frau mit einem Packen Büchern unter dem Arm kam zu ihm. Eine studentische Hilfskraft, vermutete Stahl. Der Mann zeigte auf das Bild, sie nickte. Oxana drehte sich zu Stahl um. Sie hatte rote Flecken im Gesicht. »Sie erkennen sie.«

»Na also«, sagte Stahl. Bei jeder schwierigen Aufgabe geht es darum, ohne Ungeduld und ohne übertriebene Hoffnung alles Notwendige zu tun und dann auf den Moment zu warten, wo etwas geschieht, dachte er. Alles, was man dabei tat, war wichtig. Das Gespräch mit der Hure genauso wie das mit dem Fahrstuhlführer oder das Besäufnis im Hotel. Alles war Teil eines größeren Planes. Weil wir den sowieso nicht durchschauen, müssen wir das würdigen, was uns widerfährt. So gelangen wir schließlich an den Punkt, an den wir gelangen wollten. Die Kunst ist dann nur noch, den Augenblick zu erkennen und nicht vorher in Details verloren zu gehen. Jetzt war einer der Augenblicke.

»Dann haben wir ja eine erste Spur. Es wäre schön, wenn sie uns einfach alles berichten würden.«

Oxana redete aufgeregt auf die beiden ein. Ihre Stimme überschlug sich. »Stopp!«, befahl Stahl. Sie warf ihren Kopf so heftig nach hinten, dass ihre Locken sein Gesicht streiften. Jetzt war wirklich nicht der Zeitpunkt, wo sie gestört werden wollte, gerade jetzt kam es doch darauf an, alles zu erfahren, und da bremste er wieder, es wäre wohl einfacher gewesen, sie hätte die Suche ohne ihn durchgeführt, da wäre sie sicher weitergekommen, obwohl, die Leute redeten gerne mit ihm und erzählten ihm allerhand. Das hatte ja auch was Gutes.

»Lassen Sie die beiden in Ruhe erzählen. Wenn wir zu viel fragen, engen wir ihren Blickwinkel ein. Dann antworten sie zwar auf unsere Fragen, aber vielleicht ist das Wesentliche ja jenseits unserer Fragen geschehen. Bitten Sie sie, die Augen zu schließen und sich an Bettina zu erinnern. Sie sollen alles erzählen, was sie dann sehen. Und Sie sollten Stichworte mitschreiben, damit uns nichts verloren geht. Wenn wir hinterher noch etwas erfahren wollen, werden wir uns danach erkundigen. Einverstanden?«

Sie übersetzte die seltsame Bitte und fügte hinzu, dass sie persönlich ja nichts davon halte, es sei ihr sogar etwas peinlich, solche Kinderspiele mit ihnen zu machen, aber, nun ja, sie sei ja nur die Übersetzerin.

Zu ihrem Erstaunen schlossen der Bibliothekar und seine Helferin tatsächlich die Augen und begannen zu reden. Zuerst zögernd und tastend, schließlich immer freier und lebhafter. Stück für Stück bauten die beiden die Erinnerung an jenen Tag auf, als Bettina bei ihnen vorgesprochen hatte. Wie bei einer Grafik, die der Computer aus dem Internet lädt, waren anfangs die Umrisse unscharf und die Farben blass. Jede weitere Sekunde konkretisierte sich das Bild, wurde konturierter und farbiger, bis schließlich alle Informationen übermittelt waren.

»So war es«, endete der Bibliothekar und öffnete die Augen. Die junge Frau neben ihm nickte. Sie waren mit sich zufrieden.

Oxanas Hand schmerzte, sie hatte versucht, Stichworte zu notieren, aber die Flut der Details, an die sich die beiden erinnerten, war zu groß gewesen. Sie bedankte sich bei den beiden und setzte sich mit Stahl an den Tisch neben dem Zeitschriftenständer. Durch die Glasplatte sahen sie auf ihre Füße. Stahl breitete ein Exemplar einer russischen Tageszeitung aus und bedeckte die Tischplatte. Oxana überlas noch einmal ihre Notizen, dann berichtete sie Stahl.

Bettina sei am vierten Juni bei ihnen gewesen. Sie wüssten, wann das gewesen wäre, denn ein Kollege habe an dem Tag

Geburtstag gehabt und abends hätten sie dann noch einige Gläschen getrunken und über die Deutsche geredet, die bei ihnen an der völlig falschen Adresse gewesen sei. Sie hätten das Foto auch nicht gleich erkannt, denn auf dem Bild sehe sie ja sehr stolz und hochmütig aus. Als sie bei ihnen gewesen war, sei sie aber eher dem Zusammenbruch nahe gewesen. Sie wollte die Bibliothek besichtigen. Diesen Satz habe sie mühsam aus einem Sprachführer zusammengebastelt. Das habe man ihr natürlich erlaubt, schließlich seien die Bücher Allgemeingut, sie hätten nichts zu verbergen. Bettina sei dann durch alle Regale gelaufen und sei dann nach einer Weile wieder vor ihnen gestanden. Das könne nicht alles sein, da fehlten ja noch große Teile der Bestände, habe sie sich beschwert. Inzwischen habe man einen Studenten aufgetrieben, der leidlich Deutsch sprach und für sie übersetzen konnte. Man habe versucht, ihr klarzumachen, dass alle Bücher hier stünden, dass es nur ein für jeden zugängliches Freihandmagazin gebe und keine weiteren Räume, aber sie sei damit nicht zufrieden gewesen. Ob sie etwas Bestimmtes suchen würde, hätten sie gefragt, aber das hätte Bettina verneint, sie könne und wolle nicht darüber reden. Dann wollte sie wissen, wo die ganzen alten Bücher seien. Man sei hier eine Hochschule für Technik, habe man ihr erklärt, alte Bücher hätten da keinen Wert, als Techniker gehe es darum, auf der Höhe der Zeit, besser noch, ihr voraus zu sein. Außerdem sei die Hochschule vor fünf Jahren umgezogen, die alten Bestände, die in dem Keller des modrigen Gebäudes in der Innenstadt seit dem Krieg vor sich hin gammelten, habe man beim Umzug weggeworfen. Diese Nachricht habe Bettina völlig durcheinander gebracht. Sie habe immer wieder gerufen, dass es ein Verbrechen sei. Das seien ihre Worte gewesen, ein Verbrechen. Sie habe sich immer weiter hineingesteigert, geschrien und geweint wie eine Wahnsinnige. Dauernd gestammelt, dass man in Büchern die Wahrheit finde und dass, wer Bücher zerstöre, auch die Wahrheit zerstöre. Das sei ihnen grotesk vorgekommen, denn als Bibliothekare wären sie zwar den ganzen Tag von Büchern umgeben, dass darin die Wahrheit zu finden sei, hätten sie aber nie vermutet. Die Frau hätte gesagt, dass man die Wahrheit ihrer Meinung nach in der Kirche finde. Der Mann sagte, dass es keine Wahrheit gebe und man sie daher auch nicht finden könne. Sie hätten Bettina dann irgendwann nach oben verfrachtet. Frische Luft würde ihr gut tun und tatsächlich habe sie sich dort langsam beruhigt. Sie entschuldigte sich sogar für ihren Ausbruch. Dann sei sie in das Taxi gestiegen, mit dem sie schon gekommen war, und zurück in die Stadt gefahren. Sie hätten sie nicht wiedergesehen.

»Schau an«, sagte Stahl. »Jetzt erfahren wir so viel und stehen doch genauso unwissend da, wie vorher. Wir haben nur mehr Informationen, die wir nicht einordnen können. Man könnte sogar sagen, dass unsere Unwissenheit noch zugenommen hat. Welche Bücher könnte sie hier wohl gesucht haben? In einer technischen Bibliothek? Was hat das mit dem Thema ihrer Arbeit zu tun? Mit Lenz und Goethe? Welche alten Technikbücher beschäftigen sich mit den beiden? Oder sind es keine Technikbücher, die sie suchte? Und wenn nicht, warum suchte sie dann hier?«

Auch Oxana hatte keine Idee.

»Aber wir bekommen ein Bild von Bettina. Sie wirkt zwar kühl, kann aber sehr impulsiv sein, fast bis zum Wahnsinn. Sie glaubt an etwas, erinnern Sie sich an das, was der Rektor sagte: Junge Menschen wagen noch zu träumen? Und, was wir schon ahnten, ihre Träume hängen mit Büchern zusammen. Sie ist mutig, sie kommt alleine hierher und mischt die Bibliothek auf. Sie hat ein klares Ziel. Und sie sucht etwas, von dem wir nicht wissen, was es sein könnte. Wir ahnen nur: Es muss ein Buch sein. Sie weiß etwas, was wir nicht wissen. Und ich bin mir sicher, wir könnten es wissen, wenn wir nur aufgepasst hätten. Irgendwo ist uns etwas entgangen.

Glauben Sie, dass es hier einen Internet-Anschluss gibt? Ich würde gerne in Deutschland Bescheid geben, dass wir hier eine erste Spur von Bettina gefunden haben. Und dann können wir auch schauen, ob Drexler etwas Neues herausgefunden hat.«

Oxana wechselte einige Worte mit einem Studenten, der wies auf die Terminals, die sie schon vorher gesehen hatten. Die Computer waren permanent online; Stahl und Oxana warteten, bis der nächste Bildschirm frei wurde. Das dauerte nicht lange.

Stahl wählte seine Email-Adresse an. Er löschte mechanisch die Werbung, die trotz des Junk-Mail-Filters auf der Seite mit dem Posteingang gelandet war. Er hatte kein Interesse an Hypotheken auf ein Haus, das er nicht besaß, nicht an einer Penisverlängerung und nicht an einem Preisausschreiben des moldawischen Tourismusbüros. Stattdessen öffnete er den Brief Drexlers. Er datierte vom heutigen Tag und war vor zwei Stunden abgeschickt worden.

Hallo Udo!
Wir sind hier schwer am schuften für dein Geld. Und von Bettina wissen wir auch ein bisserl mehr. Wirst du gleich lesen. Mein Bruder hat sich für einen halben Tag auf weiche Drogen beschränkt und Bettinas Laptop durchsucht. Dabei hat er ihr Email-Konto geknackt. Viel war da nicht drauf, aber ein Briefwechsel (oder sagt man jetzt Mailwechsel?) mit einer Freundin, der dich interessieren wird. Wir schicken dir eine Auswahl der Mails, die sie von der Freundin bekommen hat, im Anhang runter; ihre eigenen hat sie nicht abgespeichert. Ansonsten checken wir ihren weiteren Freundeskreis ab. Und der Computer gibt vielleicht auch noch mehr her, aber mein Bruder ist wieder auf Droge, das kann dauern. Die jungen Leute heutzutage

wissen einfach nicht mehr, was das heißt, Ärmel hochzukrempeln, zuzupacken, ranzuklotzen. Ist alles nicht mehr, was es mal war. Wenn ich da an meine Jugend denke...

Aber genug der Worte, jetzt öffne den Anhang und dann viel Spaß beim Lesen. Und grüß mir die Russinnen und pass auf dich auf.

Ciao Drexler.

Stahl klickte auf den Anhang und öffnete ein Word-Dokument, in dem Drexler alle Briefe chronologisch zusammengestellt hatte.

1. Januar 2001
Hi Tina.
Jetzt bin ich seit zwei Wochen hier im wilden Osten, der gar nicht so wild ist, wie ich dachte. Weimar ist ziemlich daneben, noch mehr als Freiburg, und das heißt ja einiges. Aber es gibt ein paar nette Wälder ringsrum und wir sind gestern stramm gewandert. Schnee hat's zwar keinen, aber vielleicht kommt das noch. Die Ossis sind alle ganz nett, sie reden hier auch gar nicht so, wie ich das gedacht hätte. Arne ist aufgeregt mit seinem Job. Das Gericht sieht von außen total verramscht aus. Hauptsache, er wird Richter, sagt er, egal wo. Hoffentlich hat er Recht, wir ziehen ja nicht in den letzten Winkel Deutschlands, nur dass sein Job dann ein Flop wird. Mit meiner Stelle hat es jetzt auch geklappt, nächste Woche fange ich im St. Vincent an, das größte Altersheim in Weimar. Wird auch nicht anders sein, als bei uns in Wessiland.

Liebe Grüße

23. Januar
Hi Tina.
Krise! Arne schafft sich krumm und steigt nicht durch. Keiner sagt ihm, wo's langgeht, und jeden Tag schaufelt jemand neue Akten auf seinen Schreibtisch, die er dann wegschaffen muss. Ich seh ihn noch

weniger als damals, als er Examen gemacht hat, und das war schon wenig. Lass dich nie mit einem Juristen ein, Tina, das kostet alle Nerven der Welt. Aber bei dir muss ich mir ja keine Sorgen machen, dass du dich überhaupt mit jemandem einlässt. Außer er ist eine Figur aus einem Buch. Meine Arbeit läuft prima, ich habe gute Schichten, und die Alten sind halt so, wie Alte so sind. Ich hab eine Oma, die redet breitestes Sächsisch, total süß, sie macht die Klappe auf, schiebt den Unterkiefer vor und lässt's rauslaufen. Prima Dialekt eigentlich.
   Grüße

26. Januar
Hi Tina.
Nix Neues von der Front. Der Typ, wegen dem ich hierher gezogen bin, kann eigentlich gleich seine Hängematte in seinem Amtszimmer aufhängen. Entweder er arbeitet im Gericht, oder er arbeitet daheim, oder er ist völlig fertig und will entweder ins Bett (allein!) oder eine Massage von mir. Schließlich bin ich ja eine Art Krankenschwester. Die Alten auf der Station sind fitter als Arne, und der ist gerade mal 31. Schöne Scheiße.
   Tschüss

2. Februar
Tina!
Ich habe jetzt einen neuen Alten auf Station, der ist schon 96 und meistens völlig gaga. Manchmal hat er aber auch total helle Momente. Als ich ihn gestern gefüttert habe, hat er ein Gedicht aufgesagt, von Goethe. Es hieß ›An den Mond‹. Es war nicht so wirkungsvoll, weil ihm der Brei aus dem Mund lief, aber doch ganz beeindruckend, dass er das noch konnte. Ich habe ihm erzählt, dass eine Freundin von mir über Goethe promoviert, und er hat total funkelnde Augen gekriegt. Er hat doch tatsächlich gesagt: »Sie soll mir danken, denn ich habe das Ansehen Goethes vor der Welt gerettet.«

8. Februar
Liebe Tina.
Ich hab's ihn gefragt, und er hat ganz geheimnisvoll getan. Ob er mir wirklich vertrauen könnte? Wenn es rauskäme, seien nämlich alle hinter ihm her und so weiter. Ich hab ihn dann ein bisschen Händchen halten lassen, und dann hat er mir erzählt, dass er mal Briefe von Goethe gehabt hätte, von denen niemand wüsste, und die hat er dann verschwinden lassen. Außerdem hat er ein steifes Bein. Schon seit Geburt, sagt er. Aber das ist jetzt ja auch egal.

13. Februar
Du alte Hektikerin!
Jetzt dräng mich nicht so, ich hatte drei freie Tage und die brauche ich wirklich, auch wenn von Arne in der Zeit nichts zu sehen ist. Ich hab den Alten noch mal drauf angesprochen, und er fährt total drauf ab. Ich sei seine Vertraute, und unser Geheimnis dürfe nie jemand erfahren. Aber er ist glaube ich ganz froh, dass er endlich davon erzählen kann. Der Briefpartner ist tatsächlich dieser Lenz, über den du schreibst. Also: Er hatte Briefe von Goethe und Lenz, die sie sich gegenseitig schrieben. Er will mir aber nicht sagen, was drinsteht. Er sagt, ich sei zu jung dafür. Also ich bin alt genug, ihm den Schmodder unter der Nille wegzuwischen und den Hintern mit Melkfett einzureiben. Wolpert heißt er übrigens. Rudolf Wolpert.
    Weißt du jetzt mehr?

16. Februar
Liebe Tine.
Immer langsam! Ich verstehe deine Aufregung. Aber ich arbeite in einem Altersheim, da geht das nicht alles so schnell. Und die Stationsleitung legt für jeden Tag fest, wer welchen Alten übernimmt. Ich komme also nicht jeden Tag dazu, mit ihm zu reden. Heute morgen ging's aber. Wolpert hatte einmal im Auftrag des Goethe- und Schiller-Archivs einen Schreibtisch von Goethe zum Restaurieren zu

einem jüdischen Schreiner gebracht. Der Schreiner hat dann dort ein Geheimfach mit Briefen gefunden, konnte sie aber nicht lesen und hat sie Wolpert überlassen. Der hat die Briefe anschließend bei sich auf dem Dachboden versteckt. Dann kam der Krieg. Das Haus brannte, und die Russen rückten näher. Da hat er die Briefe in einen Pappkarton gepackt und in einem Stollen versteckt, hier bei Weimar in der Nähe. Den Stollen haben die Russen geplündert. Die waren scharf auf andere Bücher, die dort auch noch lagerten. Pech gehabt. Er habe die Grube später selbst durchsucht, und es war alles weg. Aber das sei gut so, sagt er. Hauptsache diese Briefe sind aus der Welt. Und Russland gehört für ihn wohl nicht mehr zur Welt.

Später sei er dann fast einmal von einem Russen erschossen worden, als er Goethes Haus vor dem Abbruch bewahrte, oder so ähnlich. Genau habe ich ihn da nicht verstanden.

Bye!

23. Februar
Hi Tine.
Das geht leider nicht mehr, er ist gestern Nacht gestorben. Es war niemand bei ihm, und heute Morgen war er schon kalt. Aber sein Gesicht sah ganz friedlich aus. Sein Bett ist schon wieder belegt. Ein widerliches keifendes Frauenzimmer. Ich wette, die macht es mindestens 13 Jahre auf der Station und treibt alle in den Wahnsinn.

Sorry für die schlechte Nachricht, ich kann dir nicht mehr weiterhelfen.
Love!

Ein Puzzle, dachte Stahl. Als Kind hatte er Stunden, Tage damit verbracht, auf dem Linoleumboden in der kleinen Arbeiterküche liegend, einen ungeordneten Haufen von Einzelteilen zu sortieren und anschließend zusammenzulegen, sehr zum Ärger seiner Mutter, die er beim Kochen behinderte und die seine Neigung unnatürlich fand. Das hielt ihn nicht davon ab, zu puzzeln. Es war seine Methode der Flucht aus der Welt, die erste und prägendste Form der Flucht, die seine Wahrnehmung unauslöschbar formte.

Wer ein Puzzle zusammenfügt, braucht zwei Fähigkeiten: Die erste ist unendliche Geduld, die sich durch nichts erschüttern lässt. Erst in dem Moment, in dem der Spieler das noch in völliger Ferne liegende Endergebnis vergisst, ist er in der Lage, sich dem jeweiligen Einzelteil, das er in den Händen hält, mit der Aufmerksamkeit zu widmen, die es verlangt, um es an der richtigen Stelle einzupassen, oder, wichtiger noch, um es zurück auf den Haufen zu legen, weil es noch keine Stelle gibt, an der es verwendet werden kann, und zu warten, bis der richtige Augenblick gekommen ist.

Die zweite Fähigkeit ist das Vertrauen, dass letzten Endes alles an seinen Platz findet. Das ist das Wichtigste: der Glauben daran, dass es für jedes Teil einen einzigen Ort gibt, an den es gehört, egal wie aussichtslos die Situation in der Zwischenzeit auch erscheinen mag.

Später versuchte Stahl, sein Leben nach den früh erlernten Prinzipien zu leben. Er suchte die eine Stelle, an der er richtig wäre, an die er passte. Geduldig, ohne zu überstürzen, und voller Vertrauen probierte er sich in verschiedenen Situationen, drehte und wendete sich hin und her, stellte sich auf den Kopf und wieder auf die Füße und wartete. Die bitterste Lektion seines Lebens war schließlich die schleichende, aber durch nichts aufzuhaltende Erkenntnis, dass es diese Stelle nicht gab. Wer auch immer das Puzzle fabriziert haben mochte, ihn hatte man nicht richtig geformt. Nie passte er sich ganz ein, nie gab es das befriedigende Gefühl, das in ihm ausgelöst wurde, wenn ein kleines unregelmäßiges Pappteilchen völlig von den benachbarten Teilen umfangen wurde, gleichsam mit ihnen verschmolz. Gott war unvollkommener als die *Ravensburger Puzzle*. Manche Teile passten nicht ins Bild. Andere fehlten. Wieder andere waren in der Mitte auseinander gebrochen und konnten an verschiedenen Stellen eingesetzt werden. Einige Teile waren doppelt oder dreifach vorhanden. Andere waren in einem Augenblick noch da, im nächsten schon verschwunden. Hin und wieder löste sich eines einfach auf. Manche würden nie auftauchen. Trotz aller Mängel formte sich aber ein Bild, weil der Mensch an Vollständigkeit glaubt. Die Angst vor den Lücken ist grösser als die Angst davor, dass der eigene Wille falsche Zusammenhänge herstellt. Die Welt entsteht vor unseren Augen nicht, weil sie so ist, sondern aus der Kraft des Willens und der Vorstellung.

Auch bei der Suche nach Bettina gab es verschiedene Fragmente, die in irgendeinen Zusammenhang gebracht werden wollten. Stahl wusste, dass es auch hier völlig unmöglich wäre, die Realität zu rekonstruieren. Es kam darauf an, verschiedene Bruchstücke von Informationen auf intelligente Weise miteinander zu verbinden. Bei dieser Deutung gab es kein richtig oder falsch. Das unterschied das Puzzle des Lebens vom Spiel. Es gab verschiedene Möglichkeiten der Verbindung. Diejenige, die zum Ziel führte, musste nicht die intelligenteste sein. Aber Stahl war sich sicher, dass sie die schönste sein würde.

Wie war Bettina auf Pskow gekommen? Bis dahin war ihr Weg nachvollziehbar: Sie schrieb eine Arbeit über Goethe und Lenz. Dann erfuhr sie zufällig über diese Freundin von verschollenen, geheimnisvollen Briefen. Diese Briefe wurden angeblich versteckt und dann von den Russen konfisziert. Aber Russland war groß. Auf welche Weise Bettina dann auf diese Kleinstadt in der russischen Provinz verfallen war, blieb ein Rätsel. Die Frage, was in den Briefen stand, spielte vorerst keine Rolle. Sie würden Goethes Ansehen schaden, hatte der alte Mann behauptet. Sie seien sogar gefährlich. Es war müßig, darüber nachzudenken. Stahl würde sie gerne lesen, wenn er sie hätte, aber auch das spielte jetzt keine Rolle.

Noch interessanter wäre es, zu wissen, ob es diese Briefe überhaupt gab. Bettinas einziger Zeuge war ein Greis mit Altersdemenz. Alte Menschen machen sich gerne wichtig. Sie verwechseln Dinge. Sie können zwischen Sein und Schein nicht unterscheiden. Im Grunde sprach nichts für die Existenz der Briefe. Wahrscheinlich waren sie Hirngespinste, reine Erfindung, bestenfalls längst vernichtet, wenn es sie je gegeben hatte. Bettina aber hatte an sie geglaubt und war ihretwegen nach Russland gekommen. Stahl folgte ihr. Aus Briefen, die es nicht gab, entstanden reale Handlungen. Das Nichts zeugt das Sein.

Das sprach er laut aus. »Das Nichts zeugt das Sein.«
Oxana sah ihn von der Seite an. »Wie bitte?«
»Das Nichts zeugt das Sein«, wiederholte er. »Am Anfang von Bettinas Verschwinden und unserer Suche stand vermutlich: nichts. Es gibt vielleicht gar keine Briefe. Trotzdem ist Bettina verschwunden. Trotzdem bin ich hier. Vielleicht hat Bettina die gleiche Erkenntnis gehabt: Es gibt die Briefe nicht wirklich. Sie waren nie da. Sie haben nie existiert. Vielleicht hat sie dann auch erkannt: Sie ist selber nicht wirklich. Sie war nie da. Sie hat nie existiert. Wie die Briefe. Und in diesem Augenblick ist sie verschwunden. Zurückgekehrt in das Nichts. Das Nichts erzeugt das Sein und das Sein erzeugt das Nichts. Ein Kreislauf. Das schreiben wir Drexler. Dann hat er was zum Nachdenken.«
Stahl öffnete eine neue Seite im Computer:

Lieber Peter.
Das Nichts zeugt das Sein.
Wir folgen dem Kreislauf und finden Bettina.
Grüße aus Russland.
Udo Stahl.

»Jetzt ist er total übergeschnappt«, informierte Drexler Sabine, als er die Mail empfing. Sabine las über seine Schulter, was Stahl geschrieben hatte, und widersprach: »Falsch, jetzt ist er total erleuchtet.«

Schloss Kochberg bei Weimar, September – Oktober 1776

DREI STUNDEN REITET LENZ VON BERKA. ER KOMMT AUF das Schloss der Charlotte wie ein Bettelmönch. Nichts bringt er mit außer dem Staub der Straßen und der Empfänglichkeit für alle Eindrücke. Seine Seele ist weiches Wachs, bald wird es schmelzen. Er kommt über Clößwitz und Kuhfraß. Die hohen Mauern des Schlosses schrecken ihn nicht. Höhere Wände dräuen in seinem Innern. Die Kinder rennen ihm über die Zugbrücke entgegen: Karl, Ernst und Fritz, die Überlebenden aus dem Schoß der Charlotte. Sie wühlen in seinen Taschen nach Geschenken. Charlottes leise Stimme ruft sie zurück. Der Gast müsse erst ankommen, sie mögen ihn in Ruhe lassen, bitte. Der Jüngste ist vier, die anderen halten ihn am Ärmel zurück. Lenz berührt mit der Linken seine Brust, wo er die Briefe und das Manuskript gebunden trägt. Er wird sie nie ablegen. Charlotte führt ihn selbst durch das Schloss: Hier das Hauptgebäude, dahinten der Wirtschaftshof, die Speicher, die Ställe, das Pächterhaus. Da seine Kammer, hier wird er schlafen. Von dort eine Durchgangstür zum blauen Salon. Hier tickt die schwere Standuhr die Sekunden seines Besuchs. Die Holzdielen sind ihr Resonanzkörper, im ganzen Stockwerk verfolgt einen ihr Ton. Charlotte verbessert ihr Englisch. Her application to the tongue is much more profitable than all my instructions. Er erläutert den Hamlet, sie lesen Macbeth. Lenz zeichnet sie. Er ist kein Goethe: Er malt sie nicht als junge Blüte, er sieht ihren Kern. Er tobt mit den Kindern durch die Flure des Schlosses. Sie gehen spazieren, über die Scherfmühle zur Bruchau. Auf den Fluren sind die Winde los, sein Korsenhut weht durch die Luft. Charlotte fängt ihn ein. Ernst reicht sie ihn Lenz. Die Uhr frisst die Zeit in immer schnelleren Bissen. Charlotte ist Balsam für seine verwundete Seele. Sie zeichnet den Gast. Die hohe Stirn mit den feinen Brauen und sein flackernder Blick, der keinen Moment zu ruhen vermag. Sie liebt Lenz wie ein Kind, sie wiegt und tänzelt ihn und gibt ihm vom Spielzeug, was er will. Ihre Liebenswürdigkeiten graben sich mit unauslöschbaren Buchstaben in sein Herz. Die Uhr schlägt mit dröhnenden Schlägen die volle Stunde. Die Nähe zu ihr zaubert ihn in das Land grenzenloser Schimären. Lenz träumt sich groß. Die Kinder warten im Nachthemd auf seine Geschichten. Die Uhr. Auch Gäste werden empfangen. Tickt. Herder macht seine Aufwartung, Anna Amalie kommt zu Besuch, Wieland bleibt einige Tage. Der Herzog, der junge Wirrkopf, schaut vorbei und fällt im Suff in den Schlossgraben. Lenz zieht ihn aus dem Wasser. Einen Augenblick lang liegt sein Leben in seinen Händen. Das wird ihm der Herzog nicht verzeihen. Das Ticken dröhnt des Nachts in seinem Schädel. Nur Goethe, der Freund und Verräter bleibt fern. Die Amtsgeschäfte, man müsse verstehen. Charlotte berichtet ihm, Lenz komme nicht zum Schreiben. Das genügt ihm, mehr muss er nicht wissen. Zweimal durchsucht er Lenzens Hütte in Berka, aber das, wonach er sucht, trägt Lenz eng am Leib.

Die Balsamtropfen von Charlottes Gegenwart zeigen Wirkung an Lenz. Das Lachen der Kinder löscht seine Angst. Immer ruhiger wird sein Blick, immer sicherer seine Hand, immer tiefer sein Schlaf. Nur einmal in seinem Leben wird er so beglückt. All seine Fähigkeiten werden durch ihre Gegenwart gesteigert. Er hält sich selbst für ein höheres Wesen. In seinem Herzen ist Frieden. So müsste es sein. Jetzt und immerdar.

Zwölfmal schlägt die Uhr. Der letzte Tag ist angebrochen. Charlotte kehrt heute nach Weimar zurück. Lenz wird in der Stadt nicht gebraucht. Kein Mond steht heut am Himmel. Jetzt sind es nur noch Stunden. Lenz schleicht durch das Schloss. Die kalten Böden an seinen Sohlen. Im Zimmer der Buben. Er liebt sie alle: Fritz mit den kleinen Fäustchen unter dem blonden Schopf. Speichel trocknet im Mundwinkel, der Atem geht flach. Ernst träumt schwer und wälzt sich herum, er fiebert, öffnet die Augen und starrt Lenz ins Gesicht. Zwei Atemzüge lang, dann dreht er sich um und schläft weiter. Und Karl, Kissen über dem Kopf, nur die Füße schauen unter der Decke hinaus. Vor dem Zimmer der Charlotte zögert Lenz, dort einzutreten, wäre zu viel, er muss sie nicht sehen, er trägt sie in seinem Herzen. Schritt für Schritt, Raum für Raum nimmt er Abschied vom Schloss. Einer Heimat kommt er nie wieder so nah.

In seinem Zimmer zündet er die Kerzen an. Sie flackern. Irgendwo muss ein Fenster offen stehen. Lenz spitzt die Federn mit dem silbernen Messerchen. Er schreibt:

So soll ich dich verlassen, liebes Zimmer,
Wo in mein Herz der Himmel niedersank,
Den ich aus ihrem Blick, wie selig, aus dem Schimmer
Der Gottheit auf der Wange trank.
Ach wär ich nur so rein gewesen
Als die Erscheinung dieses Glücks
Doch Ewigkeiten Lust sind Kranken, die genesen,
Nur Freuden eines Augenblicks.
Ich aber werde dunkel sein
Und gehe meinen Weg allein.

Jena, Juli 1946

ALEXANDER UND WLADIMIR SAHEN ZURÜCK AUF DIE VILLA, in der sie das vergangene Jahr verbracht hatten. Sie saßen auf der Ladefläche eines Militärtransporters, hoch droben auf den letzten der 3135 Kisten, die sie in dieser Zeit konfisziert hatten und die jetzt abgeholt wurden. Ihre Aufgabe war beendet. Sie hatten ihr Soll erfüllt. Rudomino hatte im vergangenen Jahr dreimal bei ihnen vorbeigeschaut und jedes Mal war ihr Groll etwas leiser geworden, ihr Unwillen schwächer, ihr Blick weniger aggressiv. Beim letzten Besuch hatte sie sogar versprochen, sich in der Heimat für sie zu verwenden.

Die untergehende Sonne spiegelte sich in den Scheiben des Hauses. Die Bäume flimmerten in der Abendbrise.

»Schau«, sagte Alexander und zeigte zurück.

In der Tür stand eine Silhouette. Sie ruckte mit dem Kopf, zuckte mit den Schultern, riss einen Arm hoch in die Luft und wedelte heftig damit. Alexander und Wladimir winkten zurück. Lipschitz verlor mit den beiden seine letzte Verbindung zur Außenwelt. Er winkte dem Lastwagen, der auf dem Schotterweg den Garten durchquerte, winkte, als er auf die Hauptstraße abbog, winkte weiter, als er dort in einer Wolke aus Staub und Ruß verschwand, und senkte erst dann den Arm, als der Staub sich wieder gelegt hatte und nichts mehr geblieben war als ein Geruch von Diesel und ein leichter Schleier über der Straße, in dem die letzten Strahlen der Sonne sich brachen. Er schloss die Tür.

»Komischer alter Mann«, sagte Alexander über den 37-Jährigen, der winkend und zuckend im Hauseingang stand und allmählich kleiner wurde.

»Der muss nicht sterben, der ist schon tot«, meinte Wladimir.

Lipschitz ging in die Bibliothek, in der er sie vor einem Jahr empfangen hatte, setzte sich in den Sessel, legte die Füße hoch, nahm den Band mit den Selbstbetrachtungen Marc Aurels, fing an zu lesen und entschlief.

Der Lastwagen rumpelte über ein Schlagloch. Beide hielten sich an den Kisten fest, auf denen sie saßen und die ihre Beute enthielten. Hauptsächlich Bücher. Dazu aber diverses Zubehör, dessen Beschaffung Oberstleutnant Rudomino ihnen nach und nach befohlen hatte: drei Kopierapparate Rotoprint und dazugehörende Schreibmaschinen, Matrizen und Walzformen, zwei Exemplare der Kopiermaschine Adrema mitsamt einigen Kisten voller Klischeeplatten und Spezialpapier. Außerdem einige Epidiaskope, Stahlregale für Bibliotheken, Mikroskope und Filmvorführgeräte, Schallplattensammlungen und Globen, Theaterkostüme und Zellophan, Herbarien und Buchbindemaschinen, Telefone und Radioempfänger, Adressiermaschinen und Lesepulte. Außerdem ein kleines Päckchen mit Briefen, die keiner lesen konnte und die Wladimir zwischen einen Packen Medizinbücher aus der Anatomie in Erfurt gepackt hatte, weil er nicht wusste, was er damit sonst anfangen sollte.

Pskow, Juni 2001

NACH EINEM SCHNELLEN MITTAGESSEN IN EINEM Restaurant in einer der grauen Straßen der Innenstadt fuhr Oxana ihren Gast zur Georgsbibliothek. Sie kamen in ein Viertel mit alten Jugendstilvillen und grauen Betonblöcken aus der Zeit nach dem Krieg.

»Brandbomben«, belehrte Oxana ihren Gast. »Die Deutschen waren gründlich, aber nicht gründlich genug. Aus irgendwelchen Gründen haben sie ein paar von den alten Häusern vergessen. Vielleicht, damit wir uns immer erinnern, was wir durch den Krieg verloren haben.«

Die Bibliothek lag in einem der alten Häuser inmitten von riesigen Tannen. Die Treppenstufen waren aus grauem Sandstein und führten in einem Halbkreis zu dem Portal mit einer schweren Flügeltür. Sie quietschte beim Öffnen. Im Eingang an der Wand hingen vergilbte Plakate. An einer Schautafel waren Bilder ausgestellt, die Schulkinder gemalt hatten. Es ging um Bücher und Lesen. Auf einem Bild entdeckte Stahl Donald Duck und seine drei Neffen. Das Büro der Leitung war im zweiten Stock. Stahl warf noch einen Blick in die Räume mit den Buchbeständen. Die Tannen vor dem Fenster schluckten das Sonnenlicht, alles lag im Halbdunkel. Die schweren Holzregale standen so dicht an dicht, dass zwei Männer von der Größe Stahls nicht nebeneinander hätten durchgehen können. Die Bücher sahen alt und zerlesen aus. Der junge Mann an der Ausleihe hatte nichts zu tun. Sein rechter Ärmel war leer und steckte in der Seitentasche seiner Uniformjacke. Zwei oder drei ältere Frauen gingen lautlos durch die Reihen.

Die Treppe nach oben war verzogen und knarrte. Ein Fenster war mit Holzbrettern vernagelt, die Scheiben fehlten. Im ersten Stock stand ein Betonmischer auf dem Parkettboden. Arbeiter waren nicht zu sehen. Im zweiten Stock war es heller. Hin und wieder schaffte ein Sonnenstrahl den Weg vorbei an den Kronen der Bäume. Oxana klopfte an einer Tür. Jemand rief, sie traten ein.

Der Schock traf Stahl unvorbereitet, aber um so heftiger: Die Frau hinter dem Schreibtisch sah aus wie Marianne! Sie sah ihr nicht ähnlich, sie erinnerte nicht an sie. Sie sah genauso aus. Mit einer kleinen Einschränkung, wie Stahl beim zweiten

Hinsehen feststellen konnte. Sie sah so aus, wie Marianne ausgesehen hätte, wenn sie nicht als Tochter eines Unternehmers in einer schicken Villa verhätschelt worden wäre, sondern schon früh hätte arbeiten müssen. Wenn sie ihren Körper nicht im Fitness-Studio trainiert hätte, sondern Kohlen geschleppt und Fenster geputzt. Stahl war sich sicher, dass die Frau Kinder hatte. Sie hatte diese selbstsichere Ausstrahlung, wie nur Mütter sie entwickeln können. Und sie war älter, vielleicht fünf Jahre älter als Marianne jetzt wäre. Er fühlte sich seltsam. Er blickte in die Zukunft, die nicht eintreten würde, weil die Vergangenheit das verhinderte. Aber was bedeutet das für die Gegenwart? Außerdem blickten ihre Augen anders. Sie sah zwar auch wach aus und intelligent, aber weicher, mit der Spur von Mitgefühl, die Stahl bei seiner Frau oft vermisst hatte. Gut, dass er hier nicht reden musste. Oxana würde das für ihn erledigen. Er lehnte sich in den Besuchersessel zurück und versuchte, nicht aufdringlich zu wirken und trotzdem die Frau für keine Sekunde aus den Augen zu lassen.

Sie stellten sich vor. Die Frau hieß Clawdia Cusmin.

Oxana sagte etwas und legte das Bild vor. Die Frau sah zu Stahl. Oxana spielte das übliche Spiel. Die weichen russischen Konsonanten spülten durch Stahls Gehirn. Er beobachtete Clawdias Lippen.

»Sie will wissen, ob Sie wirklich ihr Vater sind«, unterbrach ihn seine Übersetzerin.

Die Bibliothekarin sah ihn an. Stahl wurde unter ihrem Blick unsicher. Die Pause wurde lang und peinlich. Er konnte sie unmöglich belügen, das hätte er bei Marianne auch nicht gewagt. Und außerdem: Sie hätte es sofort bemerkt.

»Sagen Sie ihr die Wahrheit«, bat er Oxana schließlich. Die zog die Augenbraue hoch.

»Gut, sehr gut«, sagte die Bibliothekarin. Stahl musste schlucken.

»Sie sprechen Deutsch?«

»Ich studierte in Ostberlin für ein Jahr. Viel vergaß ich. Manches nicht. Warum suchen Sie das Mädchen?«

Stahl berichtete kurz von ihren Eltern, dem seltsamen Auftrag, den er angenommen hatte, der vergeblichen Suche. Er verschwieg das, was er von Drexler über die Briefe erfahren hatte.

»Ich weiß nicht, ob ich helfen kann. Aber ich kann sagen, das Mädchen besuchte mich zweimal. Hilft Ihnen das?«

Ein Puzzleteilchen. Stahl war gespannt, wo er es einordnen würde.

»Können Sie uns alles erzählen, was damit zu tun hat?«

»Lange Geschichte. Sehr lange. Sie wollen alles hören?«

Stahl hätte sich von Frau Cusmin, nein eigentlich von Claudia, denn insgeheim duzte er sie schon, auch das Telefonbuch vorlesen lassen. Wenn sie nur nicht aufhörte zu reden. Wenn er nur hier sitzen konnte, in ihrer Nähe, und ihrem Mund beim Reden zusehen durfte. Er nickte heftig.

»Dann hole ich uns etwas zu trinken.«

Sie verschwand in einem Nebenzimmer und kam einige Minuten später mit drei Tassen Milchkaffee zurück.

Claudia begann zu erzählen.

Angefangen habe alles 1996. Da hatte eine Kommission von deutschen Historikern und Bibliothekswissenschaftlern einen Bericht über den Bücherraub der Sowjets nach dem Kriegsende veröffentlicht. Soviel sie wisse, seien damals etwa zwei Millionen Bücher aus der sowjetischen Besatzungszone in die Sowjetunion verschleppt worden. Der Bericht der Historiker habe für einige Aufregung in Russland gesorgt. Man befürchtete, dass die Deutschen die Bücher irgendwann einmal zurückverlangen würden. Außerdem habe die Darstellung gezeigt, dass bei der Verteilung der Bücher in Russland das völlige Chaos ausgebrochen war. Unter Umständen wären also wertvolle Bücher bei völlig falschen Stellen gelandet. Das habe in Russland kaum jemand gewusst, und die, die es hätten wissen können, schweigen aus verständlichen Gründen. Die Offiziellen wollten die Bücher für ihr Land retten. Weil man in Russland war, dauerte es aber eine Weile, bis man etwas unternahm. Vergangenes Jahr dann sei eine Order von dem Bibliotheksreferenten des Kultusministeriums der Russischen Föderation an alle Bibliotheken gegangen: Die Bibliotheken wurden aufgefordert, in ihren Beständen nach Büchern zu suchen, die im Rahmen der Konfiszierungen nach dem Krieg nach Russland gekommen waren und die wertvoll, alt oder auf andere Weise bedeutungsvoll erschienen. Man wollte sie sicherstellen, bevor die Deutschen irgendwelche Ansprüche erhoben. Das habe bei ihnen zu ziemlich viel Arbeit geführt, denn in ihrem Keller lagerten einige tausend Bände, die auf nicht mehr rekonstruierbaren Wegen nach dem Krieg nach Pskow gekommen waren. Niemand wisse, was genau damals passiert war und wie die Bücher, allesamt deutsche Titel, bei ihnen gelandet waren. Nie habe man sich um die Bücher gekümmert, sie wurden nicht inventarisiert, nie in einen Katalog aufgenommen, sondern waren eben einfach da, eine Altlast, die die jeweiligen Leiter der Bibliotheken von ihren Vorgängern übernahmen und die sie bei ihrem Abschied an ihre Nachfolger weiterreichten. Die Leiche im Keller, sozusagen, die ausgerechnet während ihrer Amtszeit wieder belebt werden sollte. Man habe also einige Oberschüler angestellt und die Bücher auf wertvolles Material untersucht. Einige Dutzend Titel habe man schließlich ausgewählt und, auf Anweisung des Referenten vom Ministerium, im Tresor gelagert, wo sie auch einige Ikonen, Handschriften und Urkunden aus der Stadtgeschichte von Pskow aufbewahren. Und man habe die Titel der Bücher an das Ministerium übermittelt, soweit das möglich war. Einige Monate später dann sei diese Inventarliste, zusammen mit Listen aus allen anderen Bibliotheken von der Universität in St. Petersburg, genau gesagt von der Leiterin des Lehrstuhls für Bibliographie und Buchwissenschaften, in einem Fachmagazin veröffentlicht worden. Ob Sie so weit folgen könnten.

Stahl wusste nicht, was ihm wichtiger war: der Inhalt dessen, was sie erzählte, oder die Art und Weise, wie sie es tat. Wenn sie nur nie aufhörte.

»Was haben Sie in Ihrem Keller gefunden?«, fragte Stahl.

»Langsam«, bremste ihn Clawdia. »Was wir fanden, ist für Sie weniger wichtig. Und ich komme gleich zu dem, was Bettina interessierte, das meinen Sie vermutlich. Dieser Artikel wurde also veröffentlicht. Irgendwann, so hieß es, würden die Bücher dann alle vom Ministerium eingesammelt werden und zentral begutachtet und gegebenenfalls verkauft oder ausgestellt. Drei Monate nach der Veröffentlichung kam diese junge Frau das erste Mal zu mir.« Clawdia zeigte auf das Foto.

»Ich erinnere mich gerne daran. Wir sprachen einen ganzen Vormittag. Sie hatte alles gelesen, was mir wichtig ist. Das gibt es selten. Sie kannte auch die russische Literatur. Nicht nur die Klassiker, auch die unbekannten Dichter. Und sie war sehr freundlich. Irgendwann zog sie dann den Artikel aus ihrer Mappe, in dem die Inventarliste abgedruckt war. Ich war überrascht, dass sie sich dafür interessierte. Sie sprach kein Russisch, jemand musste das für sie übersetzt haben. Sie hatte den Abschnitt über Pskow rot umrandet.

Mit Leuchtstift hatte sie einen Titel angestrichen. Daneben hatte sie die Übersetzung geschrieben: *Karton mit Briefen, ca. 18. Jahrhundert.*

Ob sie einmal diesen Karton sehen dürfte. Sie schreibe an ihrer Promotion, und da sei vielleicht etwas dabei, was sie interessierte. Ich wusste nicht genau, ob ich das darf. Schließlich waren die Bücher praktisch schon alle Besitz des Ministeriums, sie lagen nur noch bei uns. Aber sie war sehr liebenswürdig, wir sprachen gut miteinander. Ich zeigte ihr die Sachen und saß neben ihr, als sie sie untersuchte. Die Schrift der Briefe war nicht zu entziffern, für mich jedenfalls, das muss man gelernt haben. Bettina hatte das. Sie las sie alle. Zwischendrin wurde sie rot. Dann blass. Dann wieder rot. Sie müsse die Briefe haben, sagte sie dann. Unbedingt. Ob das möglich sei? Das war es natürlich nicht. Dann müsse sie die Briefe fotografieren oder kopieren. Mindestens aber abschreiben. Auch das erlaubte ich nicht. Das hätte Ärger mit dem Ministerium gegeben. Das kann ich mir nicht leisten. Bibliotheken sind Zuschussbetriebe. Wir sind immer von Schließung gefährdet, vor allem seit die Leute nicht mehr lesen. Unsere Kunden werden immer älter. Schulklassen werden verpflichtet, hier vorbeizukommen, aber sie interessieren sich nicht mehr dafür. Sie haben Gameboys und Videos. Wenn das Ministerium einen Anlass bekommt, diese Zweigstelle zu schließen, dann wird sie das tun.

Sie tat mir Leid, aber ich sagte nein. Sie war verzweifelt und fing fast an zu weinen, aber was sollte ich machen? Irgendwann wurde sie auch wieder ruhiger, und wir tranken einen Tee zusammen. Sie sprach wieder über ihre Lieblingsbücher. Dann verabschiedeten wir uns. Ich hatte den Eindruck, dass sie sich wieder gefasst hatte. Natürlich versuchte ich später, die Briefe zu lesen. Bettina wollte nicht sagen, um was es geht. Aber ich konnte nicht. Ich bin keine Expertin für deutsche Handschriften. Und so wichtig war es dann auch nicht, wir hatten gerade den Tag des Buches geplant, mit Lesungen, Ausstellungen und Konzerten. Die Briefe und Bettina habe ich darüber vergessen. Vielleicht hab ich einen Fehler gemacht.«

Clawdia nahm einen Schluck Kaffee und steckte sich eine Zigarette an. Sie sah Stahl und Oxana an.

»Wissen Sie, was in den Briefen steht und von wem sie sind?«

Stahl schüttelte den Kopf. »Wir haben eine Idee, eine Ahnung. Ich würde aber ungern darüber sprechen. Denn je mehr wir das tun, umso konkreter wird die Idee. Das Wort wird dann Fleisch. Irgendwann glauben wir dann selber, dass diese Idee Realität geworden ist. Das würde ich gerne so lange wie möglich vermeiden. Verstehen Sie das?«

»Sie glauben nicht an die Realität?«

»Ich glaube nicht, dass es eine Realität gibt jenseits von dem, was wir uns vorstellen.«

»Das ist ein Fehler.«

»Ist das so? Oder glauben Sie das?«

»Ich denke, wir reden besser über Bettina und die Briefe. Die Geschichte geht noch weiter. Und sie nimmt kein gutes Ende. Sie durfte die Briefe also nicht kopieren oder abschreiben. Zweieinhalb Wochen später waren sie weg.«

»Weg?«

»Weg. Verschwunden. Gestohlen. Nicht nur die Briefe, sondern alles, was im Tresor war. Wunderschöne Ikonen, das ist für mich am schlimmsten. Eine Urkunde über die Wasserrechte in unserer Stadt. Die Handschriften aus der Stadtgeschichte. Aber eben auch die Briefe.«

»Wer war das? Haben Sie eine Idee?«

»Das ist nichts Neues. Es gibt seit einigen Jahren eine regelrechte Büchermafia. Früher waren die Diebe auf alte Sternkarten und Himmelsatlanten spezialisiert. Jetzt klauen sie alles, was alt und wertvoll ist. Das ist hier auch nicht so schwierig. Die Bibliotheken werden nicht bewacht, die Bücher haben keinen Magnetstreifen, der eine Sirene auslöst, wenn man durch die Schranke am Ausgang geht. Und Bibliothekare werden schlecht bezahlt und schauen gerne einmal weg. In der Vergangenheit haben die Diebe einfach mit gefälschten Ausweisen Zutritt zu Handschriftenräumen bekommen und dann unter dem Pullover Bücher rausgeschleppt. Das war die einfachste Methode.

Inzwischen klauen die aber nicht einzelne Bücher aus den Magazinen, sondern führen regelrechte Raubzüge durch. In St. Petersburg sind sie über das Dachfenster in die Bibliothek der Russischen Akademie der Wissenschaften eingestiegen. Es gab dort nicht einmal eine Alarmanlage. Die Diebe stahlen Bücher für eine halbe Milliarde Mark. Ein Dutzend Folianten, darunter eine Ausgabe von Kopernikus' *Über die Bewegungen der Himmelssphären*. Und 40 mittelalterliche Handschriften aus dem Orient. Können Sie sich das vorstellen? Eine halbe Milliarde Mark! Ich verdiene 50 Mark im Monat. Und wen hat man festgenommen? Einen ehemaligen Berater von Boris Jelzin. Immerhin, denn normalerweise fängt die Polizei die Bücherdiebe nie, erst recht keine Berater von hochgestellten Politikern. Bei uns musste ich die Polizei zwingen, wenigstens die Titel der gestohlenen Bücher aufzuschreiben. Selbst das war ihnen zu viel Aufwand. Das Bücher einen Wert haben, verstehen die nicht.«

»Haben Sie das Ministerium informiert?«

»Klar, das musste ich. Aber sie konnten nichts unternehmen. Manchmal zweifle ich aber daran, ob sie überhaupt ein Interesse daran haben, etwas gegen die Diebstähle zu tun. Aber das sage ich nur Ihnen, und das sage ich so leise, dass Sie das kaum hören können.«

»Was machen die Diebe mit den Büchern?«

»Nach allem was man hört, aber das sind alles nur Gerüchte, weisen Spuren vor allem nach Deutschland. Dort gibt es genügend Geld, den notwendigen Sachverstand und natürlich das Interesse an deutscher Literatur. Viele der Bücher wurden nun einmal aus Deutschland verschleppt. Sie haben eine interessante Geschichte. Zuerst rauben die Deutschen sie aus der Sowjetunion. Dann stehlen die Sowjets sie aus Deutschland. Jetzt klauen sie die Russen aus russischen Bibliotheken und verkaufen sie nach Deutschland. Ein ziemliches Durcheinander. Ich bin gespannt, was als Nächstes kommt.«

»Aber wer kauft die in Deutschland? Private Sammler, die sie zu Hause im Schrank verstecken? Oder Museen? Die brauchen doch eigentlich immer eine Herkunftsgarantie. Gestohlene Bücher werden die ja kaum ausstellen.«

»Das mit der Herkunft kann man fälschen. Das passiert hier im großen Stil. Noch besser ist es allerdings, wenn die Bücher offiziell gar nicht existieren. Die Briefe zum Beispiel, die hier verschwunden sind und an denen Bettina solches Interesse hatte: Sie stehen in keinem Katalog, keiner Inventarliste, so gut wie niemand hat sie gelesen, außer zwei, drei Leuten weiß niemand von ihrer Existenz. Im Grunde gibt es sie nicht.«

»Das meinte ich mit der Realität, die nicht existiert, außer in unserem Kopf«, unterbrach Stahl sie.

»Für die Käufer von gestohlenen Büchern ist das eine komfortable Situation, denn niemand wird jemals die Texte zurückfordern können, weil sie vor ihrem Diebstahl praktisch nicht existent waren.«

»Dann muss man den Dieben fast dankbar sein. Dadurch, dass sie die Bücher verschwinden lassen, führen sie diese aus der Nichtexistenz in die Existenz.«

»Das sehe ich anders. Aber es ist schon eine groteske Situation. Es gibt ein schönes Beispiel aus diesem Jahr: der Aufnahmeantrag Goethes in die Geheimgesellschaft der Illuminaten. Dieser Antrag verschwand aus dem Archiv in der Vyborgstraße in Moskau. Einfach weg, geklaut, aber niemand merkte das, weil er nirgends verzeichnet war. Besser gesagt: fast niemand, denn vor seinem Verschwinden hat ihn ein Redakteur einer russischen Monatszeitschrift namens *Sowerschenno sekretno*, das heißt soviel wie *Streng geheim*, im Archiv gefunden, heimlich fotografiert und veröffentlicht. Als das Magazin erschien, war der Antrag schon verschwunden. Dafür meldete das Goethe- und Schiller-Archiv in Weimar, dass es diesen Antrag Goethes bei einer Inventarisierung in ihren eigenen Altbeständen gefunden hätte. Ihr Pech allerdings, dass diese Zeitschrift das veröffentlicht hatte. Aber man machte kein großes Aufsehen darum. Der Redakteur kam ins Gefängnis. Jetzt herrscht wieder Ruhe. Das meinte ich, als ich sagte, dass das Ministerium kein allzu großes Interesse an der Aufdeckung hat.«

»Was passierte, als Bettina das zweite Mal zu Ihnen kam?«

»Das war kein erfreulicher Besuch. Sie sah sehr angegriffen aus, als sie kam. Hager, fast schon dürr. Ihre Kraft war weg. Sie wollte auch nicht über Bücher reden, sie fragte sofort nach den Briefen. Sie müsse sie auf jeden Fall diesmal wenigstens kopieren dürfen, andererseits mache ihr Leben keinen Sinn mehr. Ihre ganze Existenz habe sie darauf ausgerichtet. Sie drohte indirekt, sie werde sich etwas antun, falls sie die Briefe nicht bekäme. Ich hatte den Eindruck, das sei ihr Ernst. Als ich ihr sagte, dass sie gestohlen wurden, klappte sie völlig zusammen. Ich legte sie dort auf die Couch, stellte ihre Füße auf und legte ihr einen Waschlappen auf den Kopf. So lag sie einige Minuten. Mit einem Schlag kam sie dann plötzlich zu sich, sprang auf, schleuderte den Waschlappen aus dem Fenster, tobte herum, brüllte mich an und zerschlug den Porzellanelefanten auf meinem Schreibtisch. Plötzlich war wieder Kraft in ihr, aber es war eine aggressive, zerstörerische Kraft, voller Hass. Wie ein heftiges Auflodern, mit dem ein Feuer dann endgültig erlischt. Ich machte mir noch mehr Sorgen um sie als vorher. Ich hätte ihr jetzt keinen Selbstmord mehr zugetraut. Eher einen Mord. Sie war entschlossen, ihren Weg zu Ende zu gehen. Dass sie dabei verschwunden ist, ist bedauerlich, aber es erstaunt mich nicht. Sie war zu erbarmungslos, vor allem sich selbst gegenüber.

Sie überfiel mich mit ihren Fragen. Sie wollte alles über die Bücherdiebstähle wissen. Ich sagte ihr das, was ich auch ihnen erzählte. Es schien mir sinnlos, sie zu belügen. Sie hätte die Wahrheit herausgefunden. Sie interessierte vor allem die Sache mit dem Antrag von Goethe, der auf seltsamen Wegen in Weimar gelandet war. Sie war froh, das zu hören. Ich glaube, sie musste diese destruktive Energie auf ein neues Ziel richten, damit sie nicht davon zerrissen wird. Ich bin mir sicher, dass sie dorthin gereist ist. Vorher wollte sie aber wissen, ob es noch Bibliotheken hier in Pskow gebe. Ich nannte ihr die drei anderen, sagte ihr aber auch, dass die mit den Briefen nichts zu tun hätten. Das war ihr egal, sie wollte auf jeden Fall dorthin. Das verstand ich. Sie musste etwas tun, sonst wäre sie verrückt geworden. In gewisser Weise war sie das ja schon. Dann bedankte sie sich plötzlich überschwänglich für alles. Als sei ich ihre beste Freundin. Aber sie war in Gedanken schon nicht mehr bei mir. Sie war bei ihrer Aufgabe.«

Weimar also, dachte Stahl. Schade, Clawdia. Ich wäre gerne hier in Pskow geblieben, eine Weile lang zumindest. Steht hier nicht ein Keller voller deutscher Bücher? Ich würde sie katalogisieren und ordnen, ein wenig in ihnen blättern und dir abends dann erzählen, was ich gefunden habe. Du würdest mir das kyrillische Alphabet beibringen. Buchstabe für Buchstabe mit deinem Fingernagel auf meinen Rücken malen. So würdest du mir deine Sprache einschreiben. Und ich würde dich lesen, trunken, in einem einzigen Zug von der ersten bis zur letzten Seite, wie ich als Kind die Bücher von Karl May gelesen habe, mit einer besinnungslosen Hingabe, unterbrochen nur von kurzen Augenblicken des Schlafes der Erschöpfung. So würde es sein. So sollte es sein. Stattdessen fahre ich nach Weimar. Wir haben uns unsere Wege nicht ausgesucht.

Clawdia erhob sich, ihre Gäste zu verabschieden. Stahl sah ihr in die Augen und hoffte auf ein Zeichen, dass auch sie ihn erkannt hatte. Das kam nicht. Schweigsam stieg er mit Oxana die Treppe herab. Einen Stock tiefer trat er gegen eine Maurerkelle, die scheppernd die Treppe hinunterfiel. Das weckte ihn auf.

»Warte kurz, mir fällt noch was ein«, bat er Oxana und stürmte die Stufen wieder hinauf, stürzte durch die Tür zu Clawdias Büro, ohne anzuklopfen, und fragte sie mit heiserer Stimme, ob sie, vielleicht, und trotz seines unverschämten Eintretens unter Umständen die Freundlichkeit haben würde, heute Abend mit ihm essen zu gehen.

»Gerne«, sagte sie. »Ich hole Sie ab. In welchem Hotel sind Sie?«

Er nannte den Namen. »Acht Uhr?«

»Acht Uhr.«

Weimar, November 1776

NOCH EINMAL MUSS ER GOETHE TREFFEN, ERST DANN WIRD er sich wieder in seiner Klause verkriechen und mit spitzer Feder in der Hand den verlorenen Freund heraustreiben aus dem Aktenstudium und hinein in die Welt der Kunst. Sechs Wochen sind vergangen seit den letzten Korrekturen am *Waldbruder*. Sechs Wochen, in denen die Pläne in seinem Kopf weiter reiften und jetzt nur noch darauf warten, niedergeschrieben zu werden. Er ist voller Worte, bald wird er sie ernten.

Goethe arbeitet im Garten des Hauses. Morgens hat er die Büsche geschnitten und Rosen gestutzt, jetzt treibt er die schwere Axt in den Stamm der Fichte, die dem Eckzimmerchen das Licht nimmt. Ihn stellt man nicht ungestraft in den Schatten. Noch steht der Baum. Ein weiterer Schlag, da sieht er Lenz. Gerade jetzt. Das wäre zu schön. Dem alten Freund mit der Baumaxt den Schädel spalten. Mit einem heftigen Schlag die Schneide über die Krone ins Hirn treiben, hindurch bis zum Gaumen und weit hinunter in den Hals. Nein. Nie würde er das tun. Niemals. Solange er nicht die Briefe hat und das

Manuskript. Und hat er sie, ist Lenz egal. Ein Ungeziefer ohne Stachel, das man mit einem Wedeln der Hand verscheucht oder mit der Klatsche zerquetscht. Aber er würde warten müssen. Noch war es nicht so weit. Goethe schlägt die Axt in den Stamm des Baumes. Er wird ihn später fällen. Er begrüßt Lenz kalt, der andere soll nicht denken, er billige sein Handeln. Doch Lenz merkt nichts. Zu voll ist er von den Tagen bei Charlotte, fast gesundet von seinem schweren Herzen, er fließt über, er fühlt sich beschenkt. Der Englischunterricht sei ein voller Erfolg gewesen, berichtet er stolz. Frau von Stein finde seine Methode sogar besser als die Goethes. Außerdem habe er viel gezeichnet, sein Strich sei feiner geworden, immer feiner, so dass er es schließlich auch gewagt habe, die von Stein selbst zu porträtieren. Und hin und wieder habe er ein Gedicht geschrieben. Nichts Großartiges, kleine Schnitzeln, aber immerhin, noch schreibe er, aber das, woran er eigentlich arbeite, habe sechs Wochen lang geruht. Goethe wisse doch, was er meine. Auch wenn er jetzt abgelenkt gewesen sei, hieße das nicht, dass der *Waldbruder* vergessen sei. Wann Goethe jetzt seine Stelle bei Hofe kündigen werde? Ob der Herzog schon informiert sei? Ob er schon wieder angefangen habe zu schreiben?

Schreiben sei geschäftiger Müßiggang, meint Goethe. Es komme ihn sauer an. Er liebe die Arbeit bei Hofe. Die Welt verändern, Lenz, verstehst du das nicht, die Welt verändern, geht nur von einem festen Punkt aus, das habe doch Archimedes so ähnlich vor 2000 Jahren gesagt. Papier und Tinte, das sind keine festen Punkte.

Lenz widerspricht. Sein *Waldbruder* beispielsweise werde Goethes Leben verändern. Ob er das wolle oder nicht. Und in welcher Richtung auch immer. Da gebe es irgendwo wohl doch einen festen Punkt, an dem er den Hebel ansetzen könne. Vier Wochen gebe er ihm noch, sich zu entscheiden. Vier Wochen,

dann wird Goethe freiwillig kein Hofmann mehr sein, oder der
Drucker bekommt den Text, und wenig später ist er dann ebenfalls kein Hofmann mehr, weil er mit Schimpf und Schande davongejagt wird. Ob das nicht ein teuflisch gutes Komplott sei,
das er da ausgeheckt habe. Teuflisch, weil Goethe auf jeden
Fall sein Amt verlieren würde, das seine Kraft zum Dichten
raube. Gut, weil Goethe damit wieder auf den rechten Pfad geführt werde. Vier Wochen, er möge das nicht vergessen. Am 25.
sei Ball in Weimar, er wisse das von Charlotte. Nein, er gehe da
nicht hin, sich wieder zu blamieren, er mache sich nicht wieder
zum Narren am Hofe, das überlasse er lieber Goethe, aber an
diesem Abend komme er hierher und wolle seine Antwort. Die
anderen würden beim Tanz sein, sie könnten dann ungestört
sprechen.

Der Abschied ist kurz und schweigsam. Lenz schwingt sich
aufs Pferd und reitet davon. Goethe staunt. Der ist mehr genesen unter der Obhut der Charlotte, als ihm gut tut. So hatte der
schon lange nicht mehr mit ihm gesprochen. Goethe reißt die
Axt aus dem Stamm und schlägt mit seinem kräftigsten Hieb
gegen den Baum. Der Aufprall reißt ihm fast den Stiel aus der
Hand. So spricht man nicht mit ihm. Späne fliegen, es riecht
nach Harz, der Stamm erbebt und neigt sich nach rechts. So
wird der nie wieder mit ihm sprechen. Ein letzter Schlag, der
Baum dreht ein Stück, als wolle er sich auf Goethe stürzen, besinnt sich dann aber und geht ächzend zu Boden. Nie wieder.

Berlin-Rummelsburg, Juli 1946

MOSKAU, BAHNHOF BELORUSSKIJ, WAR DIE ADRESSE, DIE
in schwarzer Farbe auf Anweisung von oben auf alle sechs Seiten der Bücherkisten gepinselt war. Der Schreiner hatte sich

alle Mühe gegeben, die kyrillischen Buchstaben akkurat abzumalen. Alexander und Wladimir begleiteten ihre Fracht bis Berlin und meldeten sich in Rummelsburg befehlsgemäß bei Hauptmann Netrebskij vom Komitee für Angelegenheiten der Kultur- und Bildungsbehörden, der über ihre weitere Verwendung entscheiden sollte. Netrebskij, ursprünglich Museumskundler, Liebhaber griechischer Sagen und üppiger Frauen, saß müde hinter seinem Schreibtisch und sah die beiden unter schweren Augenlidern an. Er hatte Sorgen. Das Einsammeln der Bücher war problemlos verlaufen. Er konnte an seine Vorgesetzten in Moskau insgesamt über 21 000 konfiszierte Kisten mit über zwei Millionen Büchern melden. Aber wohin damit? Die Verteilung in der Sowjetunion geriet zunehmend ins Stocken. Der Abfluss war verstopft. Die 837 Kisten von Wladimir und Alexander machten Probleme. Moskau konnte keine weiteren Lieferungen vertragen, er hatte erst heute Morgen Weisung erhalten, alle weiteren Lieferungen umzuleiten, egal wohin. Mit schleppender Stimme rief er seine sehr blonde Sekretärin und diktierte:

»Die angegebenen Bücherbestände werden zum Versenden an folgende Adresse übergeben: LENINGRAD, Bahnhof Oktjabr'skij, Filiale Gosfond-Literatur, Saltykov-Ščedrin-Bibliothek. Dabei ist auf jeden Fall zu beachten, dass die Kisten eine Markierung mit folgender Adresse aufweisen: Moskau, Bahnhof Belorusskij. Diese Markierung ist falsch und soll nicht zur Kenntnis genommen werden.«

Er hoffte, dass alle zuständigen Dienststellen rechtzeitig davon in Kenntnis gesetzt wurden. Neulich war ein Waggon verschwunden. Einfach weg. Nicht wieder aufzufinden. Insgeheim fürchtete er, dass irgendwelche russischen Bauern mit kostbaren Erstausgaben ihre Öfen heizen.

Pskow, Juni 2001

AUF DEM BRAUNEN WASSER DES FLUSSES TRIEBEN KLEINE Ölteppiche. Sie schimmerten bunt wie ein Regenbogen, wenn ein Auto um die Kurve bog und das Licht über das Wasser glitt. Sie rochen allerdings intensiver. Auf der anderen Seite des Flusses leuchtete der weiße Bau einer Kathedrale mit goldenen Kuppeln im Licht der Scheinwerfer. Die Wellen des Flusses schlugen unregelmäßig gegen die Betonmole. Ein Angler stand unbewegt, die graue Kappe tief in die Stirn gezogen. Neben ihm fauchte eine Petroleumlampe. Eine Flosse hing über den Rand des Eimers neben ihm und zuckte. Clawdias Hand ruhte leicht auf Stahls Arm, so leicht, dass er fürchtete, sie könne sie jeden Moment wieder zurückziehen. Das Essen lag schwer in seinem Magen. Er war die russische Kost nicht gewohnt.

»Sind Sie glücklich?«, erkundigte sich Clawdia.

»Ich weiß nicht. Sollte ich das wissen?«

»Sie sollten sich Gedanken darüber machen.«

»Ich überleg es mir. Sind Sie es?«

»Ich war es. Sehr. Als ich meinen Mann kennen lernte. Wir waren jung und verliebt. Wir sangen zusammen und gingen tanzen. Dann kam unser Baby. Unser Sohn, er heißt Sascha. Da war ich noch glücklicher. Das Schönste war, mit meinem Mann an der Wiege zu stehen und ihm beim Schlafen zuzusehen. Wir liebten uns. Mein Mann bekam Arbeit auf den Ölfeldern bei Baku. Er war Ingenieur. Das war eine gute Arbeit. Gutes Geld. Aber er war drei Wochen weg und kam für eine Woche heim. Das war zu wenig. Für mich und für ihn und für meinen Sohn. Mein Mann begann zu trinken. Ich wartete auf ihn, immer drei

Wochen lang. Es wurde zu viel. Zu viel Trinken, zu viel Warten. Ich ließ mich scheiden, vor acht Jahren. Mein Sohn ist jetzt 21 Jahre alt. Er ist Offizier in Tschetschenien. Ich habe Angst um ihn. Jetzt bin ich nicht mehr glücklich. Manchmal freue ich mich, dann lache ich. Wenn ich traurig bin, weine ich. Ich mache die Bewegungen, die man von mir erwartet. Ich lebe weiter. Ich überlebe. Aber ich bin nicht mehr glücklich. So ist das bei mir.

Und Sie? Ist Ihnen jetzt eingefallen, ob Sie glücklich sind?«

»Ich habe einen Kollegen, einen Freund, er heißt Peter. Wenn er mich das fragen würde, könnte ich antworten: Ja, ich bin glücklich. Es wäre die Wahrheit. Wenn Sie mich das fragen, dann benutzen Sie dieselben Worte. Aber wir sind in einem anderen Land, Sie sind eine Frau, und Ihre Augen sehen mich anders an, wenn Sie mit mir reden. Sie meinen etwas anderes. Die Antwort ist anders: Ich glaube, ich bin eher traurig. Wenn ich glücklich bin, dann sehe ich im Glück auch immer das bevorstehende Ende. Deshalb bin ich traurig, wenn ich glücklich bin. Aber ich bin auch traurig, wenn ich nicht glücklich bin. Ich bin also eher traurig, als glücklich.«

»Das ist doch ziemlich anstrengend. Was sagt Ihre Frau dazu?« Sie wies auf den Ring an seinem rechten Zeigefinger.

»Sie ist tot. Motorradunfall, vor zwei Jahren.«

»Sind Sie deshalb traurig?«

»Ich war es schon vorher. Zumindest hat sie es mir oft vorgeworfen. Ich weiß nicht mehr, ob sie Recht hatte. Vielleicht schon. Jetzt fühle ich mich eher bestätigt.«

»Man sollte nicht lieben. Entweder die Liebe stirbt, oder ein Liebender stirbt und der andere bleibt alleine. Es gibt nie ein gutes Ende.«

»Meinen Sie das wirklich?«

»Nein. Nicht wirklich. Aber man muss wissen, dass man für alles bezahlen wird. Am teuersten für die Liebe.«

»Das stimmt nicht. Das Leben ist immer schwierig, ob wir lieben oder nicht. Wenn wir lieben dürfen, ist das eine kostenlose Dreingabe. Manche bekommen die nie. Aber sie wird nicht extra berechnet.«

»Als Ihre Frau starb, wie war das für Sie?«

»Ich war im Büro. Ich habe gearbeitet. Abends ging ich nach Hause. Da klingelten zwei Polizisten. Sie wussten nicht, wie sie es mir sagen sollten.«

»Und Sie, was haben Sie gefühlt?«

»Ich bin frei. Das war mein erster Gedanke. Ich schäme mich noch immer dafür, das kann ich mir nicht verzeihen, dafür gibt es auch keine Entschuldigung. Später kam alles andere. Die Trauer, die Wut, die Angst. Aber das war das, was ich zuerst dachte: Ich bin frei.«

Clawdia zog ihre Hand nicht zurück.

»Hat es gestimmt? Sind Sie frei?«

»Nein. Weniger als vorher. Früher dachte ich, dass Freiheit ein Wert ist, inzwischen habe ich gemerkt, dass sie auch eine Belastung sein kann. Ich denke nicht viel darüber nach. Vielleicht muss man sich die Freiheit nehmen, damit man sie würdigen kann. Bekommt man sie geschenkt, dann kann man nichts damit anfangen.«

»Ich stelle Ihnen frei, mich nach Hause zu bringen. Ist das eine Form von Freiheit, die Sie belastet, oder eine, mit der Sie etwas anfangen können?«

»Beides, glaube ich.«

Sie überquerten schweigend den Fluss auf einer alten Steinbrücke. An den Pfeilern schäumte das Wasser weiß auf. Sie blickten lange in den Strudel. Der Angler zog einen Fisch ans Land. Die Stadt lag still. Wenn ein Autofahrer mit dem Übermut der Jugend den Motor aufheulen ließ und mit quietschenden Reifen um die Ecke bog, dann nur, damit die Ruhe danach umso tiefer wirkte. Je länger sie gingen, desto kompakter wuchsen die Wohnblöcke in den Himmel. Sie waren finster, das blaue Flackern der Fernsehapparate oft die einzige Beleuchtung. Der Wind bewegte eine Schaukel auf einem Kinderspielplatz, das Klirren der Kette hallte kalt über den Asphalt. Gegenüber war der Eingang zu ihrem Wohnblock.

»Begleiten Sie mich noch hoch?«, bat sie ihn und kramte in ihren Taschen nach dem Haustürschlüssel. Das war nicht nötig, denn eine alte Frau, deren Nachthemd unter einer grauen Armeejacke herausschaute, öffnete ihnen.

»Du bist's, Clawdia, dann ist ja gut. Ich drehe gerade meine Runde. Du bist später dran, von zwei bis drei, vergiss das nicht«, sagte sie und leuchtete mit ihrer Lampe in Stahls Gesicht. Sie stiegen die Treppen hoch. Clawdia übersetzte, was die Alte gesagt hatte.

»Warum müssen Sie nachts raus?«, fragte Stahl.

»Wir bewachen das Haus. Vor Terroristen. Eine Division aus Pskow ist in Tschetschenien stationiert, auch mein Sohn. Und die Terroristen von dort sprengen hin und wieder Häuser in Russland. In Pskow müssen alle Hochhäuser über sechs Stockwerke deshalb bewacht werden, rund um die Uhr. Das schafft das Militär nicht, das müssen die Bewohner tun. Und weil die Männer kaputt von der Arbeit oder vom Saufen sind, ist das Sache der Frauen.«

Das Treppenhaus stank nach Moder und Urin. In jedem zweiten Stockwerk funktionierte das Licht nicht. Stahl hielt sich mit der Hand am Geländer fest. Es war rostig und stellenweise durchgebrochen.

Clawdia wohnte im achten Stock. Stahl keuchte, als sie oben ankamen.

»Und jetzt?«, fragte ihn Clawdia. Sie schloss die Tür auf.

»Freiheit«, sagte Stahl. Und kam mit rein.

Später drehte sich Clawdia sanft zur Seite und seine Hand glitt von ihrem Schenkel. Davon wachte Stahl auf. Es war stockfinster. Er tastete nach ihren Beinen. Sie war weg. Das Einzige, was er von ihr noch spürte, war die Wärme ihres Körpers, die unter der Decke hing. Er hatte von seinem Vater geträumt. Stahl saß als kleines Kind auf einer Schaukel, und sein Vater schubste ihn an, immer höher, so wie Stahl es von ihm verlangte. Er schrie vor Freude. Gleich musste der Überschlag kommen, den er sich immer gewünscht hatte, da löste die Schaukel sich von der Stange und flog mit ihm durch den Himmel, immer höher, vorbei an den Dächern der Häuser, vorbei an keifenden Vogelschwärmen, bis sie die Wolkendecke durchstieß. Weit oben saß Marianne auf dem Flügel eines Flugzeuges. Sie segnete ihn mit einer weihevollen Handbewegung. Er wollte zu ihr, aber die Schaukel hatte in diesem Moment den Höhepunkt ihrer Flugbahn erreicht und stürzte zuerst ganz langsam, dann immer schneller dem Boden entgegen. Er hatte keine Angst, er wusste, sein Vater würde ihn auffangen. Aber der war weg. Dafür stand Clawdia da und empfing Stahl, der plötzlich kein Kind mehr war, sondern ein Mann von 43 Jahren. Dann war er aufgewacht.

Die Sensation und die Freude, sich an einen Traum erinnern zu können, zum ersten Mal seit Jahren, war so groß, dass er völlig vergaß, nach Clawdia zu schauen. Erst nachdem er den Traum einige Male vor seinem inneren Auge abgespult und das Gefühl, das er in ihm auslöste, vollkommen ausgekostet hatte, erinnerte er sich an sie. Sie war weg. Irgendetwas war passiert. Es war mitten in der Nacht. Stahl tastete an der Wand über dem Bett nach einem Lichtschalter. Irgendwo würde es da einen geben. Er stieß auf ein Kabel und fingerte daran entlang, bis er aus dem Bett krabbeln musste, nur um schließlich an der Steckdose zu landen. Das war die falsche Richtung. Er probierte es andersherum und kam endlich zu einem Drehschalter, der eine Stehlampe hinter dem Bett zum Leuchten brachte. Der Blechwecker auf dem Nachtisch zeigte kurz vor halb drei. Stahl war verwirrt. Sie war weg. So ist das Leben. Nichts ist von Bestand. Warum war sie aufgestanden? Er würde sie suchen. Er zog sich seine Unterhose an, tappte durch die Wohnung und sah sich genauer um. Die Zeit hatte er an dem Abend vorher nicht gehabt. Sie waren kaum durch die Tür getreten, als sie noch in dem schmalen Flur übereinander hergefallen waren. Es war heftig gewesen und schnell und laut. Beim zweiten Mal hatten sie es immerhin bis in das Schlafzimmer geschafft. Hier nahmen sie sich alle Zeit füreinander und schliefen zusammen ein. Und jetzt war sie weg. Im Wohnzimmer brannte in einer Ecke ein Öllämpchen vor einer Ikone. Jesus hing mit grotesk verzerrten Gliedern am Kreuz, ein leuchtender Wasserfall von heißem Blut sprudelte aus seiner Seite, wo der römische Legionär ihm die Lanze in die Flanke gerammt hatte. Stahl suchte die Küche. Sie war voll gestellt mit Hängeregalen, Küchengeräten und Wandschränken, die sich um einen großen Holztisch in der Mitte gruppierten. Es war der sympathischste Raum der Wohnung. Er hatte Hunger. In einer Tonschüssel lag ein Kanten Brot, er riss ein Stück ab und schob es in den Mund. Es schmeckte wie das Brot seiner Kindheit. Ein säuerliches schweres Graubrot, wie er es früher am liebsten mit Butter und Honig gegessen hatte. Plötzlich hörte er den Schlüssel in der Tür. Er fühlte sich ertappt, halb nackt in einem fremden Land in der Küche zu sitzen und das Brot der frühen Jahre zu kauen, das war eine seltsame Situation. Clawdia schlich leise durch den Flur, bis sie das Licht sah. Sie lachte, als sie Stahl, am Küchentisch sah. »Liebe macht hungrig!«, stellte sie fest. Sie trug einen Steppmantel, der ihr bis zu den Knöcheln reichte. In der Hand hielt sie eine Taschenlampe. Stahl erinnerte sich plötzlich daran, wo sie gewesen war: Wache schieben im Haus wegen der Terroristen. Er hatte ein schlechtes Gewissen. Vielleicht sollte er sich anziehen und jetzt gehen, bevor die Peinlichkeit ihm über den Kopf wuchs. Sie nahm ihm seine Sorgen durch die Unbefangenheit, mit der sie sich aus ihrem schweren Mantel schälte und ihn über einen Küchenstuhl hing. Sie trug nur ihr Nachthemd darunter. Clawdia stellte sich vor Stahl und drückte seinen Kopf sacht gegen ihre Brüste. »Komm jetzt«, sagte sie ihm. »Essen kannst du morgen.« Sie zog ihn sanft hoch und ins Schlafzimmer. Sie schliefen wieder zusammen. Stahl war in Gedanken woanders.

Ihr erstes Beisammensein wurde von der Vergangenheit bestimmt, dem ungeheuren Druck, der sich in vielen Monaten angestaut hatte und der sich in einer gigantischen Explosion entlud. Der zweite Beischlaf war bestimmt von dem Wunsch, den gegenwärtigen Augenblick nie vergehen zu lassen, sondern ihn endlos auszudehnen, zu einer Ewigkeit, die jenseits von Raum und Zeit existiert. Jetzt, beim dritten Mal, dachte Stahl an die Zukunft. Sie sagte, er könne morgen essen, aber morgen, oder besser gesagt, wenn die Sonne in ein paar Stunden aufging, würde er nicht nur essen, sondern auch fliegen. Er hatte gleich gestern Oxana gebeten, ihm einen Flug von St. Petersburg nach Leipzig zu buchen. Aufgrund ihrer Verbindungen hatte sie ihm einen Platz in einer Maschine für den nächsten Tag besorgt. Er würde Clawdia verlassen müssen. Aber vielleicht hatte er sie nur gefunden, weil er wusste, dass er hier nicht dauerhaft bleiben konnte. Um zehn Uhr musste er einchecken, dachte er gerade, als er mit einem kurzen Keuchen kam.

Drexler erwartete ihn mit einem fröhlichen Winken am Ausgang des Flughafens. Er sah aus, als hätte er drei Wochen lang am Strand gelegen. Stahl fühlte sich älter als notwendig. Er quetschte sich in den Beifahrersitz, rollte seinen Mantel zusammen, schob ihn unter den Kopf. Das Trommeln des Regens auf dem Autodach und das leise Schaben der Scheibenwischer wiegte ihn in den Schlaf.

»Weimar. Aufwachen!«, weckte Drexler ihn plötzlich. Stahl öffnete die Augen. Der Regen hatte aufgehört. Der Wind trieb weiße Wolkenfetzen durch den Himmel, es war kurz vor sechs Uhr.

»Nimm mal die Karte und sag mir, wo's langgeht. Du bist doch jetzt ausgeschlafen?«

»Topfit.« Das stimmte nicht ganz, aber Stahl hatte den Eindruck, dass Drexler mehr Aktivität von ihm erwartete, als er in den vergangenen zwei Stunden gezeigt hatte.

»Kennst du Weimar?«, fragte ihn Drexler.

»Nein. Obwohl ein guter Germanist einmal in seinem Leben nach Weimar gepilgert sein muss, um Vergebung für seine Sünden zu bekommen.«

»Was sind denn die Sünden der Germanisten?«

»Fälschung von Quellen, Abschreiben bei Kollegen und schlechter Stil in den Fußnoten. Warst du schon mal hier?«

»Eine Woche lang mit einem Leistungskurs Deutsch, 12. Klasse. Es war eine Katastrophe. Ein Schüler hatte am ersten Tag eine Alkoholvergiftung und musste ins Krankenhaus. Ein Mädel verliebte sich in einen vietnamesischen Zigarettenschmuggler und wollte nicht mehr heim. In Buchenwald haben wir einen Schüler verloren, der sich mit seinem Gameboy im Krematorium abgesetzt hatte und die Abfahrt des Busses verpasste. Und der Lehrer, der mitfuhr, war frisch geschieden und redete dauernd von den sexuellen Abenteuern, die er nun erleben wollte. Ich glaube aber, es kam nicht dazu. Das Beste an der Woche war, dass ich es geschafft habe, mich in Goethes Gartenhaus auf sein Bett zu legen. Nicht zum Schlafen natürlich, da rennen zu viele Aufpasserinnen rum. Aber immerhin für einige Sekunden. Drei Schüler haben die Wärterin abgelenkt. Und ich rein ins Bett.«

»Und, wie war's?«

»Zu kurz. Die Füße stießen unten an. Aber jetzt hilf mir. Der graue Turm mit dem seltsamen Aufbau, das muss das Schloss sein. Wir müssen in die Stefan-Schneider-Straße, das ist in der Nähe von dem Berkaer Bahnhof, da hat Sabine uns ein Zimmer in einer Pension verschafft.«

Stahl wollte eigentlich lieber aus dem Fenster sehen, als den Plan zu studieren, aber er hatte schnell das Gefühl, dass es sich nicht lohnte. Eine Kleinstadt, wie jede andere. Weimar sei daneben, hatte die Freundin von Bettina in ihrer Email geschrieben. Das fand Stahl übertrieben. So sehen Städte eben aus. Junge Leute hatten zu hohe Ansprüche. Sie fanden die Stefan-Schneider-Straße.

Stahl musterte die Häuser. Die Gelder für die Renovierung, die anlässlich des Goethe-Jahres in die Stadt gepumpt wurden, waren offensichtlich nicht bis hierher geflossen. Die Straße verströmte den herben Charme, den er in Pskow fast lieb gewonnen hatte. Ihre Pension lag in einem Eckhaus an einer kleineren Kreuzung. Eine schmierige Dreckschicht lag auf den Backsteinen und dem Sandsteinfries, der die Stockwerke voneinander absetzte. Die Ecke zur Straße hin war abgeflacht, eine Eckkneipe warb mit *Happy-Hour-Bier vor acht zum halben Preis*. Der Mann, der die Stufen zur Straße herunterwankte, sah nicht besonders happy aus. Einige Meter links war der Eingang zu ihrer Pension. Er war frisch renoviert. Ein Blumenkranz aus weißem Stuck leuchtete unter dem Neonschild *Pension Gerda*. Die Treppen glänzten. Die Fenster waren doppelverglast. Die Tür nebenan zeigte das Haus im Originalzustand: zerfallene Treppenstufen, eine eingeschlagene Scheibe in der Haustür und ein schiefer Briefkasten, auf dem sechs Fläschchen *Wilthener Goldkrone* standen.

»Ich weiß nicht, warum die Ossis sich beschweren.« Drexler zeigte auf die beiden Eingänge. Hier siehst du einmal

Osten mit Westgeld und Osten ohne Westgeld. Was gefällt dir besser?«

»Du bist zu sehr auf Äußerlichkeiten fixiert. Du musst hinter die Dinge blicken.«

»Und was soll das hier heißen?«

»Wir werden's sehen.« Stahl klingelte.

»Bitte sehen Sie in die Kamera und sagen Sie, was Sie wünschen«, dröhnte eine Stimme aus dem Lautsprecher.

Stahl fand keine Kamera.

»Oben!«, verlangte die Stimme.

Stahl gehorchte und sah hoch. In einer dunklen Ecke blinkte ein roter Lichtpunkt. Das musste sie sein.

»Stahl und Drexler aus Freiburg, wir haben zwei Zimmer reserviert.«

»Kommen Sie rein.«

Ein Summer ertönte und die Tür schwenkte nach innen.

»Das ist sicher Gerda«, flüsterte Drexler beeindruckt angesichts der Frau, die schwergewichtig oben an der Treppe stand und ihre Befehle nach unten brüllte.

»Haben Sie saubere Schuhe? Da unten neben den Mülleimern ist der Fußabtreter. Dann können Sie hochkommen, aber Vorsicht: Die Treppe ist frisch gebohnert. Und passen Sie mir mit den Koffern auf, dass sie nicht an die Tapete schlagen, die hat ein Heidengeld gekostet.«

»Da hast du den Osten plus Westgeld«, meinte Stahl beim Hochgehen. »Das meinte ich: Du musst hinter die Fassade blicken. Ist das ein echter Fortschritt?«

»Finde ich schon. Früher war sie in einer Bruchbude unfreundlich und jetzt ist sie es in einem renovierten Haus. Das ist doch eine echte Verbesserung.«

Sie waren oben angelangt. Ihre Wirtin nahm ihre Personalien auf und machte sie mit dem Reglement des Hauses bekannt. Stahl und Drexler versprachen, keinen Damenbesuch zu empfangen, pünktlich zum Frühstück zu erscheinen oder auf das Frühstück zu verzichten, ihre Fenster beim Verlassen der Zimmer zu schließen, beim Duschen an die ständig steigenden Wasser- und Heizölpreise zu denken und die Handtücher mindestens zwei Tage lang zu benützen.

Eine halbe Stunde später trafen sie sich in der Eckkneipe auf ein Bier. Die Happy-Hour war vorbei. Außer dem türkischen Wirt und zwei angeschlagenen Kampftrinkern in Jogginganzügen, die sich mühsam an ihren Tischen festhielten, war der Raum leer. Aus einem tragbaren Kassettenrekorder dudelte Türkpop.

Stahl und Drexler bestellten etwas zu essen. Der Wirt verschwand in der Küche. Dort zischte Fett laut auf, und der Geruch von Zwiebeln erinnerte Stahl daran, dass er seit dem hastigen Frühstück bei Claudia nichts gegessen hatte. Er berichtete Drexler ausführlich von allem, was er in Pskow über Bettina erfahren hatte. Die Nacht bei Claudia unterschlug er. Ihr nächstes Ziel würde die Freundin von Bettina sein. Drexler hatte nach einigen Anrufen in ihrem Altenheim erreicht, dass sie ihn zurückrief. Für morgen früh hatte er ein Treffen mit ihr ausgemacht. Sie arbeitete Spätschicht und musste gegen halb elf außer Haus, sie sollten also rechtzeitig vorher zu ihr kommen. Als sie einige Zeit später wieder in ihre Zimmer gingen, zogen sie eine schwere Fahne von Knoblauch und Bier hinter sich her. Gerda legte ihre Stirn in Falten.

Berka, November 1776

LENZ SCHREIBT WIE IM TAUMEL. SEIN KOPF HÄNGT VOLLER Worte, die Hände kommen kaum nach beim Schreiben, so schnell drängen sie hinaus in die Freiheit, aufs Papier. Die

Sätze formen sich von selbst, er ist kein Dichter mehr, der sich entscheidet, ein Wort zu setzen und ein anderes nicht, die Worte entscheiden sich für ihn. Er schreibt nur mit, was einer diktiert, der von weit her zu ihm spricht, tief drinnen aus seinem Herzen. Bei Sonne sitzt er vor der Tür auf dem Bänkchen, den Rücken gebeugt über den eichenen Tisch. Ein schwerer Stein auf den beschriebenen Blättern, dem Wind zu trotzen, der immer hier weht. Sonst hockt er in der Hütte, nah am Fenster oder unter dem tröstlichen Schein der Lampe. Hin und wieder schneidet er mit dem groben Messer einen Kanten vom Brot, das hart geworden ist, weil er kaum isst. Am Abend liest er, was während des Tags durch ihn geschrieben worden ist. Manchmal staunt er. Das hatte er doch nicht erdichtet. Nie und nimmer, das wüsste er. So schreibt er nicht. Doch es ist seine Handschrift. So formt sich sein Buch. Sein Roman, das Pendant zu Goethes *Werther*, doch eigentlich ist es kein Gegenstück, es ist größer als alles, was Goethe je geschrieben hat. Lenzens Charaktere sind aus Fleisch und Blut, sie haben Atem und Leben, sind nicht nur Idee. Weil sie vom Leben zerschlagen sind, haben sie Ecken und Kanten und viele Facetten, in denen das Licht sich fängt und zu funkeln beginnt. Des Nachts träumt Lenz von seinem Buch. Von Herz, der winddurchweht die Einsamkeit zum Freunde hat und nach den Sternen greift. Von Rothe, der Hohepriester war im Tempel der Dichtkunst und der sich abwendet, um neuen, schlechteren Göttern zu dienen. Von der Liebe beider, die einstmals ihre zwei Seelen verband. *Mein ganzes Ich ist erschüttert. Herz, Herz bleibe mir, was du bist. Bin ich bestimmt, dein Planet zu sein, so will ich's sein, es gern sein, es treu sein. Ich lasse dich nicht los. Ich lasse dich nicht! Jakob rang mit den Engeln des Herrn. Und sollt' ich lahm drüber werden! Jetzt eine Stunde bei dir zu sein, wollt ich mit – bezahlen.*

Ist es wirklich so gewesen? Das hat Rothe geschrieben? Wie

lange ist das her? Wird es je wieder so sein? Kann dieses Buch, das für einen einzigen Leser bestimmt ist, das nur eine Seele zu berühren vermag, den heiligen Zweck erfüllen? Wird der Geliebte den neuen Göttern abschwören? Wird er erneut der Poesie huldigen? Wird er erkennen, was er verliert, bleibt er verloren?

Zweifelt Lenz, dann beginnt er zu schreiben. Hofft Lenz, dann beginnt er zu schreiben. Ist er unsicher, schreibt er. Fürchtet er sich, dann schreibt er. Schreibt mit der Furcht, gegen die Furcht und über die Furcht hinaus. Immer mehr spiegelt sein Leben sich in seinem Roman. Immer mehr verschmilzt Lenz mit Herz. Immer mehr der Freund mit Rothe. Die Handlung galoppiert durch ihre gemeinsame Geschichte der Gegenwart entgegen. Auch Herz beginnt zu schreiben, um den Freund zu retten. Auch Herz verbringt den Herbst auf dem Schloss einer reinen Frau. Auch Herz setzt dem Freund eine letzte Frist. Auch Herz verbannt sich wieder in die Einsamkeit auf dem Lande. Auch Herz ist voll Furcht.

Am 24. schreibt Lenz die letzten Worte seines Romans:

Herz an Gräfin Stella, 24. November
Heute konnt ich's fast nicht aushalten in meiner Hütte. Alles war versteinert um mich, und ich habe die Kälte in der härtesten Jahreszeit in meinem Vaterlande selbst nicht so unmitleidig gefunden. Ich nahm mir das Eis aus den Haaren, und es war mir nicht möglich, Feuer anzumachen. So lege ich mich jetzt nieder und warte bang auf den nächsten Tag. Was er bringen mag, ist ungewiss. Morgen wird's sich zeigen. Rothe wird sich entscheiden, er kann nicht anders, er muss, und mir ist Angst.

Er bindet die Bögen zusammen. Es ist viel geworden. Mehr als erwartet. Es ist gut. Morgen wird er's ihm zeigen. Dann wird das Buch seinen Leser finden. Den einzigen. Und nach der Lesung wird es ein Raub der Flammen. Falls Goethe die richtige

Entscheidung trifft. So soll es sein. So ist es versprochen. Das ganze Buch verbrennen. Die Arbeit von Wochen in Sekunden vernichten! Das ist einiges verlangt. Es ist schließlich sein Kind, Fleisch von seinem Fleische, Blut von seinem Blute, jedes Wort unter Schmerzen geboren. Aber es hat eine Bestimmung. Es soll ein Leben zum Guten wenden, tut es das, dann ist es wohlgeraten.

Vielleicht schreibt jeder Dichter für denselben Zweck. Um einen einzigen unter Hunderten von Lesern wirklich zu erreichen, um einen von all jenen, die sein Werk in den Händen halten, im Innersten zu berühren, um einem einzigen Schicksal eine günstige Wendung zu geben. Kann man mehr verlangen? Und kann Lenz mehr fordern, der morgen anwesend bei dieser Wandlung des Freundes sein wird? Der mit eigenen Augen bezeugen wird, was den wenigsten Schöpfern gelingt: Wie der Leser sich selber findet im Text und sein Leben mit den Augen des Künstlers gespiegelt sieht? Trotzdem ist ihm schwer zumute. Er drückt die Bögen an seinen Leib. Wiegt sie wie ein stolzer Vater den ersten Sohn. Es ist spät geworden. Er kratzt das Eis von den Fensterscheiben, weiße Späne fallen auf sein Lager. Die fahle Sichel steht am Himmel. Lenz legt sich nieder und wartet bang auf den nächsten Tag. Goethe wird sich entscheiden, er kann nicht anders, er muss.

Lenz hat Angst.

Die Kälte kriecht nachts durch den Strohsack hindurch. Er fröstelt im Schlaf, die Beine beginnen zu zittern. Die wollene Decke wärmt ihn nicht mehr. Er zuckt im Schlaf, reißt plötzlich die Augen auf, schreckt hoch, sitzt auf und beginnt zu weinen. Die Tränen rinnen heiß über die frostigen Wangen. Er wagt es nicht, sich niederzulegen, steht auf, die Decke über der Schulter. Er geht in der kleinen Stube umher, fünf Schritte sind's bis zur Wand, die Drehung, fünf Schritte zurück. So wärmt er sich langsam. Er muss einen Traum gehabt haben, doch er erinnert sich nicht. Es ist was Dunkles geblieben in ihm, das ihn ängstigt, so zündet er die Kerzen an. Halb drei zeigt die Uhr. Der fertige Text liegt auf dem Tisch. Er nimmt ihn zur Hand, blättert die letzte Seite auf und liest den Brief an die Gräfin, von der Kälte des Winters, der Angst des Herz', seinem bangen Warten.

Das kann es nicht sein. So endigt das nicht. So nicht. In welchen Gedanken war er versunken, als er das schrieb? Wie hoffnungslos ist er gewesen? Wie will er damit dem zögernden Freund bei seiner Entscheidung helfen? Ein Buch, dessen einziges Streben es ist, den Geliebten zum Lichte zu führen. Ein Licht am Ende der Finsternis. Ein Schimmer der Hoffnung. Das wird es sein. Das muss es sein.

Er nimmt einen neuen Bogen Papier:

Herz an Gräfin Stella, 25. November
Stelle dir das Entzücken, die Flamme vom Himmel vor, die meine ausgequälte Seele durchfuhr, als Rothe den Roman sinken ließ und mit tränenfeuchter Wange mir um den Hals fiel. »Liebster Herz!«, umarmte er mich, »nur du hast in mein Innerstes geblickt, dir habe ich's zu verdanken, wenn ich, dem Phoenix gleich, aus der Asche aufsteige. Wie blind muss ich gewesen sein, dass ich nicht sehen wollte, wie taub, dass ich nicht hören wollte, wie fühllos, dass ich es nicht merkte. Du warst mir alles und sollst es wieder sein. Gleich spreche ich dem Herzog vor und reiche meinen Abschied ein. Herz! Du schenkst mir mein Leben neu! Nie wieder wird das Band der Liebe zwischen uns zerschnitten, nie wieder der blühende Strauch verdorren.«

Nie war ich so beglückt, nie fühlte ich stärker, was er mir ist und ich ihm. Gibt's eine höhere Aussicht für menschliche Wünsche?

So ist es besser. Beruhigt legt Lenz sich wieder aufs Lager. Der Morgen dämmert.

Berlin, August 1946

AM 1. AUGUST 1946 SETZTE SICH DER MILITÄRZUG 176/8037 mit 47 Waggons und 6257 Bücherkisten in Bewegung. Eng angeschmiegt an die *Anatomie des weyblichen Geschlechts* und *Zerebrale Dysfunktion* reiste im 32. Wagen ein kleines Päckchen alter, schlecht lesbarer, aber erstaunlich gut erhaltener Briefe. In einem der Wagons lag Wladimir auf einem Strohsack. Netrebskij hatte ihm befohlen, den Transport zu begleiten und sich in Leningrad bei der zentralen Sammelstelle zu melden. Alexander hatte sich bei einem Autounfall das Bein gebrochen, er würde in einigen Wochen nachkommen.

Die Fahrt nach Leningrad dauerte fünf Tage und Nächte. Was genau dort geschah, war das blanke Chaos, kritisierte Kontrolleur-Revisor David Vajntraub in seiner Untersuchung einige Jahre später. Unter anderem hatte sich Oberstleutnant Rudomino beschwert, dass ihre Zentrale Bibliothek für Fremdsprachen-Literatur nur 37.000 Bände, also lediglich zwei Prozent der eingesammelten Bestände bekam und der Rest in undurchsichtigen Quellen versickert sei.

Vajntraub schrieb in seinem Untersuchungsbericht:

Die Prüfung ergab:
1. *Im August 1946 traf in Leningrad der Militärzug Nr. 176/8037 mit Buchbeständen in Kisten ein. Die Urkunden über den Empfang des Militärzuges mit den Bücherbeständen fehlen. Urkunden über den Erhalt der Literatur fehlen.*
2. *Eine Kommission für die Öffnung der Bücherkisten wurde nicht gegründet. Urkunden über die Öffnung liegen nicht vor. Eine In-*

ventarisierung der angekommenen Literatur fand nicht statt. Die angekommenen Güter wurden, im Sinne der Buchhaltung, nicht eingetragen.

Das hieß also, so schlossen manche später: Diese Bücher gab es gar nicht. Niemand hatte sie in Empfang genommen, niemand die Kisten geöffnet, niemand den Inhalt verteilt.
Natürlich war das falsch.
Keiner wusste das besser als Alexej Firsov, der direkte Vorgesetzte von Wladimir, der froh war, einen so engagierten Helfer zu bekommen. Er leitete die Sammelstelle in Leningrad. Firsov war von Büchern umgeben. Bücher, so weit das Auge reichte. Er hatte bereits drei weitere Lagerhallen belegt, aber noch immer reichte der Raum nicht aus. Kisten standen im Freien, verrotteten im Regen und wurden hin und wieder Opfer von Dieben, die ihre Beute dann enttäuscht verbrannten, denn sie hatten auf Wertvolles spekuliert. Bei einem Schwelbrand in einer Halle verkohlten 38 Kisten samt Inhalt, die Löscharbeiten beschädigten mindestens dreimal so viele. Ratten nisteten in Handschriften aus dem 12. Jahrhundert. Erstausgaben von Schiller wurden von Mäusen zernagt. Maden fraßen sich durch das fette Pergament mittelalterlicher Folianten und das knusprige Zellophan der Filmrollen. Das Wasser, das bei den heftigen Sommergewittern durch die undichten Stellen im Dach tropfte, ließ die Seiten aufquellen, die Bücher sprengten die Kisten. Frischte der Wind auf, dann wehten einzelne Seiten über den Asphalt. Firsov hatte ein Amselnest entdeckt, das ausschließlich aus Shakespeares Sonetten in einer Abschrift aus dem 17. Jahrhundert bestand.

Weimar, Juni 2001

Bettinas Freundin wohnte in einer ruhigen Strasse im Osten der Stadt, die im dunklen Schatten alter Kastanien lag. Drexler blickte misstrauisch in die dichten Baumkronen, bevor er seinen Citroen darunter parkte.

»Wann sind Kastanien eigentlich reif?«, wollte er von Stahl wissen. »Hoffentlich erst im Herbst, sonst zerkratzen die den Lack. Soll ich den Wagen woanders hinstellen?«

Stahl beruhigte ihn. Erstens fielen Kastanien erst Ende September von den Bäumen. Zweitens zeige seine Haltung den Kratzern im Lack gegenüber wiederum, dass er zu sehr auf materielle Werte achte. Es sei aber dringend notwendig, vor allem angesichts des drohenden Alters, dem auch er nicht entkommen werde, dass er seine Aufmerksamkeit auf Dinge richte, die wirklich von Bedeutung seien. Außerdem werde er auf sein Auto aufpassen. Drexler solle allein mit Bettinas Freundin reden, er wolle ein wenig die gute Luft und das sachte Rauschen der Blätter genießen.

Drexler ging.

Stahl dachte an Clawdia. Was sie jetzt wohl tat? In ihrer traurigen Bibliothek sitzen und darauf warten, dass Lehrer eine Horde Schulkinder durch die Räume trieben, nur damit die sich hinterher beschweren konnten, dass es keine Videos und keine CDs gab? Ob sie ihn vermisste, wenn sie abends nach Hause kam, wo nichts von ihm geblieben war als ein Fleck im Bett? Ob sie die Matratze schon frisch bezogen hatte, um seine Anwesenheit ganz auszulöschen? Oder ob sie das Tuch jetzt Monate nicht wechseln würde, in Erinnerung an ihn?

»Und?«, fragte Stahl, als Drexler nach einer knappen Stunde wieder bei ihm war.

»Sie redet. Ohne Punkt und Komma. Ohne auch nur hinzuhören, was ich ihr gesagt habe. Als Altenpflegerin ist das vielleicht ganz praktisch. Dann muss man nicht stundenlang warten, bis sich in verkalkten Greisenhirnen ein Gedanke formt, der dann über eingerostete Synapsen mühevoll ins Sprachzentrum kriecht und dort zu Worten geformt wird, die letztendlich doch keiner versteht. Ich persönlich erhoffe mir für meine Zukunft allerdings eine geduldigere Pflegerin.«

»Und sonst? Irgendwas Neues über Bettina?«

»Sie druckste ein wenig herum. Aber ich glaube, sie hält Bettina für verrückt. Sie habe nur von Lenz geredet, von nichts anderem mehr und davon, dass sie seinen Namen reinwaschen müsse. Etwas anderes interessierte sie nicht, und die Freundin war ganz froh, als Bettina dann schließlich verschwunden ist, auch wenn sie keine Ahnung hat, wohin.«

»Anzeichen von Wahnsinn haben ja auch schon die Bibliothekare in Russland erkannt. Hoffentlich reitet sie sich in nichts rein.«

»Und noch etwas Neues: Dieser Typ, der angeblich Goethes Ruf rettete, hat sein Leben lang im Goethe- und Schiller-Archiv gearbeitet. Ansonsten habe ich einiges erfahren über Altbaurenovierung, ihre Beziehungsschwierigkeiten, den Unterschied zwischen Ost- und Westdeutschen, der Organisation von Altersheimen und so weiter...«

»Das liegt an deinem angenehmen Wesen.«

»Da pfeif ich manchmal drauf. Aber hey, was ist das?«

Auf der Motorhaube des Citroen lag, braun und verschrumpelt, aber unverkennbar, eine Kastanie. Drexler blickte Stahl vorwurfsvoll an.

Der zuckte die Schultern. »Das ist ein Zeichen: Du musst dein Leben ändern.«

»Das ist kein Zeichen. Eine Kastanie ist eine Kastanie ist eine Kastanie. Wohin jetzt, wie machen wir weiter?«, fragte Drexler.

»Jetzt gehen wir zum Goethe- und Schiller-Archiv und schauen uns dort ein wenig um.«

»Und was genau ist dein Plan?«

»Es gibt keinen Plan. Es gab nie einen. Wir spazieren durch die Gegend und sammeln Informationen. Manche sind sinnvoll, und wir erkennen das sofort. Manche sind sinnvoll, und wir merken das nie. Andere sind nebensächlich, aber wir halten sie für wichtig. Andere fallen uns erst gar nicht auf, weil unser Blick eingeschränkt ist.«

»Und was hast du vor zu tun, wenn wir dort sind?«

»Wir fragen nach einer Abteilung mit den Briefen von Goethe. Wenn es die gibt, überlegen wir uns, wie wir weitermachen.«

»Das ist doch völlig willkürlich. Du bist doch Wissenschaftler, du brauchst eine Systematik.«

»Ich brauche kein System, ich brauche viele Puzzleteilchen. Wenn wir genügend gesammelt haben, versuchen wir die zusammenzusetzen. Wenn dann welche fehlen, schauen wir, ob und wie wir die ergänzen.«

»Das meinst du nicht ernst.« Drexler schloss die Wagentür auf und ließ sich auf den Autositz fallen.

»Komm raus da, wir gehen ein wenig spazieren, ich will zum Archiv.«

Drexler gehorchte widerwillig und brummend. Er nahm aber trotzdem den Stadtplan mit und breitete ihn auf der Kühlerhaube aus.

»Lass uns doch durch den Park an der Ilm gehen. Das sieht schön aus und nebenbei sehen wir Goethes Gartenhaus, da war ich noch nie. Und da oben liegt auch das Goethe- und Schiller-Archiv«, schlug Stahl vor.

Es war nicht weit bis zu dem kleinen Park, der sich rechts und links von dem Flüsschen hinzog. Jogger, Hundehalter und Paare mit Kinderwagen drehten ihre Runden, Jongleure schwangen Keulen, ein Volkshochschulkurs übte in Zeitlupenbewegung chinesische Kampfkünste. Die Nähe zu Goethes Gartenhaus machte sich durch vereinzelte Touristen bemerkbar, die schließlich immer massiver auftraten, bis das kleine Haus endlich, fast verdeckt von den uralten Laubbäumen und den Hinterköpfen der Besucher, vor ihnen auftauchte.

»Ein idyllisches Plätzchen, fast jedenfalls«, meinte Stahl, bevor ihn der Dozent eines Literaturkurses aus den USA bat, doch ein Bild von ihm und seinen Studenten zu machen. Er stellte sich unter seine Studenten, Stahl drückte auf den Auslöser, und der Dozent bedankte sich überschwänglich, bevor er seinen Vortrag über das Liebesleben von Goethe und Charlotte fortsetzte.

Sie spazierten durch den Garten und setzten sich abseits der Touristenströme auf ein schattiges Bänkchen unter blühenden Rosenstauden. Es war etwas Besonderes, hier zu sitzen: Einerseits ging ein tiefer Frieden von dem Ort aus, durch die Natur, die hier maßvoll gebändigt und doch auf eigenartige Weise frei wirkte. Auch die Touristen bremsten ihr Tempo und näherten sich nur mit weihevollem Schritt. Gleichzeitig spürte Stahl eine Unruhe, einen tiefen Unfrieden, und er überlegte sich, ob das ein Überbleibsel Goethes war, ein Teil seiner ungestümen Kraft, die er so gnadenlos eingesetzt und die viele Menschen in seiner näheren Umgebung komplett und endgültig vernichtet hatte. Als säße er in einem Kraftfeld. Mächtige Energien wirkten ringsumher, bauten eine Spannung auf, die immer größer wurde, kurz sank, um sich zu erholen, und die sich dann wieder und wieder aufbaute, immer höher, immer heftiger, bis es ihn von der Bank riss.

»Lass uns weitergehen, jetzt gleich«, bat er Drexler und

packte ihn am Arm. Der war verwundert über den heftigen Ausbruch an diesem scheinbar so friedlichen Ort. Stahl versuchte ihm zu erklären, was er auf der Bank gespürt hatte. Sein Freund verstand ihn nicht.

Der Park verengte sich Richtung Norden immer weiter, wurde von zwei Straßen zerschnitten und führte dann weiter zu dem monumentalen Bau des Goethe- und Schiller-Archivs.

»Wie eine Fluchtburg der Literatur«, meinte Drexler.

»Eine Zitadelle des Geistes«, korrigierte Stahl.

»Ein klassizistischer Klotz.«

»Eine Schatzkammer des Schönen, Wahren und Guten.«

»Eine Bastion der Dichtkunst. Was genau bewahren die da eigentlich drin auf?«, fragte Drexler.

»Einen Haufen alte Texte, aber für uns interessant: Hier gibt es alles von Goethe, den gesamten Nachlass. Seine Manuskripte, Konzepte, Tagebücher und Briefe. Das sind 143 Bände in der Weimarer Ausgabe von Bernhard Suphan. Der war der erste Direktor des Archivs. Und anstatt in den Ruhestand zu gehen, nachdem er die Sachen von Goethe herausgegeben hatte, machte er eine 33-bändige Ausgabe von Herder-Texten. Als er die abgeschlossen hatte, stapelte er die 33 Bände aufeinander, kletterte hinauf und stürzte sich aus einem Fenster in den Tod. 1911 war das.«

»Zu viel Lesen ist ungesund.«

»Ich glaube nicht, dass es am Lesen lag. Aber jahrzehntelang hat er nur in den Papieren von Goethe und Herder gewühlt. Gelesen, was sie geschrieben haben. Gedacht, was sie gedacht haben. Gefühlt, was sie gefühlt haben. Sein eigenes Leben ging irgendwann verloren. Irgendwann hatte er dann ihre Leben abgeschlossen und zwischen zwei Buchdeckel gepackt, beziehungsweise zwischen 286 Buchdeckel bei Goethe und 66 bei Herder. Sein eigenes Leben konnte neben dem der beiden nicht mehr bestehen. Also brachte er sich um.«

»Ein weiteres Opfer von Goethe?«

»Vielleicht, aber das ist lange her. Heute opfert sich dem keiner mehr.«

Drexler schob das schwere Hauptportal zur Seite und ließ Stahl den Vortritt in das Vestibül.

»Heilige Hallen«, flüsterte Drexler in sein Ohr. Die schweren Sandsteinsäulen auf den massigen Granitpostamenten, der gegliederte Terrazzoboden, die schmiedeeisernen Gitter an den Treppenaufgängen, die schlichte, aber edle Stuckation, all das erinnerte eher an eine Kultstätte, als an einen Ort, an dem gearbeitet wurde. Gemildert wurde die sakrale Stimmung allerdings durch den Pförtner, der in seinem Kabuff neben dem Eingang saß und dabei war, ein Kreuzworträtsel zu lösen.

»Stadt in Nordrhein-Westfalen mit vier Buchstaben?«, begrüßte er sie.

»Unna«, schlug Stahl vor.

»U-N-N-A«, wiederholte der Pförtner langsam und schrieb die Buchstaben in sein Rätsel. »Das passt. Schlaumeier, was?«

»Ich versuch's«, gab Stahl zu.

»Womit kann ich den werten Herren dienen?«

»Wir haben eine Frage bezüglich der Briefe von Goethe. Ich würde gerne wissen...«

»Treppe hoch, durch die Tür geradeaus, Handschriftensaal. Die anderen sind auch schon da, das hat vor zehn Minuten angefangen, Sie sind spät dran.

»Was?«, wollte Drexler fragen, aber Stahl hatte ihn schon weitergeschoben, die Stufen hoch.

»Kannst du mir bitte sagen, wohin wir gehen?«

»Der freundliche Herr da unten hat uns doch einen Weg gewiesen. Wir nehmen sein Angebot an. Also komm jetzt mit.«

Die Tür zu dem Saal knarrte, als Stahl und Drexler eintraten. Niemand drehte sich nach ihnen um. Auf einem Podest stand ein kleines Stehpult mit Mikrofon, dahinter ein grauhaariger Herr mit Lesebrille, der offensichtlich Schwierigkeiten hatte, das Manuskript zu entziffern, das vor ihm lag. Ein Fotograf kniete davor und versuchte den Sprecher mitsamt der Goethe-Büste hinter ihm aufs Bild zu bekommen. Im Publikum einige eifrige junge Frauen mit Kopfhörern und Aufnahmegeräten und einige Männer mit wichtigem Blick und einem Schreibblock auf den Knien. An der Rückwand des Raumes war ein spärliches Büffet aufgebaut: Mineralwasser, Orangensaft, belegte Brötchen. Stahl und Drexler schlüpften auf zwei freie Stühle in der vierten Reihe.

»Ich darf Ihnen nun den Leiter des Projekts, Herrn Doktor Freese vorstellen, der Ihnen das Vorgehen erläutern wird und anschließend auch gerne Ihre Fragen beantwortet.« Der ältere Herr schob mit einer bedächtigen Bewegung die Lesebrille in die Brusttasche seines Jacketts und setzte sich auf seinen Platz.

»Wo sind wir?«, fragte Drexler.

»Auf einer Pressekonferenz. Jetzt nimm dir was zu schreiben, schau interessiert in die Welt, dann fällst du hier nicht auf.«

Der Mann, der jetzt hinter das Stehpult kletterte, hatte kalte Augen und eine feuchte Stirn. Er trocknete sie mit einer fahrigen Bewegung seiner linken Hand und wischte diese an der Hose ab.

»Ich hoffe, dass Sie in der Lage sein werden, meinem kurzen Vortrage zu folgen, mit dem ich nunmehr versuchen möchte, einige der Missverständnisse auszuräumen, die in der Öffentlichkeit...«, begann Dr. Freese.

Seine Stimme war gleichzeitig vollkommen tonlos und dennoch zu laut. Eine Rückkopplung dröhnte durch den Saal und verschluckte den Rest des Satzes. Eine der jungen Frauen begann zu kichern. Die fahle Haut des Gesichtes von Dr. Freese wurde noch eine Spur blasser. Sein Mund stand leicht offen, die Lippen mehr blau als rot.

»Ich begrüße Sie ebenfalls sehr herzlich zu dieser Pressekonferenz anlässlich des Beginns der Arbeit an der wissenschaftlichen Gesamtausgabe der Goethe-Briefe.« Jetzt flüsterte Dr. Freese. Niemand verstand ihn. Der grauhaarige Sprecher, der vorhin so souverän geredet hatte, machte ihm verzweifelt Zeichen mit den Händen.

Das Publikum wurde unruhig. Zwei Plätze neben Stahl schob ein Zuhörer den Schreibblock in seine Aktentasche und begann auf seinem Kugelschreiber zu kauen.

»Ich gedenke, im Folgenden Ihnen einen kurzen Überblick über den Stand unserer Forschung und den daraus folgenden Forderungen für die Zukunft zu geben.«

Jetzt stimmte die Lautstärke einigermaßen.

»Herr Professor Stolberg hat die wesentlichen Punkte ja bereits genannt. Kurz noch einige Angaben zur Geschichte unserer Arbeit: Wie Sie sicherlich wissen, ist die bisher umfassendste Ausgabe der Briefe Goethes vollkommen veraltet. Damals, also 1887–1912, erschienen in der vierten Abteilung der Weimarer Ausgabe in 50 Bänden etwa 13400 Briefe. Inzwischen sind zahlreiche Briefe neu aufgetaucht, insgesamt 1300 Stück. Auch wenn 1000 dieser Briefe in den Ergänzungsbänden Nummer 51–53 aus dem Jahr 1990 berücksichtigt wurden, ist es notwendig, eine dem heutigen Forschungsstand angemessene Ausgabe zu erstellen. So kennen wir heute beispielsweise viele der Empfänger der Briefe, die in der Weimarer Ausgabe nicht genannt werden konnten. Die Datierung der Briefe ist heute viel präziser möglich. Außerdem haben die Kriegswirrren die Besitzverhältnisse der Briefe vollkommen verändert, so dass eine neue Kommentierung vorgenommen werden muss.«

»Moment, Moment.« Der Herr neben Stahl und Drexler hatte seinen Kugelschreiber aus dem Mund genommen und fuchtelte in der Luft herum.

Dr. Freese sah unglücklich auf den Journalisten, der seine Frage nicht länger unterdrücken konnte.

»Also, Herr Dr. Freese, ich rechne jetzt mal ein bisschen. Ich hoffe, Sie können mir dabei folgen. Ich mache das auch ganz langsam. Sie haben also zwischen 1912 und 1990 insgesamt 1000 Briefe von Goethe gefunden, die vorher nicht bekannt waren, das macht also in 78 Jahren etwa 13 Briefe pro Jahr. Ist das richtig?«

Dr. Freese nickte langsam.

Stahl hatte keine Ahnung, worauf der Mann hinauswollte. Er mochte ihn nicht. Er mochte außer Drexler eigentlich niemanden hier. Nicht die kichernden freien Mitarbeiterinnen der Lokalradios, die sich so ungeheuer wichtig fühlten, weil sie ein Mikrofon halten durften. Nicht die Kulturredakteure der Lokalblätter, die immer depressiv durch die Gegend liefen, weil sie nicht für DIE ZEIT schrieben. Nicht das Fischgesicht mit der unsicheren Stimme.

»Seit 1990 bis heute haben sie jetzt 300 Briefe aufgefunden in knapp 10 Jahren, also 30 Briefe pro Jahr. Woher kommt diese wundersame Briefvermehrung. Sind Sie da vielleicht Fälschern aufgesessen?« Der Redakteur lehnte sich zufrieden zurück. Dem hatte er es gezeigt. Er biss freudig in seinen Kuli.

Dr. Freese geriet erwartungsgemäß ins Stottern, schluckte wieder heftig und versuchte tief durchzuatmen.

»Das kann ich hundertprozentig ausschließen. Ich kenne Goethes Handschrift besser als meine eigene. Ich weiß, wie er schreibt, wenn er krank ist, wenn er wütend ist, unter Zeitdruck steht oder sich freut. Ich kenne seine Schrift für private Briefe und die für Amtsgeschäfte, die Schrift für Rechnungen und die für die Briefe an seinen Sohn. Die Schrift des jungen zornigen Genies und des sterbenden Olympiers. Man kann mir keine Fälschung unterschieben. Ausgeschlossen.«

»Dann sagen Sie uns doch einfach mal, woher die Briefe plötzlich kommen.«

»Die Häufung hängt zusammen mit der Öffnung des ehemaligen Ostblocks. Erstmals werden dort Bibliotheken systematisch untersucht, ob sie Briefe von Goethe besitzen und uns Kopien zur Verfügung stellen können. So erfahren wir von neuen Briefen. Was außerdem ganz besonders wichtig ist und uns sehr freut: Einige Briefe, die nach dem Krieg als verschollen galten, existieren doch noch. So waren etwa 50 Briefe an Herder und 320 an Knebel 1945 aus dem Besitz der Preußischen Staatsbibliothek in Berlin verschwunden, geraubt, wie ich sagen würde. Inzwischen wissen wir, dass ein Teil davon in der Biblioteka Jagiellonska in Kraków aufbewahrt wird. So konnte eine überaus schmerzliche Lücke wieder geschlossen werden.«

Er sah sehr erleichtert aus, als er das sagte.

»Was tun Sie, um verschollene Briefe wieder zu finden?«

Es war Stahl, der die Frage stellte. Dr. Freese sah unglücklich auf sein Manuskript. Er würde nicht mehr dazu kommen, den Rest seines Textes vorzutragen. Die Journalisten sahen ihn als Freiwild, sie wollten ihn abschießen. Und er musste ihnen Rede und Antwort stehen. Das hatte er nicht verdient.

»Alles. Und wenn ich sage alles, dann meine ich das auch so. Es ist nicht hinzunehmen, dass in dem großartigen Universum des goetheschen Denkens Lücken entstehen, weil wir mit seinem Erbe nicht sorgsam genug umgegangen sind. Es ist nicht einzusehen, warum wir uns damit abfinden sollten, dass ein Ereignis wie der Zweite Weltkrieg dazu führt, dass dieser unvergleichliche Schatz, den die Briefe Goethes darstellen, fragmentiert und in alle Welt verstreut wird. Zumal in eine Welt, die nicht in der Lage ist, seine Größe zu ermessen. Wir haben weltweit nach Briefautographen von Goethe gesucht, in 30 Ländern haben wir über 1500 Institutionen und private Sammler angeschrieben und so 1400 Handschriftenkopien erhalten. Außerdem haben wir einige tausend Auktionskataloge aus der Zeit zwischen 1880 und heute ausgewertet. Teilweise konnten so die Besitzer rekonstruiert werden, teilweise konnten wir Faksimiles in den Katalogen verwenden. Außerdem sind wir bei allen wichtigen Handschriftenauktionen präsent und erwerben so permanent neue Briefe.«

»Wo bewahren Sie die Briefe auf? In einem Tresor? Oder wie werden die gelagert?«

Typische Frage für eine dieser Frauen vom Radio, dachte Stahl. Von nichts eine Ahnung.

»Wir haben seit dem Umbau einen eigenen Magazinraum im Untergeschoss, in dem die Briefe aufbewahrt werden. Sie sind nach Adressaten und innerhalb dieser Gruppen chronologisch sortiert. Jeder Brief ist eingeschlagen in säurefreies Papier, auf dem er kurz identifiziert wird; dazu kommt ein ausführliches Beiblatt mit den notwendigen Angaben, also die Briefnummer in der Weimarer Ausgabe, Absende- und Empfangsort, der jetzige Besitzer, Nachweis der bisherigen Besitzer, Umfang und Anzahl der beschriebenen Seiten, Format, Beilagen, Abschriften des Briefes und so fort.«

»Sagen Sie jetzt mal ehrlich: Lohnt sich der ganze Aufwand. Es sind doch nur Briefe. Hat Goethe nicht alles, was er zu sagen hatte, in seinen literarischen Werken ausgedrückt?«

Wieder diese Radiofrau. Dr. Freese stöhnte leicht. Heutzutage darf wirklich jeder Journalist werden. Diejenigen, die zwei gerade Sätze am Stück schreiben können, werden Redakteur bei einer Lokalzeitung. Wer nicht einmal das kann, geht zum Radio.

»Was würden Sie sagen, wenn jemand behauptet, wir bräuchten keine Wiesen und Felder, keine sanften Täler und keine Mittelgebirge, keine Seen und keine Wälder, nur weil Gott auch die Sahara, den Himalaya, die Antarktis und die Meere geschaffen hat?«

Die Frau mit dem Mikrofon in der Hand kicherte nervös: »Kann ich das nachher noch mal von Ihnen haben, da machen wir dann einen O-Ton draus.«

Sie können nicht nur nicht schreiben, sie können auch nicht einmal reden, dachte Stahl.

Er meldete sich wieder zu Wort. »Eine Frage noch, Herr Freese: Wenn Sie jetzt so viele neue Briefe von Goethe finden, entdecken Sie darin auch neue Facetten seiner Persönlichkeit, die Sie überraschen? Etwas, was Sie verwundert? Vielleicht sogar erschreckt?«

»Jeder Brief von Goethe überrascht mich, weil er alle Aspekte des Daseins mit einer Intensität ausgekostet hat, von der wir nur träumen können. Aber kein Brief könnte mich je erschrecken, weil, weil ...«

Er schnappte nach Luft.

»Wir wissen eben schon sehr viel von Goethe, ein neuer Brief trägt also eher dazu bei, dass unser Bild von ihm immer vollständiger wird. Aber ich glaube, unser Kenntnisstand von ihm und seinem Leben ist so gut, dass es keine weißen Flecken mehr gibt. Im Grunde wissen wir alles. So das wär's wohl. Keine weiteren Fragen?«

Mehr wollte niemand wissen. Die Frauen vom Radio hielten ihm ein Mikrofon vor den Mund, und zwangen ihn, einiges von dem, was er in seinem Vortrag gesagt hatte, auf Band zu sprechen. Den Satz mit der Sahara und dem Himalaya musste er dreimal wiederholen.

Weimar, November 1776

LENZ SCHLÄFT LANG AN DIESEM TAG, ER HÖRT NICHT DAS Krähen der Hähne. Wie ein Träumender geht er dann durch die Kammer. Sein Roman ist vollendet, es gibt nichts zu tun. Er sortiert die Konzepte, durchblättert sein Manuskript. Nimmt die Feder in die Hand und starrt auf ein Blatt. Nichts entsteht. Kein einziges Wort will geschrieben sein. Er ist leer. Ausgetrocknet bis zum letzten Tropfen. Vom Bauer bekommt er etwas Milch, er wärmt sie auf, weicht das Brot ein und schlürft die Suppe gierig runter. Am Abend reitet er nach Weimar. Es ist der Tag des Balls. Kutschen drehen ihre Runden, lachende Paare flanieren über die Straßen und versuchen, nicht in die kotigen Pfützen zu treten. Der Wind weht von ferne Fanfarentöne durch die Stadt. Viele sind unterwegs, keiner dreht sich um nach Lenz. Die Brücke, die über die Ilm zu Goethes Gartenhaus führt, ist versperrt, ein Gatter, zu hoch für das Pferd. Lenz bindet den Gaul an einen Baum und steigt darüber. Das passt zu Goethe, dass er sich verschließt. Er öffnet Lenz. Er hat ihn erwartet. Ein Feuer brennt im Kamin, der Raum ist zu warm für den Besucher, der gerade noch durch die Kälte geritten ist. Die geflochtenen Sessel sind bequem, der Herzog hat sie ihm geschenkt. Ja, er habe auf ihn gewartet. Ja, er erinnere sich, dass Lenz ihm eine Frist gesetzt habe. Nein, er habe sich nicht entschieden. Er wolle erst lesen, was Lenz geschrieben habe. Ob er den *Waldbruder* bei sich trage. Dürfe er ihn dann lesen, hier in der Stube? Lenz möge sich solange einen Wein einschenken und dort habe er etwas Schinken, Brot, Käse und ein paar Äpfel. Er solle sich solange bedienen. Er würde sicher einige Stunden lesen.

Das tut er.

Er liest mit einer stillen Wut. Dass der die Unverschämtheit besitzt. Diese offene, heißblütige, kindische Unverschämtheit. Und zudem noch stolz darauf ist. Ganz unverhohlen stolz. Dass der wirklich glaubt, damit Goethe von seinem Weg abzubringen. Als ob Goethe sich von einem dahergelaufenen Dichterkind sagen ließe, was er zu tun habe, aber genau das glaubt der ja, er meint alles ernst, was er sagt. Überhaupt dieser Rothe, eine böse Karikatur, ein Zerrbild, eine Fratze, schon das verzeiht er ihm nicht.

Und er hat wirklich die Briefe verwendet. Einfach abgeschrieben, was er Lenz in einem verirrten Glühen der frühen Jahre zu beichten hatte, und der ihm. Keine Peinlichkeit ist ausgespart. Kein heißblütiger Schwur fehlt, der ihm heute kalte Schauer über den Rücken jagt. Kein brennendes Bekenntnis, das längst zu grauer Asche zerfallen ist. Es steht alles da. Eine Beschwörung einer Zeit, die längst vergessen ist, und das zu Recht, denn alles, was besteht, ist wert, dass es zugrunde geht.

Kannte der keine Scham? Hatte keinen Funken Anstand? Keinen Hauch von Moral?

Das war hochnotpeinlich. Mehr noch: Es war gefährlich. Ahnte der nicht, dass beiden das Strafgericht drohte, falls das jemals gedruckt würde? War er so blind zu glauben, dass sie ungeschoren davonkämen? Oder legte er es darauf an? Sich auf diese Weise für alle Zeiten mit Goethe zu verbinden, als derjenige, der ihn ins Verderben zog. Doch das würde nicht passieren. Da passte er schon auf. Verderben würde der sich allein. Seite für Seite blättert Goethe weiter. Das Papier ist zu trocken, dünne billige Bögen. Mit jedem Blatt nähert die Geschichte sich dem Jetzt. Satz für Satz liest Goethe sich an die Gegenwart heran. Nur noch wenige Tage, noch einige Blätter, dann wird er in diesem Augenblicke landen. Halb erwartet er zu lesen, wie Herz bei Brot und Wein sitzt und Rothe dessen Werk vor Augen hat. Ihn schaudert bei dem Gedanken. Dichtung muss aus sich selbst heraus bestehen. Die Welt transformieren. Im Besonderen das Allgemeine zeigen. Aber was Lenz schreibt, klebt an der Realität wie eine Schnecke am Salat. Das war keine Dichtung, das war Imitation. Ohne Distanz, ohne den Abstand, mit dem der wahre Genius die Dinge betrachtet.

Goethe liest die letzte Seite. Herz schreibt der Gräfin von der Kälte, der Angst und dem bangen Warten. Das ist das Ende, es ist vorbei. Aber nicht ganz. Ein Zettel hängt an dem letzten Blatt, nicht mehr Teil des Romans und doch ein Stück davon. Und Goethe liest, was Herz sich von Rothe, was Lenz sich von ihm erwünscht. Von Rothes tränennassen Wangen, seiner tiefsten Zerknirschung, der Liebe zum Freund.

Goethe blickt auf. Lenzens Augen ruhen auf ihm. Schon lange beobachtet er den Freund, dem er den Spiegel vorgehalten hat. Er sucht in Goethes Gesicht ein Zeichen, dass der sich erkennt. Dass der sich entblößt und durchschaut fühlt und jetzt bereit ist für die Wandlung. Dass der Funken der Erkenntnis vom Text auf den Leser springt und ihn transformiert. Auge senkt sich in Auge. Tief schaut Lenz in Goethe hinein. Der blickt zurück, einen Moment lang nur, dann senkt er die Lider.

Das ist das Zeichen. Das Signal. Das ist noch nie geschehen. Dass Goethe dem Blick nicht standhält. Nicht die Augen des anderen niederringt. Ein Eingeständnis der Schuld, der Dankbarkeit, der tiefsten Rührung. Jetzt ist es passiert.

Lenz springt auf, es hält ihn nichts mehr im Sessel, zwei Schritte zum Freund, er reißt ihn hoch und drückt ihn an sich, küsst seine Wangen und sucht mit brennenden Lippen den Mund. Goethe weiß nicht, wie ihm geschieht. Er drückt ihn weg. Doch Lenz ist keiner mehr, der sich wegschieben lässt, der Erfolg seines Buches überwältigt ihn völlig, er hält Goethes

Haar, zieht ihn zu sich, schlägt seine Zähne vor Wonne in Goethes Hals, saugt sich an die empfindliche Stelle, wo er ihm einst die Male der Lust verpasste.

Das reicht. Goethe stößt das Knie hoch, dem Freund zwischen die Beine. Der stöhnt, sackt zusammen. Voll Unverständnis. Goethe hämmert gegen seinen Schädel. Das schmerzt die Knöchel der Hand und macht ihn rasend. Er prügelt auf ihn ein. Lenz fasst es nicht, hebt nicht einmal die Hände, sein Gesicht zu schützen. Die Lippe platzt. Ein Zahn bricht aus. Goethe packt den Arm, dreht ihn herum, Lenz schreit nicht. Irgendetwas in ihm ist verstummt. Seine Jacke zerreißt. Goethe fetzt ihm das Hemd auf und tritt gegen das Knie. Lenz stürzt zu Boden. Goethe springt auf den Leib und kratzt mit den Nägeln die Haut von der Schulter. Mit bloßen Händen könnte er ihn umbringen. Ein Rachegott und sein Opfer. Lenz sieht ihn mit offenen Augen an. Goethe hämmert die Faust hinein.

Da sieht er das geflochtene Lederband an der Schulter des anderen. Er reißt es ab. Jetzt wehrt sich Lenz. Das erste Mal. Hebt kurz die Hand zum Widerstand, doch Goethe schlägt seinen Kopf gegen den Boden. Der andere verstummt. An dem Riemen hängt ein schmales Etui, weiches Ziegenleder, speckig vom Tragen. Drin stecken Briefe. Die Briefe. Die nämlichen Briefe, auf deren Besitz er seit Monaten wartet. Das hätte er wissen können, dass Lenz sich nicht davon trennen würde. Dass sie ihm schon so oft so nah gewesen waren. Schon im Mai hätte er sie haben können und Lenz aus Weimar vertreiben. Er blättert sie durch und steckt sie in eine Tasche, dazu den dicken Packen des Manuskripts. Lenz rührt sich nicht. Krepieren soll der ihm nicht. Das hätte er verdient, doch es wäre schlecht für Goethes Stellung bei Hofe. Doch wichtiger ist jetzt anderes. Er hat die Briefe, er hat das Manuskript, aber Lenz würde vielleicht eine Abschrift haben, die braucht er auch. Er sucht in den Taschen von Lenz nach dem Schlüssel.

Aus schwerem Eisen mit dem Zeichen des Herzogs. Er hängt im Mantelsack. Es ist tief in der Nacht. Goethe kleidet sich warm, den schwarzen Umhang mit der wollenen Mütze. Sein Pferd im Stall wiehert unwillig. Das ist nicht die Zeit für einen Ausritt. Goethe gibt ihm die Sporen. Der Schlamm der Straßen ist hart gefroren, das Pferd strauchelt, Goethe reißt es am Zügel. Dafür ist jetzt keine Zeit. Kläglich sieht der Mond von einem Wolkenhügel auf Ross und Reiter. Die Nacht hängt schwer an den Bergen, die Finsternis blickt mit hundert schwarzen Augen aus dem Gesträuche ihm nach. Doch das Feuer in seinen Adern treibt ihn voran. Er kennt den Weg, er kennt das Ziel, schon taucht das Dörfchen Berka auf, die armseligen Hütten der Pächter und das Zeughaus des Herzogs. Schon steckt der Schlüssel, Goethe tritt ein und entzündet die Lampe. Kalt ist es hier. Kalt und armselig. Hier hat Lenz Wochen und Monate verbracht. In dieser trüben Stube das Komplott gegen Goethe ausgeheckt. Hier den Verrat geplant und den Roman geschrieben, der jetzt sicher in Goethes Tasche an seinem Rücken hängt. Im ganzen Zimmer Papiere. Notizen, Konzepte, Aufzeichnungen, Gedankenschnipsel. Er nimmt alles. Die Druckfahnen des *Hofmeisters*. Skizzen zu einer Vorlesungsreihe über die Moral. Abschriften von Briefen an Herder und Merck. Exzerpte aus den Büchern zur Kriegskunst. Die Rohfassungen der frühen Gedichte. Dann ein besonders glücklicher Fund: die erste Version der *Soldaten*, die Goethe so gut kennt. Das Konzept, das Lenz selber verworfen hat und das Goethe sich zu Eigen machte. Das zu haben, kann nicht schaden. Er sackt alles ein. Sorgfältig, systematisch und mit einer tiefen Befriedigung. Mit jedem Zettel, den er einsteckt, raubt er Lenz weitere Lebenskraft. Das wird der nie verwinden. Goethe greift sogar die leeren Bögen. Dann die Bücher von Lenz. Zum Schluss zerbricht er die Gänsekiele, mit denen Lenz schrieb und zerstreut sie auf seinem Lager. Ein letzter

Blick in die Hütte. Jetzt muss er zurück. Mit den ersten Strahlen der Morgensonne erreicht Goethe sein Haus. Lenz liegt in seinem Erbrochenem. Er lebt.

Leningrad, August 1946

WLADIMIR ÖFFNETE DEN UMSCHLAG ALS ERSTES. ES WAR ein ziviler Brief, abgesendet von der Polytechnischen Hochschule in Wologda. Er las ihn erst verwundert, dann erfreut und schließlich vollkommen begeistert. Er stürmte nach draußen, wo Firsov Arbeiter beaufsichtigte, die eine Plane über Bücherkisten spannten. Die waren gestern erst angekommen und wurden provisorisch im Hof abgestellt, weil in den Lagerhallen kein Platz mehr zu finden war. Wladimir las den Brief vor. Der Bibliothekar der Polytechnischen Hochschule bat darin um etwas Lesestoff, da er seit Jahren kein Geld für Neuanschaffungen hatte.

»Und?«, fragte Firsov.

Wladimir erklärte es ihm. Firsov blickte auf die Kisten im Hof, die spätestens mit dem ersten Herbstregen ruiniert würden. Er dachte an die Amseln und Shakespeare. Er schüttelte den Kopf. Dann stimmte er zu.

Sie schickten 1500 Bände nach Wologda und fühlten sich ein wenig entlastet. Das sprach sich herum. Die Volkshochschule in Tambow meldete sich als Nächste, dann eine Parteizentrale in Kasan, die Universität in Tiflis, ein Hochschularchiv aus Smolensk, ein Leseklub aus Nikolajew, eine Bibliothek aus Pskow, das Heimatmuseum in Ivanovsk, eine Lesestube in Kostroma.

Aus dem zentralen Lager in Leningrad ergoss sich zuerst ein Rinnsal von Büchern in die Provinzen, das schwoll an zum

Bach, zum Fluss, zum breiten Strom und nahm den Druck von Firsovs Lager. Niemand fragte nach offiziellen Genehmigungen, niemand wollte eine Inventarisierung, alle bekamen, was sie wollten, und jeder war zufrieden. Dachten zumindest Firsov und Wladimir. Leider stimmte das nicht ganz. Nicht alle, die sie mit ihren großzügigen Gaben bedachten, wussten sie auch zu würdigen. In den entfernten Teilen des Landes konnte niemand deutsche Bücher brauchen. Hier wurden sie gerne benutzt, um Lücken in den Regalen der Bibliotheken aufzufüllen. Beliebt waren teilweise auch die stabilen Einbände. Die Buchbindereien benutzten sie, um russische Bücher darin einzubinden. Aus dem deutschen Inhalt machten sie neues Papier. In der Hochschule von Ulan-Ude wurde Anglistik als neuer Fachbereich eingerichtet, nachdem dort eine Ladung von 33 Kisten mit englischer und amerikanischer Literatur eingetroffen war. Zwar versuchte Firsov, anhand der Packzettel den jeweiligen Einrichtungen auch entsprechende Bücher zuzustellen, das gelang ihm aber nicht immer. So verstörte eine Ladung von über 500 erlesenen erotischen Bildbänden aus der Sammlung des Freiherrn von Reinheimer die Belegschaft eines Klosters auf der Krim. Mindestens drei der Mönche, so wird berichtet, haben anschließend ihren Orden verlassen.

Die Medizinische Fakultät der Universität in Salawat war erstaunt über eine Lieferung mit Kinderbüchern und Fabeln. Nicht weniger verwundert war eine Kindertagesstätte in Tula über griechische und römische Heldensagen in der Originalsprache, die aber zur Freude der Kinder mit zahlreichen Kupferstichen ausgestattet waren, die man bunt ausmalen konnte. Weniger anfangen konnten die Kinder allerdings mit einer zweiten Kiste, die aus Japanisch-Deutschen Wörterbüchern bestand. Einige spätägyptische Papyri hängten die Erzieherinnen an die Wände ihres Besprechungszimmers. Der diplomatische Briefwechsel des Staatlichen Preußischen Geheimarchivs landete in der Bibliothek eines Heims für tuberkulosekranke Kinder.

Die Biblioteka Georgiewskaja in Pskow hatte auf leicht lesbare Literatur in Deutsch, Englisch oder Französisch gehofft. Fünf oder sechs der Kisten erfüllten diese Erwartungen. Die übrigen 43 Kisten wurden ausgepackt und die Bücher in die Kellerräume gestellt, in denen man während des Krieges die eigenen Bücher gelagert hatte. Hier vergaß man sie. Die *Anatomie des weyblichen Geschlechts* ebenso wie 4265 andere Bände.

Weimar, Juni 2001

»Der ist es«, sagte Stahl zu Drexler, als sie wieder vor dem Archiv standen. »Der und kein anderer.«

»Der ist was?«, fragte Drexler.

»Unser Puzzleteilchen. Zumindest eines davon. Dr. Freese ist der, der die Briefe hat, hinter denen Bettina her war.«

»Und warum?«

»Erstens: Er hat selber gesagt, dass nach der Öffnung des Ostblocks die Bibliotheken dort nach Briefen von Goethe durchsucht werden. Das gilt auch für die Briefe, hinter denen Bettina her war. Vielleicht gibt es da eine Verbindung. Zweitens: Er sagt, dass unbedingt alle Briefe von Goethe gesammelt und katalogisiert werden müssen, und *er* es auf keinen Fall tolerieren kann, wenn da irgendwelche Lücken bleiben. Wenn er also von irgendwelchen Briefen erfährt, dann besorgt er sie sich. Drittens: Er reagierte unsicher, als ich ihn fragte, ob es auch Briefe gäbe, die ihn überraschten. Er hat gestottert.«

»Das ist kein Beweis. Das hat er vorher schon. Er ist keiner, der gerne öffentlich auftritt. Ein unangenehmer Typ. Fischig. Außerdem sind die Briefe aus Pskow gestohlen worden. Er ist schließlich kein Krimineller. Er ist Mitarbeiter des Goethe- und Schiller-Archivs. Ein Wissenschaftler, kulturelle Elite, vollkommen vergeistigt. So wie du. Der klaut keine Briefe.«

»Er ist nicht wie ich. Er glaubt an etwas: an Goethe. Das unterscheidet uns. Und hast du nicht gehört, was er tun würde, um an Briefe zu kommen: alles. Er hat selber gesagt, die Briefe von Goethe sind sein Universum, eine ganze Welt. Er erträgt es nicht, dass diese Welt unvollkommen ist. Hast du mitbekommen, was er über den Zweiten Weltkrieg gesagt hat: Das ist für ihn das Ereignis, bei dem einige Briefe verloren gegangen sind. Die Öffnung der Sowjetunion heißt für ihn vor allem, dass er jetzt wieder Zugriff auf die Briefe hat. Er gehört nicht in unsere Welt. Die Goetheforscher, das sind eine eigene Spezies. Denk an den Archivar, der sich aus dem Fenster gestürzt hat. Freese ist ein ähnlicher Fall.«

»Du machst einen Fehler: Nach allem, was wir wissen, steht in den Briefen irgendetwas, das ein schlechtes oder zumindest sehr neues Licht auf Goethe wirft. Der alte Mann im Krankenhaus hat damit angegeben, er habe den Ruf Goethes bewahrt. Bettinas Eltern haben gesagt, ihre Dissertation sei sehr brisant. Warum sollte jemand, dem Goethe über alles geht, der keine eigene Welt kennt, außer den Briefen von Goethe, ausgerechnet solche Briefe in die neue Gesamtausgabe aufnehmen, die Goethes Ruf schaden könnten?«

»Wer sagt, dass er sie drucken lassen will?«

»Warum wollte er sie sonst haben? Davon hat er doch die ganze Zeit geredet, von der neuen Ausgabe seiner Briefe.«

»Ich glaube, du verstehst ihn nicht. Du misst ihn mit deinen Maßstäben. Das funktioniert nicht. Schau dir doch das Gebäude einmal genauer an: Das ist ein Tempel, eine kultische Stätte, an der seltsame Rituale vollzogen werden. Diese Archivare sind eine geheime Priesterschaft: Hin und wieder treten sie mit ihrem Wissen nach außen, um allen zu demonstrieren, welche Macht und welche Fähigkeiten sie besitzen. Aber niemals zeigen sie ihr ganzes Können, nie präsentieren sie alle Fähigkeiten, nie ihr ganzes Wissen. Ein Teil muss immer geheim bleiben, unverständlich und dunkel, nur den Eingeweihten zugänglich, sonst verliert es an Kraft. Wie bei jeder Religion. Ohne Hokuspokus keine Gläubigen. Wenn es diese Briefe wirklich gibt, dann wird Dr. Freese sie haben wollen, einfach weil sie da sind und er sie braucht, weil sonst sein Universum eine Lücke hat, einen weißen Fleck auf der Landkarte. Aber er wird sie nicht in der Gesamtausgabe drucken. Sie gehören dann zu seinem Geheimwissen. Nie wird er das jemandem verraten, der nicht zu der geheimen Bruderschaft der Archivare im Goethe- und Schiller-Archiv gehört.«

»Ich glaube, du fantasierst vollkommen. Das ist nicht der Ku-Klux-Klan. Das ist Deutschland, 21. Jahrhundert, Abteilung Germanistik. Da ist kein Raum für finstere Geheimnisse. Wir sind in Weimar, der Stadt der Klassik, du erinnerst dich doch: Edel sei der Mensch, hilfreich und gut. Aber du bist ein schwarzer Romantiker. Du hast die falsche Brille auf.«

»Ein schönes Zitat. Aber du überhörst den Konjunktiv. Der Mensch ist nicht edel und gut. Der Mensch soll so sein. Das ist keine Zustandsbeschreibung, sondern ein Programm. Eines, an das ich nicht glauben kann.«

»Du bist zu pessimistisch. Schau dich um. Die Welt ist schön. Es ist Sommer, die Sonne scheint. Die Mädchen tragen kurze Röcke, die Stadt ist hübsch, schau da die drei alten Türme. Die standen schon, als Goethe hier war. Und dahinten der Wald, da stimmt doch alles.«

»Da im Wald lag das Konzentrationslager.«

»Das meine ich. Du bist zu negativ. Das ist 60 Jahre her. Das ist vorbei.«

»Vielleicht sind wir näher an der Barbarei der Zukunft als an der Barbarei der Vergangenheit.«

Sie standen eine Weile schweigend auf der Terrasse des Archivs.

»Was glaubst du, was steht in den Briefen?«, fragte Stahl.

»Das überlege ich die ganze Zeit. Ich denke, Lenz hat irgendetwas über Goethe herausbekommen, das der unbedingt vertuschen wollte. Vielleicht eine Liebschaft aus den Straßburger Jahren, die zu einer Schwangerschaft und dann zu einem Kindsmord führte.«

»Du meinst wie im *Faust*?«

»Ist nicht ganz unwahrscheinlich.«

»Das hätte damals für Aufsehen gesorgt. Heute wohl kaum. Das interessiert doch niemand, ob eine Exfreundin von Goethe eine postnatale Abtreibung durchgeführt hat. Es muss etwas anderes sein.«

»Vielleicht ein Mord? Es gab schon einmal die Theorie, dass Goethe seinen Freund Schiller umgebracht haben soll, weil er eifersüchtig war auf sein schriftstellerisches Können.«

»Das passt zeitlich nicht. Schiller kommt erst nach Weimar, als Lenz schon lange weg ist.«

»Und jemand anderes?«

»Weiß nicht. Allzu viele Leichen pflastern nicht gerade seinen Weg. Außerdem hatte Goethe panische Angst vor Toten. Das passt vielleicht nicht gerade für einen Mörder. Charlotte von Stein hatte extra in ihrem Testament verfügt, dass ihr Leichenzug nicht an Goethes Haus vorbeiführen soll, um ihn nicht zu beunruhigen.«

»Sehr rücksichtsvoll von der Dame. Aber was ist mit Goethes Schwester Cornelia?«

»Die stirbt, als Goethe in Weimar ist. Sie hat sich in Emmendingen zu Tode gelangweilt. Kein Wunder. Warst du mal in Emmendingen?«

»Inzest mit ihrem Bruder. Das passt von der Zeit her. Cornelia ist in Emmendingen, Goethe in Straßburg, das ist nicht weit weg. Sie setzen ihr Inzest-Verhältnis aus Frankfurt fort. Lenz bekommt das raus, als er sie besucht, und benutzt das als Druckmittel gegen Goethe.«

»Und Cornelia stirbt vor Kummer, als Goethe nach Weimar geht.«

»Oder Goethe war homosexuell. Lenz kriegt das mit und schreibt ihm dann moralische Briefe.«

»Vielleicht hatten die zwei was miteinander?«

»Nie. Lenz war ein religiöser Neurotiker. Das hat er von seinem Vater geerbt und konnte das nie loswerden, obwohl er das gerne getan hätte. Der hätte sich nie getraut.«

»Irgendeine finanzielle Geschichte? Goethe als gewiefter Scheckbetrüger? Als Bankräuber? Als durchtriebener Juwelendieb?«

»Das gefällt mir. Das hätte Goethe als Ikone des Bürgertums vor hundert Jahren komplett vernichtet. Aber heute würden das alle doch ganz aufregend finden, so ein sozialromantischer Touch, der fehlte ihm bisher.«

»Jetzt mach mir nicht alles kaputt. Mach du einen Vorschlag. Was war los mit Goethe?«

»Ich rate nicht. Ich werde es bald wissen.«

»Was?«

»Was los war.«

»Wie?«

»Ich hole uns die Briefe.«

»Sag das noch mal.«

»Ich hole uns die Briefe.«

»Und wie willst du das machen?«

»Ich werde einbrechen. In das Goethe- und Schiller-Archiv. Genau gesagt: in das Magazin mit den Briefen. Wenn meine Theorie stimmt, müssen sie dort sein. An ihrem Platz, säuberlich eingeordnet unter dem Namen Lenz, Jakob Michael Reinhold. Wenn sie nicht da sind, dann stimmt meine Theorie nicht. Aber Theorien müssen überprüft werden, also mache ich das.«

»Warum du und nicht wir?«

»Weil es illegal ist und einer von uns handlungsfähig sein muss, falls etwas passiert.«

»Ich mache dir einen Vorschlag: Wir probieren jetzt noch einmal einige andere Sachen aus. Wir könnten ein zweites Mal mit der Freundin von Bettina reden. Vielleicht ergibt sich ja dabei noch etwas. Wir können im Archiv das Foto von Bettina rumzeigen. Wir sprechen mit der Polizei in Weimar. Wir gehen noch einmal alle Punkte durch und schauen, ob wir etwas übersehen haben.«

»Das ist keine Lösung. Das ist eine Taktik der Verzögerung.«

»Mal ehrlich: Wie willst du das machen?«

»Ich gehe noch mal rein und verstecke mich irgendwo, bis es Nacht ist und alle weg sind. Das Magazin ist im Untergeschoss, das wissen wir aus der Pressekonferenz. Dort wird es auch Kellerräume geben, Toiletten oder sonst einen Platz, an dem ich die Zeit verbringen werde. Dann schaue ich, wie ich in das Magazin komme.«

»Und wie kommst du dahin?«

»In der Loge des Pförtners hängt ein dicker Schlüsselbund. Es wäre sicher hilfreich, wenn ich den verwenden könnte.«

»Und wenn nicht?«

»Dann verlass dich drauf, ich werde mir schon etwas überlegen.«

»Wenn es irgendwas gibt, das ich tun kann, um dich zurückzuhalten, dann sag es mir jetzt.«

»Sag mir einfach, dass du es mir zutraust.«

Drexler sah sich seinen Freund genauer an.

»Ich traue dir das zu«, sagte Drexler, nicht ganz wahrheitsgemäß, aber mit dem festen Vorsatz, sich selbst zu überzeugen.

»Danke. Ich hoffe, wir sehen uns morgen wieder. Du findest dein Auto?«

»Du willst da jetzt rein? Das geht nicht. Vorher musst du was essen, lass uns noch kurz in die Stadt gehen, dann darfst du von der Leine. Sonst fällst du dort in Ohnmacht. Aber vielleicht wär das ja das Beste, dann kannst du keinen Blödsinn anstellen.«

Weimar, Januar 1776

Lenzens Eseley SCHREIBT GOETHE ÜBER DIE GESTRIGE Nacht in sein Tagebuch. Die Buchstaben schwingen befreit übers Papier, den Punkt am Ende setzt er so fest, dass die Tinte spritzt. Mehr Worte sind nicht nötig. Er würde sich immer erinnern können. Mehr zu schreiben, erlaubt er sich nicht.

Jetzt wird er ihn ausweisen lassen!

Lenz ist in seinem Innersten getroffen, aber noch lebt er, noch kämpft er, noch hetzt er durch Weimar wie ein waidwundes Tier, mit blutigem Schaum an den Lefzen, aber zu wem er auch kommt, Goethe war schon da, nirgends ein Ort der Ruhe, ein Platz, um Atem zu schöpfen. Stöhnend jagt er weiter. Keiner erfährt den Grund für den Streit, auch Lenzens Lippen sind versiegelt, weil er die Waffe seiner Worte, die einzige, die er noch besitzt, nicht vor der Zeit verwenden will. Boten jagen durch die Stadt, Briefe werden im Stundentakt übergeben, Nachrichten mündlich weitergetragen, Gerüchte brodeln auf, jeder hat etwas gehört und trägt es weiter. Wieland, Herder, von Kalb, der Herzog, dessen Mutter, das Fräulein von Göchhausen, Einsiedel, Charlotte und alle anderen werden Teil eines Schauspiels, von dem sie nur Bruchstücke verstehen. Goethe verbreitet Gerüchte: Lenz habe sich über die Herzogin lustig gemacht. Er müsse Weimar verlassen. Andere vermuten, Lenz habe Goethe in einem seiner Spottgedichte verhöhnt. Die Nächsten glauben, dass Eifersucht der Grund ist. Sind nicht beide der Charlotte enger verbunden als schicklich? Manche vermuten den Anlass in unterschiedlichen Haltungen zur Poesie. Genaues erfährt niemand, aber jeder gibt seine Vermutungen zum Besten. Goethe oder Lenz heißt die Frage, man muss sich entscheiden. Und wer wollte sich gegen Goethe wenden, den Aufstrebenden, den alles Erreichenden, den Mächtigen, den Einzigartigen? Herder verdankt ihm seine Anstellung, er steht in seiner Schuld, wie könnte er sich Lenzens annehmen, der so viel Hoffnung auf ihn setzt und sich auf die Zeit in Straßburg beruft, in der Herder ihn förderte. Natürlich ist er ein Livländer, wie Lenz aus der kalten Heimat geflüchtet. Aber jetzt das warme Nest aufgeben für den armen Jungen, das ist zu viel verlangt. Lenz schreibt an Johann August von Kalb, den Kammerpräsidenten des Consiliums. Ein Politiker. Hochfahrend, kalt, aber gerecht. Aber was soll von Kalb tun? Er erkennt die Position, die Goethe am Hofe hat, bald wird er ihn überflügeln, es wäre nicht klug, sich gegen ihn zu stellen in einer Sache, die dieser mit so viel Energie betreibt. Das bucklige Fräulein von Göchhausen könnte vermitteln, sie steht im Rufe, so hässlich zu sein, dass sie sich Unparteilichkeit leisten kann. Auch sie enttäuscht Lenz. Sie habe gerade ein Manuskript von Goethe gelesen. Es sei ein Drama namens *Faust*, eine erste Skizze, Fragment nur, das noch der endgültigen Ausarbeitung bedürfe, aber schon sei zu erkennen, dass es ein Meisterwerk werde und Goethe der größte der deutschen Dichter, natürlich noch nicht vollendet, mehr ein Keim, der noch wachsen müsse, sich ganz entfalten, aber sie wolle ihn dabei mit ihren bescheidenen Mitteln unterstützen und vor allem dabei zusehen, wie er seine Kraft entfalte. Sie könne sich nicht auf Lenzens Seite stellen. Auch Wieland wendet sich von ihm ab. Das wilde Treiben der jungen Dichter widere ihn seit langem an. Dass Goethe jetzt zur Vernunft gekommen sei, könne er nicht dadurch bestrafen, dass er ihm in den Rücken falle. Außerdem sei es seltsam, dass Lenz sich ausgerechnet an ihn wende. Habe Lenz ihn nicht immer verspottet? Nicht dauernd Häme ausgeschüttet über seine Schäferdichtung? Nicht seine Shakespeare-Übersetzungen lächerlich gemacht? Jetzt solle er sehen, wie er allein zurecht komme. Die Mutter des Herzogs empfängt Lenz freundlicher. Aber sich für ihn einsetzen, wo Goethe so viel dazu beitrage, aus ihrem Sohn, diesem Wildfang, einen zivilisierten Menschen und aufgeklärten Fürsten zu machen: das sei zu viel verlangt. Kürzer noch die Audienz beim Herzog. Er habe hier zwei Schreiben von Goethe vor sich liegen. Das eine sei Goethes Rücktrittsgesuch. Das andere sei eine Verfügung, die besagt, dass Lenz binnen zweier Tage das Land verlassen solle. Er müsse sich für eines dieser Schreiben entscheiden. Er kenne nicht die Hintergründe ihrer Auseinandersetzung. Er wolle sie auch nicht kennen lernen. Aber Goethe sei ihm so lieb und wertvoll geworden, dass er Lenz ausweisen werde, auch wenn das vielleicht nicht gerecht sei. So reden sie alle. Verständnisvoll, vielleicht voller Mitleid, oft auch besorgt um Lenzens Zustand, denn niemandem entgehen seine blutunterlaufenen Augen, die fiebrige Stirn, das Zucken der Kiefer und der scharfe Geruch seiner Angst. Doch Ablehnung, wohin er auch kommt. Drei Tage lang kämpft er, schreibt er, bittet er. Drei Tage voller schwindender Hoffnung, nachlassender Kräfte, sinkendem Mut. Herder schreibt: »Ich habe dir nichts zu sagen.« Von Kalb schickt ihm Geld, Lenz möge annehmen und gehen. Charlotte drängt ihn, zu reisen. Einsiedel lässt sich verleugnen. Wieland schickt einen Brief ungeöffnet zurück. Der Herzog sendet ihm das Entlassungsschreiben zu. Jetzt sind fast alle Türn verschlossen. Lenz bittet untertänigst um einen Tag, einen einzigen weiteren Tag in Weimar. Die Bitte wird ihm stillschweigend gewährt. Jetzt muss er seine Waffe ziehen, ob er will oder nicht. Wenn sie sich auch gegen ihn selber wenden mag. Jetzt oder nie. Er hebelt die Dielenbretter seiner Behausung in Berka auf, unter denen er die Abschrift des *Waldbruders* aufbewahrt. Die einzige Kopie, die noch in seinem Besitz ist, nachdem Goethe hier alles geplündert hat. Das Duplikat, von dem Goethe nichts weiß. Er steckt es in einen Umschlag und adressiert ihn an Herder: *Meinem ehrwürdigsten Freunde Herder dieses einzig existierende Manuskript zu seiner willkürlichen Disposition. Von einem armen Reisenden, der sonst nichts zu geben hat.* Außerdem legt er einen versiegelten Brief an Goethe bei. Darin bittet er ihn ein letztes Mal um Verzeihung.

Das Geld, das von Kalb ihm zukommen ließ, schickt Lenz mit einem Brief zurück:

Ich danke Ihnen, mein verehrungswürdiger Freund und Gönner, für die unangenehme Bemühung, die Sie meinethalben übernommen haben. Da ich aber nach meiner Überzeugung erst gehört werden müsste, ehe man mich verdammte, so verzeihen Sie, dass ich diese beigefügte Gnade nicht annehmen, sondern um Gerechtigkeit bitten darf. Es ist nicht seit heute, dass Goethe mich mit seiner Ungnade verfolgt, wie er mich früher mit seiner Liebe verfolgte, und mir Briefe schrieb, deren Inhalt ihn in die allerhöchste Bedrängnis bringen würde, wenn er bekannt würde. Fragen Sie ihn nach diesen Briefen und ermessen Sie an seiner Reaktion, ob meine Worte der Wahrheit entsprechen.

Ähnliche Schreiben sendet er an viele andere.

Lenz wartet. Er hat einen brennenden Scheit in das Pulverlager geworfen. Gleich muss es explodieren. Nicht mehr lange, und alles wird in die Luft fliegen, mit einem unbeschreiblichen Getöse, das alles verschlingt. Nichts wird mehr so sein, wie es vorher war. Zuerst wartet er mit klopfendem Herzen, er hält den Atem an, der Kopf wird immer röter, die Sekunden rasen vorbei, ein Lichtblitz im Augenwinkel. Erst ganz allmählich verlieren sie an Schub, unmerklich am Anfang, dann aber immer deutlicher, bis sie unterscheidbar geworden sind. Jede einzelne Sekunde kann er jetzt zählen: da und da und da und da. Sie schlagen den Takt seines Herzens. Immer mühsamer kommen sie heran, als blase der Wind ihnen ins Gesicht, aber wo ist das Antlitz der Zeit? Schon aus der Ferne sieht er sie auf sich zukommen und blickt ihnen noch lange nach. Dann kriechen sie nur noch. Anstoßen müsste man sie, aber wo die Zeit packen? Fast kommt sie zum Stillstand, Lenz ist, als müsse er mit seinen Händen die Sekunden fassen und an sich vorbei ziehen. Er greift ins Nichts. Dann bleiben sie stehen. Und Lenz erstarrt. Irgendwann geht die Sonne im fahlen Dunst unter. Irgendwann scheint der Mond durchs Fenster. Irgendwann graut der letzte Morgen.

Nichts ist geschehen. Keine Explosion, keine Revolution, nicht die geringste Reaktion. Der Novembernebel kriecht durch die Fensterritzen in sein Herz. Es kommen noch kältere Tage. Er versteht nicht, was passiert sein mag. Aber er versteht, was es für ihn bedeutet. Stumm packt er das Wenige, das ihm gehört. Er geht, wie er gekommen ist: allein.

Keiner hat ihn begleitet.

Moskau, Dezember 1980

DER RIEGEL SCHNAPPTE ZU. EINMAL. ZWEIMAL. ES HALLTE durch die Gänge. Wladimir Zdanov legte seine Stirn gegen die Tür. Das Metall war feucht und kühl an seinem heißen Kopf. Ein scharfer, kühler Wind zog durch die Ritzen des Fensterchens, durch das die Aufseher ihre Gefangenen kontrollierten. Er sog die kühle Luft in seine Lungen. Sein Atem ging langsam etwas ruhiger.

Er wischte mit der Hand durch sein Haar und kontrollierte den Sitz seiner Krawatte. Der Knoten war verrutscht. Dann zog er ein Taschentuch aus der Brusttasche und tupfte über die Stirn. Erst jetzt drehte er sich um. Auf der Pritsche lag ein Bündel Lumpen, darin ein paar Augen, die ihn verwundert anstarrten.

»Hast dich aber hübsch gemacht, Genosse«, sagte die Stimme, die zu den Augen gehörte.

»Maul halten«, schnauzte Wladimir. Er wollte allein sein. »Maul halten und runter von der Pritsche. Und nimm die Lumpen mit.«

Die Stimme protestierte. Die Augen verschwanden in dem Berg von löchrigen Wolldecken. Wladimir langte unter die Bündel, fand einen knochigen Oberarm und zog den anderen mühelos auf den Boden. Der packte seine Decken und verkroch sich in einer Ecke der Zelle, teilweise aus Respekt vor der Kleidung und dem Alter des anderen, teilweise aus Angst vor dem wütenden Gesichtsausdruck.

Wladimir breitete sein Taschentuch auf der Pritsche aus, legte seinen Kopf darauf und streckte die Beine aus.

Etwas war schief gelaufen. Offensichtlich. Nicht dass ihn das wirklich beunruhigte. Es war lästig. Es würde ihn etwas kosten. War er erst im Knast, würde es teurer. So waren die Spielregeln. Nicht unmöglich, aber teurer. Besser, man schmierte sie vorher. Der Bibliothekar hatte ihn misstrauisch angesehen, trotz des fast echten Beglaubigungsschreibens der Universität, das ihn zum Professor machte. Trotzdem war Wladimir sicher gewesen, dass niemand ihn beobachtet hatte, als er die Seiten mit dem Rasiermesser aus dem Codex geschnitten hatte. 25 000 Dollar hätten die gebracht. Da wären eigentlich ein paar Rubel für den Bibliothekar drin gewesen. Pech gehabt. Man sollte nicht am falschen Ende sparen. Wenigstens waren die Bullen anständig gewesen. Sie wussten, an ihm würden sie was verdienen. Sie wollten sich's nicht verderben. Jetzt saß er hier. Seine Frau würde sich freuen: ein paar Tage Ruhe. Er hasste sie.

Weimar, Juni 2001

Ein Lichtschein glitt durch den Türspalt. Schwarzglänzende Öllachen auf dem Boden. Das Rot der Heizungskessel. Draußen der Gang im blaukaltem Neonschein. Es roch modrig. Bis hierher war es einfach gewesen. Zu einfach. Das konnte noch nicht alles gewesen sein, da musste noch irgendwas kommen. Aber vorerst kam nichts. Nichts und niemand. Die Uhr am Handgelenk tickte die Sekunden seines Wartens. Kurz vor neun. Draußen war es noch hell. Hin und wieder fauchte der Brenner und jagte einige Kubikmeter heisses Wasser durch die Rohre. Dann wieder Stille. Der Pförtner war beim zweiten Mal freundlicher gewesen. Unna. Er erinnerte sich. Der Schlaumeier, na klar, zu Dr. Freese, wegen des Interviews, soll nur reinkommen, ist ja eh bald Feierabend, für ihn jedenfalls, nicht für den Freese, der ist ein vollkommen, na ja, er will jetzt nicht sagen: Verrückter, aber schon ein *besonderer Fall*. Selbst für die Leute hier im Archiv, und die sind ja schon ein ganz eigener Schlag, glauben Sie mir, das können Sie sich vielleicht auch gar nicht richtig vorstellen. Müssen Sie ja aber auch nicht. Dieser Freese also. Arbeitet die halbe Nacht durch. Und wissen Sie, was der manchmal macht: Der schläft hier. Auf einer Luftmatratze, mitten in seinem Zimmer. Wahnsinnig, oder? Na ja, hat wohl keine Familie. Muss ja auch nicht, hat ja seinen Goethe. Ist auch so in guter Gesellschaft. Aber richtig ist das ja doch nicht. Nachts ist das Haus nicht für die Wissenschaftler, die Bücher müssen ja auch mal schlafen, oder? Nachts gehört hier niemand rein, außer der Typ von der Wach- und Schließgesellschaft. Ein netter Kerl ist das, der Frank, der seit einem halben Jahr hier seine Runden macht, aber ist ja auch ein ruhiger Job, hier gab's noch nie Ärger, das ist ja auch ein besseres Publikum, sagt Frank immer, der ist vorher aber auch Türsteher in Dresden gewesen, das ist schon ein ganz anderes Pflaster. Falls es länger gehe, dann werde ihn Freese also rauslassen, der habe auch einen Hauptschlüssel.

Stahl war die schmale Treppe in den Keller hinuntergestiegen.

Repertorium sämtlicher Briefe 1764–1832. Leitung: Dr. Helmuth Freese hatte Stahl an der dritten Tür auf der linken Seite gelesen. Die Tür daneben war aus Eichenholz und verschlossen. Die Metalltür nebenan führte zum Heizungsraum. Stahl hatte die Klinke probiert: offen. Zwei Schritte, und er war drin. Er lehnte die Tür an. Mehr war nicht zu tun. Vorerst jedenfalls. Er drehte sich einen alten Farbeimer um und setzte sich darauf. Er wartete. Dr. Freese würde in seinem Zimmer sitzen und arbeiten. Hoffentlich nicht schlafen. Eine ganze Nacht auf dem Eimer, das wäre zu viel verlangt. Nicht gut für den Rücken, Stahl streckte seine Wirbelsäule, um den Schmerz, der sich an einer Stelle festgefressen hatte, gleichmäßig über den ganzen Rücken zu verteilen. So war er leichter zu ertragen. Außerdem tat das Knie weh. Hoffentlich ging das nicht allzu lange. Hoffentlich verzieht sich Freese bald aus seinem Zimmer. Noch ist er aber drin. Vermutlich jedenfalls. Wo sonst? Stahl hätte gerne gehorcht, um sicher zu gehen, aber traute sich nicht. Hätte sowieso nichts gebracht. Vielleicht liest der nur. Lautlos. Eine Fliege verirrte sich durch den Türspalt und landete zielsicher auf Stahls Wange. Ihre Füße fühlten sich feucht und klebrig an. Ein Gesichtsmuskel zuckte, die Fliege verschwand im Dunkeln. Stahl hörte hin und wieder ihr unwilliges Brummen.

Plötzlich tat sich vor der Tür etwas: Es knatterte. Stahl schreckte auf, das Licht flackerte kurz auf, schien einen Moment lang immer greller zu werden und wurde dann auf Sparbetrieb geschaltet. Halb zwölf. Jetzt war es auch draußen dunkel. Die Öllache glänzte jetzt nicht mehr, sondern lag schwarz wie ein Loch in dem Betonboden, durch das man in die Tiefe stürzen könnte. Die Heizkessel drohten schwer und schweigend. Ihr Fauchen hatte schon vor einer Weile aufgehört. Dafür tropfte es irgendwo. War da nicht auch eine Fliege gewesen? Oder hatte er das geträumt? Aber Stahl schlief nicht. Er war nur nicht mehr ganz munter. Das war vielleicht der Jetlag nach dem Flug aus Russland. Obwohl er ja mit der Zeit geflogen war. Da war man doch eigentlich abends wacher?

Auf einmal hörte er das leise Schaben der Tür. Sein Kopf wurde nach oben gerissen, Stahl blickte einige Sekunden lang verständnislos ins Dunkel. Dann verstand er. Das war es. Darauf hatte er gewartet. Er quetschte ein Auge an den Türspalt und sah den dürren Schatten von Dr. Freese, den eine gelbe Notlampe am Ende des Ganges über den Flur warf. Stahl öffnete die Tür langsam einige Zentimeter weiter. Er sah den Rücken von Freese und hörte den Schlüssel im Schloss. Freese drehte plötzlich den Kopf. Stahl hatte das Gefühl, er blicke ihm aus den dunklen Höhlen in seinem Gesicht mitten in die Augen. Nichts geschah. Dann reckte Freese sich hoch auf, wurde einen Moment lang noch länger und dünner und legte den Schlüssel auf die Schaumstoffisolierung eines Heizungsrohres, das unter der Decke entlanglief. Einen Augenblick später war er verschwunden.

Stahl beschloss, fünf Minuten zu warten. Er schaffte es nicht. Jetzt nicht. Er war schon zu lange hier, jetzt musste etwas passieren, es riss ihn hoch von seinem Eimer, aber zu schnell: Ein Knie knickte weg. Behutsam beugte und streckte er das Bein eine Weile. Es ging wieder. Dann öffnete er die Tür und tastete auf dem Heizungsrohr nach dem Schlüssel. Er lag in einer kleinen Kuhle, die Freese in die Isolierung gebohrt haben musste. Sein Zimmer war zweimal abgeschlossen. Eine übertriebene Vorsichtsmaßnahme, fand Stahl, wenn er den Schlüssel einfach herumliegen ließ. Er zögerte einen Moment, bevor er eintrat. Er wollte den Augenblick hinauszögern, die Spannung noch einige Atemzüge lang genießen. Dann ging er rein.

Er schloss die Tür, bevor er an der Wand nach einem Lichtschalter tastete. Deckenstrahler erleuchteten einen Raum, der viel größer war, als Stahl es vermutet hatte, und durch eine dicke Glasscheibe geteilt wurde. Hinter der Scheibe war die ganze Wand dicht mit Regalen voll gestellt.

Vor ihm stand ein riesiger Schreibtisch, der vollkommen antiquiert wirkte. Freese benutzte keinen Computer, sondern schrieb mit Tinte, die in einem Glasfässchen auf dem Tisch stand. Daneben eine Rolle mit Löschpapier. Der Schreibtischstuhl war aus Holz, stabil gebaut, aber unbequem. Es war, als ob Freese sich nicht mehr Komfort gönnen wollte, als Goethe selber zur Verfügung gehabt hatte. Stahl blätterte kurz durch die Papiere auf dem Schreibtisch. Freeses Handschrift war klar und flüssig, mit geschwungenen Buchstaben. Stahl fand nichts Interessantes.

Hinter dem Schreibtisch hing ein Bild an der Wand. Das Bild eines Lesers. Es musste einige hundert Jahre alt sein. Der Leser trug ein offenes hellbraunes Hemd aus grobem Tuch und darüber einen blauen Kittel mit eckigem Kragen. Er hatte ein Buch auf den Knien, mit dicken Seiten und einer Schnalle, mit der er den Ledereinband verschließen konnte. Vor ihm stand in einem Metallständer eine Kerze und warf ihr ruhiges und helles Licht so auf die Seiten des Buches, dass diese es reflektierten und das Gesicht des Lesers erleuchteten. Er hatte junge sinnliche Züge mit vollen Lippen, einer männlichen

Nase und geschwungenen Augenbrauen. Die dunklen Augen des Lesers waren auf die Seiten des Buches gerichtet. Er las mit einer Intensität, um die Stahl ihn beneidete. Mit einem Blick, der so zart war und gleichzeitig so glühend, dass Frauen, falls dieser Leser sie mit seinen Augen ansehen würde, sich ihm bedingungslos hingäben. Er stellte sich ihn in einem einfachen Gasthaus vor. Raue Gesellen an grob gezimmerten Bänken, derbe Mägde mit Kannen voller Bier, fettes Fleisch über dem Feuer, der Geruch von Schweiß und Knödeln, zotige Lieder in der Luft, und er sitzt und liest sich hinaus aus dem Gestank und dem Lärm, den Zoten und der Grobheit der anderen hinein in ein Land, in der die Männer mit der Klinge ihres Floretts und der Kunst ihrer Gedichte um die Gunst der Frauen kämpfen. Stahl musste sich mühsam vom Bann des Bildes befreien. Dafür war er nicht hier. Er hatte einen Auftrag. Der Weg zu Bettina befand sich nicht in dem Bild. Er befand sich irgendwo in den Bücherregalen.

Stahl öffnete die Glastür, um zu den Regalen zu gelangen. Die Luft dahinter war kalt und trocken, vielleicht um die Papiere zu konservieren. Die Regale standen mit der schmalen Seite an der Wand und ragten jeweils etwa vier Meter in den Raum. Zwischen den 18 Regalen gab es keinen Platz, um hineinzugehen und an die Holzkästen zu gelangen, die darin standen. Sie ruhten auf breiten Stahlrädern, die in einer Metallschiene auf dem Boden geführt wurden. An jeder Regalseite gab es ein Metallrad, halb so groß wie ein Autolenker. Stahl drehte probeweise an dem Rad des äußersten Regals. Es glitt über die Schiene lautlos nach rechts. Er kurbelte zurück. Das Regal schob sich in die ursprüngliche Position.

Die Briefpartner Goethes waren in kleinen Schildern an der Außenseite der Regale vermerkt. Das erste Regal begann mit den Briefen an *Abeken, Carl Friedrich*, das letzte endete bei *Zelter*, ebenfalls ein *Carl Friedrich*.

Zwischen Regal Nummer 15 *Sachsen-Weimar-Eisenach, Carl August von* und Regal Nummer 16 *Textor, Anna Margaretha* war der Abstand so groß, dass Stahl sich gerade noch dazwischen schieben konnte. Freese hatte das vermutlich einfacher gehabt. Er stand vor einer ganzen Reihe von Holzkästen, die mit *Stein, Charlotte von* beschriftet waren. Er öffnete auf gut Glück den nächstliegenden Kasten und nahm eine Mappe heraus.

Darin befand sich das Original eines Briefes von Goethe an Charlotte. Stahl konnte seine Handschrift entziffern, schließlich verfügte er als geübter Germanist über diese Fähigkeiten.

Ich schicke Ihnen Lenzen, endlich hab ich's über mich gewonnen. Er soll Sie sehn, und die zerstörte Seele soll in Ihrer Gegenwart die Balsamtropfen einschlürfen, um die ich alles beneide. Er soll mit Ihnen sein. Er war ganz betroffen, da ich ihm sein Glück ankündigte, in Kochberg mit Ihnen zu sein, mit Ihnen zu gehen, Sie zu lehren, für Sie zu zeichnen. Sie werden für ihn zeichnen, für ihn sein. Er war ganz im Traum, da ich's ihm sagte, bittet nur Geduld mit ihm zu haben, bittet nur ihn in seinem Wesen zu lassen.

In einer zweiten Folie war ein Faksimile des Originals, es folgte eine Abschrift des Briefes per Computer. Außerdem eine Kopie des Briefes aus der Weimarer Ausgabe. Auf einem weiteren Blatt wurde der Brief auf den 10. September 1776 datiert und die Geschichte seiner Besitzer bis heute nachgezeichnet. Außerdem fand Stahl zwei Abschriften des Briefes, die in einigen Worten vom Original abwichen und die offenbar aufgenommen worden waren, weil sie Grundlage für andere Ausgaben der Goethe-Briefe gebildet hatten. Anschließend wurden diese verschiedene Ausgaben aufgeführt. Auf dem letzten Blatt wurden die historischen Umstände kurz dargestellt, in denen der Brief entstanden war.

Zu viel Arbeit für die paar Zeilen, dachte Stahl und schüttelte den Kopf. Er schob alles in die Mappe zurück.

Das Schild auf dem elften Regal lautete *Lavater, Johann*

Kaspar. Hier würde er auch die Briefe von Goethe an Lenz finden. Hier oder nirgends. Um daran zu gelangen, musste er zunächst die sieben Regale rechts davon mithilfe der Räder wegschieben. Sie glitten fast schwerelos zur Seite. Stahl suchte die Holzkästen in Regal Nummer 11 ab. *Lavater, Lawrence, Le-Bret, Lechner, Lefèbre, Lehmann, Lehne, Leipziger Kunsthändler, Lenz.*

Lenz. Na also.

Aber etwas stimmte nicht. Drexler hatte erzählt, es gäbe nur einen Brief von Goethe an Lenz, von dem man heute noch wisse. Aber hier standen mehrere Regalreihen. Ein Archivkasten am anderen. Alle mit dem Titel *Lenz*. Stahl öffnete drei oder vier von ihnen. Voller Briefe, Kommentare, Abschriften, Nachweisen der Besitzer. Das konnte nicht sein. Stahl las sich einen der Briefe durch: Goethes Ansichten über Newtons Experimente mit dem Prisma. Ein wenig Hoftratsch aus Weimar. Eine kleine Federzeichnung einer Tulpe. Nichts Auffälliges. Sein Blick fiel auf die Datumsangabe. 22. 12. 1802. Stahl schluckte. Das konnte nicht sein. Da war Lenz schon tot. Zehn Jahre lang. Offiziell zumindest. Oder war er nicht gestorben? War das das Geheimnis? Dass Lenz weiterlebte, irgendwo im Verborgenen und immer im Kontakt stand mit Goethe? Dass er nicht aus Weimar vertrieben worden, sondern heimlich geflüchtet war und sich versteckt hielt und ein anderer an seiner Stelle dem Wahnsinn verfiel und elend krepierte? Oder war er es selber gewesen und hatte seinen Wahnsinn nur gespielt? So überzeugend, dass er einige seiner engsten Freunde täuschen konnte? Und war dann unter seinem Namen ein anderer beerdigt worden? Aber warum? Stahl schüttelte den Kopf. Das passte nicht. Nirgends. Das war eine Entwicklung, die zu unerwartet kam. Das konnte nicht sein. Er war dabei, einen Fehler zu machen. Er schloss die Archivkästen wieder. Er atmete ein paarmal aus und ein. Noch einmal ging er die Reihe mit den

Namen der Briefadressaten durch. *Lehne, Leipziger Kunsthändler, Lenz*. Dann las er den Vornamen, der mit einem dünnen Bleistift unter dem Familiennamen notiert war. *Jakob Michael Reinhold*. Ein einziger Kasten von ihm. Daneben 14 Kästen eines anderen *Lenz* namens *Johann Georg*. Stahl hatte keine Ahnung, wer das war. Vielleicht ein Verwandter. Darauf hätte er auch schneller kommen können. Er war zu schnell gewesen. Zu gierig, irgendeinen sensationellen Fund zu machen. Das war nicht gut, dachte er. Es engt den Blickwinkel ein. Dabei geht es nicht um die Briefe, sondern um Bettina. Sollte es wenigstens. Er wusste nicht mehr, wie wichtig ihm die Suche nach der Frau noch war. Er musste aufpassen, dass er sein eigentliches Ziel nicht aus den Augen verlor.

Diesmal zog er den richtigen Kasten heraus, griff mit dem Zeigefinger der rechten Hand unter die scharfkantige Öse und klappte den Deckel nach oben. Stahl nahm die Mappe heraus. Es war ein Brief von Goethe an Lenz:

Hier ist der Guibert, die anderen Bücher sind nicht zu haben.

Da ist ein Louisdor.

Deine Zeichnungen sind brav, fahre nur fort, wie du kannst. Leb wohl und arbeite dich aus, wie du kannst und magst.

Der Brief war auf Juli 1776 datiert. Da musste Lenz in Berka gewesen sein und Goethe versorgte ihn mit etwas Geld. Seltsame Sprache. Der größte deutsche Dichter und dann so nichts sagendes Zeug. Er schob den Brief zurück in die Mappe. Angaben zu den Besitzern oder Kopien interessierten ihn nicht.

Dahinter stand eine zweite Mappe. Eine Stahlklammer hielt sie senkrecht und sorgte dafür, dass sie nicht umfiel. Stahl zog sie heraus. Sorgfältig eingeschlagen in säurefreies Papier war ein kleiner Stapel Briefe. Das Papier war braun und dünn, es fühlte sich rau an und zerbröselte an den Rändern fast unter seinen Fingern. An manchen Stellen klebten sie zusammen. Es gab kein Faksimile, keine Kopie des Briefes, keinen Nachweis der Besitzer, keine Darstellung der Geschichte des Briefes. Als Stahl auf dem obersten Brief die Unterschrift von Lenz entdeckte, wusste er, dass er am Ziel war. Er würde sie zusammen mit Drexler entziffern. Für heute hatte er genug, er wollte raus. Er schlug die Briefe wieder in das Papier ein und versuchte das Päckchen in die Tasche seines Jacketts zu stecken. Es war zu groß. In der Hand konnte er es nicht halten. Die würde er vielleicht noch brauchen. Eigentlich hatte er geplant, die Nacht im Heizungskeller zu verbringen und dann am nächsten Morgen mit seinem unschuldigsten Gesichtsausdruck am Pförtner vorbei ins Freie zu spazieren. Das erschien ihm jetzt vollkommen irrsinnig. So blöd konnte der gar nicht sein, Kreuzworträtsel hin oder her. Besser wäre es auf jeden Fall, heute Nacht noch zu verschwinden. Stahl öffnete seinen Gürtel und schob das Päckchen in den Hosenbund, zog sein Hemd darüber und schloss die Schnalle. Stahls Bauch sah nicht viel unförmiger aus als vorher.

Der Schlüsselbund in dem Verschlag des Pförtners. Damit würde er ins Freie kommen. Falls der noch da hinge, wo Stahl ihn gestern gesehen hatte. Und falls er an dem Wächter vorbeikäme. Aber der würde seine Runden durchs Haus machen, und wenn der in dem zweiten Stock war, bekam er nicht mit, was im Erdgeschoss passierte. Stahl löschte das Licht und öffnete vorsichtig die Tür von Freeses Zimmer. Es war vollkommen finster, bis seine Pupillen sich langsam an die dürftige Notbeleuchtung gewöhnt hatten. Die Tür schob er vorsichtig zu und drehte den Schlüssel nach rechts, bevor er sie unendlich langsam ganz schloss. Es gab kein Geräusch. Dann drehte er den Schlüssel nach links. Ein Klacken hallte durch die Kellerräume. Stahl erstarrte. Schweiß lief ihm über die Stirn in die Augen. Er wagte kaum zu blinzeln. Nichts geschah. Ein zweites Mal schloss er die Tür nicht ab. Er tastete an dem Heizungsrohr entlang nach der Kuhle, in der er den Schlüssel gefunden hatte. Obwohl es egal war: Freese würde feststellen, dass die Briefe fehlten, egal wo der Schlüssel lag. Falls Stahl überhaupt unbeschadet hier herausfinden würde. Er schob sich mit leisen Schritten an der Wand entlang zum Treppenhaus. Ein grünliches Licht fiel aus der Vorhalle des Archivs die Stufen hinunter. Der erste Treppenabsatz aber lag in völliger Dunkelheit, weder das Licht aus dem Keller noch das von oben kam dorthin. Stahl kroch die Stufen auf allen Vieren hinauf. Auf dem Absatz drückte er sich an die Wand und stand auf. Dabei stieß er mit dem Kopf an einen Sicherungskasten. Der Schlag dröhnte in seinem Schädel und durch die Halle. Dann ging alles sehr schnell. Jemand rief: »Stehen bleiben!«, obwohl Stahl schon stand, und oben an der Treppe sah er, neben der Säule mit der Büste von Goethe, den Wächter. Sein Schatten fiel über die Treppenstufen auf Stahl zu, der eine Sekunde lang hoffte, unentdeckt zu bleiben, bis der Strahl einer Taschenlampe ihn blendete. Ich ergebe mich, dachte Stahl, stattdessen fingen seine Beine an zu rennen. Die Treppe hoch, hinauf zu dem Mann, der die schwere Lampe aus schwarzem Metall jetzt wie einen Prügel erhoben hatte, um Stahl niederzuschlagen. Der Strahl der Lampe tanzte nervös über die Stuckverzierungen an der Decke. Zwei Stufen bevor Stahl oben war, senkte sich der Strahl, huschte über die Wand, beschrieb eine gerade Linie, die in einem Bruchteil einer Sekunde auf Stahls Schädel treffen würde. Stahl stolperte über die oberste Stufe und rollte nach rechts ab. Die Lampe verfehlte seinen Kopf, Schmerz explodierte in seiner linken Hüfte. Er stöhnte und zog sich an der Säule nach oben. Der andere hatte sich wieder in Position gestellt, wieder schnitt der Lichtstrahl durch die Luft, wie das Schwert der Jedi-Ritter. Stahls Körper reagierte, bevor er nachdenken konnte. Er drehte sich zur Seite, die Lampe verfehlte ihn knapp und dann schlug Stahl zu. Er schlug, wie er es gelernt hatte, in einer Zeit, als er sich noch jung und stark gefühlt hatte. Die Kniegelenke leicht geöffnet, das Becken nach vorne gestellt, so dass die Kraft ganz durch ihn fließen konnte, mit einer Drehung aus den Hüften, einem kurzen Atemstoß und der ganzen Wucht seiner 92 Kilogramm, die über seinem rechten Arm im Gesicht seines Gegners landeten, kurz bevor der Ellenbogen seine maximale Streckung erreicht hatte. Der Kopf des anderen wurde nach hinten gerissen. Stahls Hand schmerzte, obwohl er darauf geachtet hatte, nicht gegen den Schädelknochen des anderen zu schlagen. Man sollte nicht ohne Handschuhe boxen, dachte er, setzte mit dem linken Arm nach und schlug gegen das Kinn seines Gegners. Der ließ die Lampe fallen, sie kullerte schwer die Stufen hinunter, die Birne zerbrach. Dann schlug Stahl eine Rechts-Links-Kombination. Sein Gegner hatte keine Ahnung, wie man die Hände für die Deckung hochnimmt. Er taumelte hilflos, ein linker Haken von Stahl und das Gesicht des Mannes prallte gegen den Marmorkopf von Goethe. Eine Nase knackte. Es war nicht die des Dichters. Stahls Gegner sank zu Boden. Goethes Kopf war blutverschmiert.

Stahl beugte sich zu dem Wächter nieder. Er fühlte seinen Puls und hörte auf seinen Atem. Klarer Fall von K.o. Stahl drehte ihn vorsichtshalber auf die Seite, damit er nicht erstickte, falls er sich erbrach. Dabei sah er den Schlüsselbund an der Hüfte des anderen. Er öffnete den Karabinerhaken am Gürtel, klopfte ihm noch einmal freundschaftlich auf die Schulter und ging.

Weimar, Dezember 1776

LENZ IST WEG, DER VERDRUSS HAT EIN ENDE. MÜHSAM IST es gewesen: Dumme Briefe hat Goethe bekommen, lästige Gespräche geführt, schwierige Unterhandlungen bestritten. Dass Lenz am letzten Tag noch einmal so um sich schlagen würde, hat Goethe überrascht. Aber jetzt ist es vorbei. Er ist erleichtert. Erleichtert und stolz auf sich, seine Umsicht, seine Geduld, seine Beharrlichkeit. Nie ist er dem Scheitern näher gewesen. Nie seine Lage aussichtsloser. Er schreibt an Charlotte: »Die ganze Sache reißt so an meinem Innersten, dass ich erst daran wieder spüre, dass es tüchtig ist und was aushalten kann.« Er dankt Herder für das Manuskript, das der ihm am Vortag noch sandte und das sofort in dem Feuer landete, das jetzt im Kamin lodert und das Zimmerchen heizt. Zusammen mit den Briefen, die Lenz in seiner letzten Verzweiflung an alle schickte, die sich dann, manchmal leise zweifelnd, manchmal lautstark empört an Goethe wandten. Was es damit auf sich habe? Was Lenz habe sagen wollen? Ob da nur ein Fünkchen Wahrheit sei? Ob Goethe auch nur eine Spur von Schuld auf sich geladen habe? Goethe zerstreute alle Zweifel an seiner Person. Sie kannten doch Lenz, das Kind. Seine kranke Seele, die fiebrigen Anfälle, seine fantastischen Ideen. Nehme man ihm das Spielzeug weg, fange er an zu greinen. Weise man ihn zurecht, dann tobe er mit hochrotem Kopf und verwünsche die ganze Welt. Nichts, aber auch gar nichts sei an diesen Briefen, den Totgeburten eines überhitzten Gemüts. Sie glaubten ihm alle. Die Briefe des verzweifelten Lenz wurden den Flammen übergeben, denen es egal war, was auf dem Papier stand, von dem sie sich nährten.

Goethe wendet das Ledermäppchen hin und her. Das Mäppchen mit den Briefen. Das Leder ist dunkel und hart. Die Briefe wird er nicht wieder lesen. Auch sie sollte er ins Feuer werfen. Genauso wie das dicke Päckchen des *Waldbruders*, das vor ihm liegt. Er sollte alles vernichten, vor den Augen der Welt schützen, wer weiß, was sonst noch geschehen konnte. Hat er nicht Monate damit verbracht, sich in den Besitz dieser Schreiben zu bringen? Mit dem Schicksal gerungen um sie? Und unter Aufbietung aller Kräfte sie schließlich dem Feind entrissen? Und doch hält ihn etwas. Seine Hand weigert sich, die Briefe und das Manuskript zu nehmen und in die Flammen zu werfen. Er hält inne. Es ist der Stolz. Der Stolz darauf, dass er das Schicksal bezwungen hat. Der Stolz darauf, dass es ihm gelungen ist, das Verhängnis abzuwenden, das unaufhaltsam näher kam. Der Stolz auf die innere Stärke, die er gezeigt hat, als sie am nötigsten war. Sind die Briefe und das Manuskript nicht auch Zeichen seines Triumphes, der Beweis dafür, dass er der Meister seines Lebens ist und niemand ihn aus der Bahn werfen kann, die er allein als die richtige für sich bestimmt hat? Sie vernichten wäre ein Frevel. Eine Sünde wider sich selbst.

Goethe zieht die Schreibplatte aus seinem Sekretär hinaus, löst deren Befestigung und legt sie auf den Boden. Sie ist schwer und dunkel, gutes Holz aus dem Kern der Ulme. Mit der rechten Hand tastet er die hintere Innenwand ab. Er findet die Reihe mit den Messingschrauben, die die Halterung der Platte an der Rückwand befestigen. Die dritte Schraube ist es. Er drückt sie ein wenig tiefer. Das Geheimfach öffnet sich mit einem leisen Klicken. Hier wird sie niemand finden, denkt Goethe. Er wird Recht behalten. Für lange Zeit.

Dann packt er seine Sachen. Lenz ist fort und kann keinen Schaden mehr anrichten. Jetzt muss Goethe weg, raus aus Weimar, den lästigen Fragen der Freunde und den ironischen Bemerkungen seiner Feinde entfliehen. Er geht auf die Schweinshatz. Drei Wochen lang. Die Wildschweine sind eine Plage, derer man kaum Herr wird im Land. Sie zerwühlen die Felder der Pächter, zertreten die Saat und suhlen sich auf den Wegen. Eine Rotte ist neulich gar durch Weimar gestürmt. Eine Jagdgesellschaft wird sie töten, wo immer man sie trifft. Zwei Tage später stürmt der erste Keiler auf Goethe zu. Er ist zu nah, die Muskete abzufeuern. Goethe reißt den Spieß hoch mit der dreifach gehärteten Klinge und rammt das Ende in die Erde. Das Wildschwein treibt sich die Klinge in die Flanke und bricht grunzend zusammen. Goethe badet die Hände in dem Blut, das dampfend aus der Wunde fließt. Es wäscht alle Erinnerung an Lenz fort. Als er nach Weimar zurückkehrt, ist er wie neu.

Erst 21 Jahre später drückt er wieder die Schraube des Sekretärs. Sie ist grünlich angelaufen. Der Mechanismus klemmt, Goethe schlägt mit einem Hämmerchen dagegen. Die Klappe gleitet zur Seite. Die Briefe rührt er nicht an. Nie wieder will er das tun. Er braucht den *Waldbruder*. Den Roman, mit dem Lenz ihn einst erpressen wollte. Er will ihn verwenden für die Zeitschrift, die er mit Schiller herausgibt: *Die Horen* heißt sie und geht mehr schlecht als recht. Das Publikum ist klein, das Papier ist wieder teurer geworden, die Dichter zahlen drauf. Außerdem ist Schiller wieder krank und hustet Blut. Die nächste Ausgabe muss Goethe alleine zusammenstellen. Ein Roman von Lenz, herausgegeben von Goethe. Das wäre eine Sensation, ein publizistischer Erfolg, der die Zahl der Leser mindestens verdoppeln müsste. Noch ist die Auseinandersetzung von Goethe und Lenz nicht vergessen, auch zwei Jahrzehnte nach dem Streit und fünf Jahre nach dem Tode von Lenz erinnert man sich daran. Nicht im Beisein Goethes, bewahre, der kann den Namen Lenz noch immer nicht hören. Aber die Geister der Vergangenheit sind nicht gebannt und kehren immer wieder. Natürlich weiß das Goethe. Er hat überall seine Ohren. Und diese Gier des Publikums wird er ausnutzen für die nächste Ausgabe.

Er blättert vorsichtig durch die Papiere. Einmal nur hat er den Briefroman gelesen, damals in der letzten Nacht, bevor er Lenz endgültig vernichtet hat. Goethe ist überrascht von dem, was er liest. Damals ist seine Wut zu groß gewesen, um das zu würdigen, was der andere schrieb. Viel besser ist es, als vermutet. Vieles kann er direkt übernehmen. Nur die Spur der Liebe zwischen den Männern muss er tilgen. Herz wird sich einfach in die Gräfin verlieben, nur wenig muss Goethe dann ändern. Zwei Tage lang arbeitet er den *Waldbruder* um. Dann lässt er ihn abschreiben, heimlich, mit Lenzens Schrift.

Er hat das Publikum richtig eingeschätzt. Alle reißen sich um das Heft. Innerhalb von zwei Monaten wird es dreimal neu aufgelegt. Die Druckkosten für das gesamte vergangene Jahr holt er herein.

Ein letztes Mal gedenkt man in Weimar des Dichters Lenz.

Moskau, April 2001

»Ein interessantes Angebot.« Der Amerikaner nickte mit dem Kopf und musterte sein Gegenüber. Sein Eindruck war zwiespältig. Der Russe war gekleidet wie ein Geschäftsmann, aber die grauen wuchernden Augenbrauen gaben ihm etwas Unzivilisiertes, Wildes, etwas Unberechenbares, aber das war wohl Teil seines Berufes.

»Ein einmaliges Angebot«, sagte Wladimir Zdanov. »Wenn Sie es annehmen wollen, dann entscheiden Sie schnell.« Sein Englisch klang schroff und aggressiv. »Es gibt verschiedene Interessenten dafür. Das Mittelalter ist teuer geworden. Und Qualität dieser Art im Westen nicht mehr zu haben.«

»Aber der Preis«, versuchte der Amerikaner es wieder.

»Der Preis ist der Preis«, sagte Wladimir. »Die Beschaffung ist ein Risiko. Ich muss Fachleute engagieren, Wachmänner bestechen. Auf einer Auktion würden Sie dennoch das Dreifache zahlen.«

Der Amerikaner zögerte und blickte auf die Buchrücken in den Regalen des kleinen Raumes. Zdanovs Antiquariat war die beste Adresse dieser Art, seit Jahren schon, das wusste er, wie es alle Ausländer wussten, die herkamen, um mehr oder weniger legal Bücher zu kaufen. Aber er glaubte nicht wirklich, dass es noch andere Interessenten für die Handschrift aus dem Kloster Melk gab.

Wladimir schenkte ihm einen Tee ein. Sie tranken schweigend.

»Und?«, fragte Wladimir nach einer Pause und hob die rechte Augenbraue.

»Okay«, sagte der Amerikaner. »Zum ausgemachten Preis. Aber ich werde den Verdacht nicht los, dass Sie mich übers Ohr hauen und ein alter Halsabschneider sind. Kann das sein?«

Wladimir lächelte unverbindlich. »Ich habe Ihre Nummer, in ein paar Tagen rufe ich Sie an. Bis dahin: Genießen Sie Ihren Aufenthalt. Moskau ist zu einer Stadt geworden, in der man die Annehmlichkeiten des Westens mit der Dekadenz des Osten kombiniert hat und in der alle Wünsche eines Mannes befriedigt werden. Und kaufen Sie keine Bücher. Zu viel Ramsch auf dem Markt. Viele Fälschungen. Nicht gut.«

Der Amerikaner bedankte sich und ging. Wladimir tippte eine Nummer in ein Mobiltelefon: »Operation Pskow läuft sofort an. Bring die Lieferung zu Lager drei.«

Weimar, Juni 2001

»Und dann?«, fragte Drexler.

Stahl köpfte umständlich sein Frühstücksei, bevor er ihm antwortete. »Dann bin ich durch Weimar spaziert. Mit den Briefen von Goethe unter dem Hemd. Kannst du dir das Gefühl vorstellen? Ich bin an zwei Polizisten vorbeigelaufen, die Streife gingen, und konnte ihnen direkt in die Augen sehen, trotz des Einbruchs. Ich hatte keine Angst, ich war beschützt, von höchster Stelle. Unantastbar.«

»Und wo hast du sie jetzt?« Drexler konnte nichts essen. Es irritierte ihn, wie selbstvergessen Stahl ein Brötchen nach dem anderen in sich hineinschob.

Stahl klopfte zufrieden auf seinen Bauch. »Immer noch da. Gleich werden wir sie lesen. Aber iss doch auch etwas, du siehst so spitz um die Nase aus.«

Drexler gehorchte widerwillig.

Kurz darauf räumte Stahl in seinem Zimmer die Vase mit den Plastikblumen mitsamt Tischdeckchen beiseite. Er packte mit einer vorsichtigen Bewegung das Päckchen mit den Briefen auf den Tisch. Das Mäppchen von Goethe. Gestern Nacht hatte er keine Zeit gehabt, seinen Fund ausgiebig zu würdigen. Das holte er jetzt nach.

»Gib her.« Drexler war aufgeregt. Briefe von Goethe. Das war viel besser, als für Sekunden in seinem Bett zu liegen. Und sie gehörten ihnen, jedenfalls im Moment. Er hielt sie in seiner Hand. Die Tinte auf dem ersten Brief war tiefschwarz, kein bisschen ausgebleicht, als wäre er gestern erst geschrieben worden. Trotzdem konnte er sie nicht lesen. Stahl würde sie entziffern müssen. Der konnte so etwas.

»Schau hier«, sagte Drexler. Das Papier des nächsten Briefes war dünner, faseriger, und die Tinte hatte kleine Löcher in das Papier gefressen. Er zeigte es Stahl. Der wusste, was los war.

»Das ist Eisengallustinte. Deshalb ist die so schwarz. Die ist für die Ewigkeit gemacht, die einzige Tinte, die nie ausbleicht. Aber wenn sie feucht wird, entsteht Schwefelsäure und die zerfrisst die Zellulose. Sei vorsichtig.«

Stahl sortierte die Briefe nach den Datumsangaben und legte sie vor sich hin. Draußen auf dem Flur saugte Gerda den Teppichboden und bollerte gegen ihre Tür, als wollte sie absichtlich diesen heiligen Augenblick entweihen. Dann las Stahl, mühsam Wort für Wort entziffernd, die Briefe vor. Mit jedem Brief gewöhnte er sich ein wenig mehr an die Handschriften. Mit jedem Brief las er ein wenig flüssiger. Mit jedem Brief wurde Stahl ein wenig roter im Gesicht und Drexler ein wenig blasser.

Das konnte nicht sein. Das war unmöglich. Das hätte sich nie verbergen lassen. Nie und nimmer. Nicht Goethe, der Größte, der Maßstab, der Gott der deutschen Literatur. Alle, aber nicht er. Das musste ein Fehler sein, eine Verleumdung, eine Fälschung. Da wurde ihm etwas untergeschoben. Eine bösartige Unterstellung von Lenz. Eine Kampagne gegen den Meister!

Sie schwiegen lange.

»Oh je«, sagte Drexler schließlich nach einer Pause.

»Kann man wohl sagen«, brummte Stahl.

»Das ist die Titelgeschichte im STERN.«

»Das mit der griechischen Liebe. Das wäre alleine ja schon eine Sensation.«

»Wenn wir damit an die Öffentlichkeit gingen, würden wir mit einem Schlag berühmt.«

»Wir haben ja darüber gesprochen, aber ich hätte dem Lenz das nicht zugetraut. Aber eindeutiger kann man das wohl nicht formulieren. Aber das andere ...«

»Das andere ist ...«

»Ich glaub es auch nicht«, sagte Stahl.

»Lies es noch einmal vor. Vielleicht kaufe ich es dir dann ab.«

Stahl gehorchte und nahm den Brief, den Lenz im Juni 1773 abgeschickt hatte. Er übersprang die Liebesschwüre auf der ersten Seite. Sie hatten eine Affäre gehabt. Das kam vor. Vor allem bei Goethe, der ja einiges ausprobiert hatte in seinem Leben. Das war nicht weiter wichtig. Jetzt nicht mehr. Nicht im Vergleich zur Rückseite des Briefes:

Ich schicke dir hier die Plane zu einem Stück, von dem ich hoffe, dass es das Beste wird, das bislang aus meiner Feder geflossen ist. So harmlos hatte Lenz das angekündigt. Stahl drehte den Brief um:

Ein einfaches Mägdelein, Marie mit Namen, wird von einem Offizier in einer Garnisonsstadt betört und mit Schmuck und Gold dem Herren gewogen gemacht. Es ist ein junges Ding, das keinen Vater mehr hat und mit der Mutter in einem einfachen Haushalt lebt. Der Vater ist längst tot, ein Bruder fern beim Militär. Das Mägdelein selber würde dem Offizier noch widerstehen, wäre da nicht die Nachbarin Marthe, die, als mannstolle Witwe, dem Mädchen zuspräche. So weicht der Widerstand des frommen Kindes. Vom Schlaftrunk, den der Offizier ihr für die Mutter gibt, um ihr ungestört beiwohnen zu können, stirbt die Alte. Das böse Gewissen verwirrt Marie immer mehr. Die Mägde am Brunnen schimpfen auf eine andere, die ohne Heirat ein Kind unterm Busen trägt. Im Dom flüstert der böse Geist sie in den Wahnsinn. Ihr Bruder fällt im Duell von der Hand des Offiziers. Nachdem sie ihr Kind dann heimlich gebiert, bringt Marie es in völliger Umnachtung um und ergibt sich im Kerker der Gnade Gottes.

Es wird eine bittere Komödie, aber Komödie ist Gemälde der Gesellschaft, und wenn die ernsthaft wird, kann das Gemälde nicht lachend werden. Ich hoffe, die Figuren mit einer Genauigkeit und Wahrheit darzustellen, mit der das Genie sie erkennt, anstatt einem hohlen Ideal der Schönheit, wie die französisierenden Dichter das tun. Heißen soll es »Die Soldaten«, und ich hoffe, es in einigen Monaten zum Druck befördern zu können.

»Sag mir, dass das nicht wahr ist«, forderte Drexler.

»Ist es aber«, bedauerte Stahl. »Eine Inhaltsangabe des *Faust*. Von Goethes *Faust*. Genau gesagt: von der Gretchentragödie, also dem halben *Faust*. Und zwar von jeder einzelnen Szene, soweit ich das im Kopf habe. Ersetze den Offizier durch Faust und Marie durch Gretchen, und dann hast du es.«

»Bloß dass es nicht von Goethe ist.«

»Sondern von Lenz.«

»Das kann doch nicht sein. Nicht der *Faust*. Ich glaub das nicht. Das ist zu viel verlangt. Das glaubt uns ja auch keiner. Das war es, was Bettina so in Aufregung versetzt hat. Fast schon wahnsinnig sei sie, das haben wir doch von verschiedenen Seiten gehört. Kein Wunder. Und sie musste alleine damit fertig werden, Und besaß die Briefe nicht einmal, sondern hatte sie nur angelesen. Und das Gedicht zeigt doch, dass Lenz den *Faust* nicht nur konzipiert, sondern das Stück auch schon ausformuliert hat. Lies den Brief noch einmal. Nicht das Zeug mit der Knabenliebe, sondern die Rückseite!«

Stahl las:

Hier das Liedlein, das Marie in ihrem Zimmerchen singt. Nachdem wir uns sahen, schrieb ich's noch einmal um. Ich hoffe, dir gefällt es so auch besser:

*Es war ein König in Thule,
Einen goldenen Becher er hätt*

Empfangen von seiner Buhle
Auf ihrem Todesbett.

Der Becher war ihm lieber,
Trank draus bei jedem Schmaus;
Die Augen gingen ihm über,
So oft er trank daraus.

Und als es kam zu sterben,
Zählt er seine Städt und Reich,
Gönnt alles seinen Erben,
den Becher nicht zugleich.

Er saß beim Königsmahle,
Die Ritter um ihn her,
Auf hohem Vätersaale,
Dort auf dem Schloss am Meer.

Dort stand der alte Zecher,
Trank letzte Lebensglut
Und warf den heiligen Becher
Hinunter in die Flut.

Er sah ihn stürzen, trinken
Und sinken tief ins Meer,
Die Augen täten ihm sinken,
Trank nie einen Tropfen mehr.

Das Herz geht mir über, seh ich Marie in ihrer Kammer sitzen und von der Liebe des alten Königs singen. Auch das Lied am Spinnrad in ihrer Stube ist besonders gelungen. Ich schreib's dir ein andermal ...

»Ich fasse es nicht. Das ist eines der Gedichte von Goethe, die ich schon als Schüler auswendig lernen musste. Und jetzt ist es eine Fälschung. Abgeschrieben. Geklaut. Das hat Goethe doch nicht nötig! Jemand mit seinen Fähigkeiten!« Drexler lachte schäbig.

»Er wäre ja nicht der einzige Dichter, der sich bei anderen bedient. Denk an Brecht, der nannte das laxen Umgang in Fragen geistigen Eigentums. Bei ihm weiß man ja auch nicht genau, von wem er was abschrieb.«

»Aber dass Lenz das Gedicht geschrieben hat...«

»Das Gedicht ist von Goethe. Es steht in seinem *Faust*. Du weißt das, ich weiß das, alle wissen das.«

»Aber das ist falsch. Es ist von Lenz, ganz offensichtlich. Schau dir den Brief doch an!«

»Wenn alle glauben, dass es von Goethe ist, dann ist es auch von Goethe. Wahr ist das, was für wahr gehalten wird.«

»Aber die Briefe, sie sind echt, vollkommen real. Du kannst doch nicht die Realität leugnen, nur weil die Mehrheit etwas anderes glaubt.«

»Die Realität ist nichts, was von sich aus besteht. Sie wird gemacht. Von uns. Wenn wir eine Wirklichkeit konstruieren, die von der Wirklichkeit der anderen Menschen abweicht, dann behaupten sie, wir seien verrückt. Es ist einfacher, sich an die Definition der Realität zu halten, die uns vorgegeben wird. Also: Goethe hat den *Faust* geschrieben, mit allem, was drinsteht. Was wir hier haben, sind seltsame Briefe, die im Gegensatz zur gesamten Literaturgeschichte stehen. Wir ignorieren, was wir bisher gelesen haben. Die Briefe sind nichts als ein Mittel zum Zweck, denn sie sollen uns zu Bettina führen.«

»Überleg mal: Wir haben hier eine Sensation in den Händen!«

»Wir suchen keine Sensation. Wir suchen einen Menschen.«

»Nicht so schnell, lies noch einmal den nächsten Brief. Was er da sagt, ist doch seltsam.«

Stahl las aus dem nächsten Brief von Lenz:

Falsch, alles falsch, was ich dachte und plante und hoffte und glaubte. Es ist keine Wirklichkeit in meinem Stück, die Figuren sind beim Schreiben zu Trägern von Ideen geworden und nicht zu Menschen von Fleisch und Blut. Zuerst muss ich die Verse zerschlagen. Wie unendlich könnten wir unsere gebildete Sprache bereichern, gingen wir in die Häuser unserer so genannten gemeinen Leute und lernten dort. Wie würden uns die Augen da erst über den Reichtum unserer Sprache aufgehen! Weg also mit den gereimten Versen. Ich habe beim Schreiben vergessen, für wen ich schrieb. Und ich will in meinem Publikum weder den Pöbel, noch die Gebildeten ausschließen. Also muss ich als Komödienschreiber komisch und tragisch zugleich schreiben, weil das Volk, für das ich schreibe oder doch wenigstens schreiben sollte, ein solches Mischmasch von Kultur und Rohigkeit, Sittlichkeit und Wildheit ist.

Außerdem soll im Mittelpunkt nicht der Charakter des Mädchens und des Offiziers stehen, sondern die Begebenheiten, die Sache, die Handlung. Überhaupt wird meine Bemühung jetzt dahingehen, die Stände darzustellen, wie sie sind; nicht wie Personen aus einer höheren Sphäre sie sich vorstellen, so dass mein Stück gerade von der Seite empfunden wird, auf der ich's empfunden wünschte: von der politischen. So beginne ich von vorne und vergesse alles, was ich bislang zu Papier gebracht.

»Das ist doch absurd. Lenz schreibt den *Faust* und dann...«

»Falsch. Lenz schreibt den *halben Faust*. Was fehlt ist die Gelehrtentragödie und die ganze Sache mit Mephisto.«

»Okay, also Lenz schreibt den *halben Faust*, der gefällt ihm nicht mehr und stattdessen schreibt er ein Stück, *Die Soldaten*, das kein Schwein interessiert, das niemand aufführt, das keiner liest. Und Goethe verwendet das Konzept von Lenz für seinen *Faust*, und zwar Wort für Wort.«

»Ich sage es dir noch mal: Wir dürfen uns jetzt nicht darum kümmern, was in den Briefen steht. Wir sind nicht hier, um Briefe zu suchen. Wir sind nicht hier als Wissenschaftler. Es geht hier nicht um Literatur, es geht um einen Menschen. Wir suchen Bettina Böhler. Meine Theorie ist, dass diejenigen, die die Briefe haben, beziehungsweise hatten, Bettina verschwinden ließen. Jetzt haben wir, was die wollen. Die haben, was wir wollen. So kommen wir vielleicht ins Geschäft. Und jetzt habe ich Hunger. Lass uns zu dem Türken an der Ecke gehen.«

Nach dem Essen spazierten sie zum Berkaer Bahnhof und schlossen die Briefe in einem Schließfach ein. Stahl meinte, dass sie nun alles getan hätten, was zu tun sei. Weitere Aktivitäten müssten von der Gegenseite ausgehen, die seiner Meinung nach nun hinreichend identifiziert war. Drexler stimmte ihm zu. Sie besichtigten das Schillerhaus, tranken Cappuccino mit Sahnehäubchen in der Fußgängerzone und versuchten nicht daran zu denken, was in den Briefen stand.

Am nächsten Abend folgte Drexler den Anweisungen Stahls, der mit der Landkarte auf den Knien seinen Freund dirigierte. Von der Bundesstraße zweigte eine kleine Landstraße kurz nach Bad Berka rechts ab. Anfangs war sie noch asphaltiert, aber nach einigen Kilometern war der Teer ausgegangen, und der Wagen rumpelte über das Kopfsteinpflaster. Stahl kurbelte das Fenster herunter, um den Duft des Sommerregens einzuatmen, der kurz vorher über den finsteren Hügeln niedergegangen war. Jetzt hatte die Abendsonne die schwarze Wolkendecke durchbrochen und beleuchtete die kahlen Kuppen der Hügel, die rechts und links die Straße flankierten. Der Wind wehte durch die Weiden neben dem Bach links von der Straße.

»Hier muss es gleich sein«, sagte Stahl. Er hatte genaue Anweisungen von Freese bekommen, der keinesfalls überrascht schien, als Stahl bei ihm anrief: »Irgendwo links ab, eine

Brücke über den Fluss und dann noch zwei Kilometer auf einem Feldweg.«

»Nicht gerade dicht besiedelt«, meinte Drexler. Auf der Landstraße war ihnen in den vergangenen zehn Minuten kein einziges Auto entgegengekommen.

Er fuhr langsamer, um die Abfahrt nicht zu verpassen. Sie fanden sie nicht. Einige Kilometer fuhr Drexler fast im Schritttempo. Dann gab er auf.

»Lass uns zurückfahren. Freese hat dich reingelegt.«

»Kann nicht sein. Da hätte er nichts davon. Dreh mal um, wir schauen noch einmal.«

Diesmal fand Drexler die Abfahrt. Die ausgewaschenen Fahrspuren waren kaum zu erkennen und verschwanden nach einer Kurve unter den Zweigen eines Weidenbaumes.

»Hier?«, fragte Drexler.

Stahl zuckte mit den Schultern. Sie probierten es. Die Stoßdämpfer ächzten bei jedem Schlagloch. Der Beton der Brücke über den Bach war rissig, an den Seiten krümmten sich verrostete Eisengitter. Einige Minuten später leuchtete im Lichtschein des Wagens ein Wartburg auf, der ohne Räder neben dem Weg stand. Wicken wuchsen aus den zerschlagenen Scheiben. Dann sahen sie das Haus.

Ein lang gestreckter Bungalow, die Jalousien fest verschlossen. Davor ein schwarzer Jeep mit russischen Kennzeichen. Drexler hupte dreimal. Das war das vereinbarte Zeichen.

Sie warteten im Auto bis die Tür des Hauses geöffnet wurde und ein Streifen Licht auf einen kleinen Vorplatz aus zerborstenen Platten fiel. Stahl und Drexler sahen sich an.

»Warte hier auf mich«, sagte Stahl und stieg aus.

Freese begrüßte ihn mit einem kurzen Nicken.

»Schön wohnen Sie. Etwas einsam für meinen Geschmack«, meinte Stahl.

»Sind Sie gekommen, um zu plaudern?«, fragte Freese.

»Nicht nur, aber auch«, antwortete Stahl. »Aber jetzt lassen Sie mich doch sicher erst einmal rein, oder?«
»Den Gang lang, dann das Zimmer am Ende«, sagte Freese. Stahl ging voraus. Der Flur war fast acht Meter lang und an beiden Seiten voll gestellt mit Bücherregalen. Er wollte stehen bleiben und sich genauer ansehen, was der Archivar las, aber der drehte in dem Moment das Licht aus. Stahl ging weiter.

Weimar im Krieg

RUDOLF WOLPERT WAR MISSTRAUISCH. UND WENN ER LOG, der Schreiner? Würde einen ja nicht wundern, bei einem Juden. Denen war doch alles zuzutrauen. Er glaubte ihm nicht. Nicht ganz. Blöd, dass er den Sekretär gerade zu ihm gebracht hatte. Aber er war der beste Restaurateur im ganzen Gau. Das sagten alle. Jetzt hatte er den Dreck. Wenn er die Briefe doch gelesen hatte? Ausgerechnet ein Itzig. Andererseits: Der war nur ein Handwerker. Der könnte so eine Schrift gar nicht lesen, selbst wenn er es versuchen würde. Trotzdem war Wolpert unsicher. Er würde niemanden fragen können, was zu tun sei. Das Schicksal hatte ihm diese Briefe in die Hände gespielt. Jetzt hatte er eine Lebensaufgabe bekommen. Die musste er alleine bewältigen. Sein erster Impuls war gewesen, das Ledermäppchen samt Inhalt zu vernichten. Nie würde jemand erfahren dürfen, was darin stand. Er glaubte selber nicht, was er las. Und was er schlimmer finden sollte. Er war überwältigt. Überwältigt von dem, was er las und davon, dass er es war, Rudolf Wolpert, ein kleiner Angestellter beim Goethe- und Schiller-Archiv, der das Andenken des größten Dichters retten sollte, bewahren und für alle Zeiten rein erhalten.

Die Briefe von und an Goethe zu beseitigen, das war etwas,

was man nicht tat. Das ging nicht. Das wäre Schändung eines Heiligtums. Eine Todsünde. Es musste einen anderen Weg geben. Er verschloss sie auf dem Speicher seiner Wohnung in dem alten Schrankkoffer seiner Mutter. Hier würde sie niemand vermuten. Jeden Abend schlich er hinauf, eine Petroleumlampe in der Hand, und las die Briefe. Wort für Wort, obwohl er sie längst auswendig konnte und jeden einzelnen Buchstaben wie einen alten Freund begrüßte. Er war der Hüter. Der Hüter der Briefe. Sie wurden seine Religion. Seine Familie. Sein Weg. Sein Ziel.

Nie wieder würde er sich ducken müssen, wenn die studierten Archivare sich über seine fehlende Bildung lustig machten. Nie mehr den Kopf senken, wenn der Leiter des Archivs mit strengem Blick die Schreibstube durchmaß. Nie wieder zusammenzucken, wenn einer mit lauter Stimme seinen Namen rief. Nie mehr anlaufen, wenn das Fräulein von der Postzuteilung Witze über sein Hinkebein machte oder sein rotes Haar.

Der Schreiner, wenn er die Briefe je gelesen hätte, würde nichts erzählen können. Einige Monate nachdem er den Sekretär restauriert hatte, brannten die Synagogen und einige jüdische Geschäfte. Auch die Schreinerei ging in Flammen auf und mit ihr der Besitzer. Niemand fragte danach, warum die Leiche einen eingeschlagenen Schädel hatte.

Jahrelang ging Wolpert tagsüber seinen Geschäften im Archiv nach, wo er dank seines steifen Beines auch arbeiten durfte, während die anderen Männer in waffenfähigem Alter zu Zehntausenden in anderen Ländern starben. Abends beging er seine rituelle Lesung der Briefe. Er war glücklich. Aber die Brandbombe, die am 9. Februar das Dach durchschlug, änderte alles. Wolpert rettete sich und vor allem die Briefe aus dem Haus in der Marktstraße. Es brannte bis auf die Grundmauern nieder, wie viele andere Häuser der Stadt. Aber das war egal. Wichtig war, dass er die Briefe hatte. Aber wohin damit?

Vor Bomben waren sie nirgends sicher. Sie nahmen keine Rücksicht. Blind zerstörten sie alles, was die größten Deutschen über Jahrhunderte hinweg aufgebaut und geliebt hatten: Das Theater war ausgebrannt, nur das Foyer stand noch, aber wer brauchte einen Eingang, der ins Nichts führte. Das gelbe Schloss hatte einen Volltreffer abbekommen, auch das Goethe-Haus am Frauenplan war teilweise zerstört, ebenso das Wohnhaus von Schiller und die Kirche, in der Herder gepredigt hatte. Es roch nach kaltem Rauch und Verwesung. Selbst neben Goethes Gartenhaus war eine Bombe gefallen. Die Amerikaner waren eben Barbaren. Sie schreckten vor nichts zurück. Und die russischen Barbaren standen ebenfalls nicht weit entfernt. Am besten wäre es, die Briefe unter der Erde in einem alten Stollen zu verstauen. Er kannte sie alle. Als Kind hatten sie dort Verstecken gespielt. Dort wären sie sicher vor den Bomben und der Roten Armee, die nicht mehr lange brauchen würde, bis sie Weimar erreichte. Die Grube Dorndorf war nah genug. Bei dichtem Schneetreiben kämpfte er sich über die vereisten Wege. Der Eingang zum Hauptstollen war verschüttet, er wusste nicht warum, vielleicht auch eine Bombe, die hier niedergegangen war, aber er kannte die anderen Wege. Dahinten, bei der Krüppelkiefer musste es ein Schlupfloch geben. Er suchte nicht lange. Dann drückte er sich durch einen senkrechten Spalt. Als Kind war das einfacher gewesen. Eckstein, Eckstein, alles muss versteckt sein, und dann mit einem Schwung durch das Loch gesprungen. Jetzt störte sein steifes Bein. Er griff eine Wurzel, die aus der Decke der Höhle schaute, und zog sich mit der linken Hand nach innen, in der rechten die Briefe, die Taschenlampe im Mund. Mit einem Male war er durch, fiel schwer gegen den gefrorenen Boden und stieß mit dem Kopf an etwas Hartes. Die Lampe fiel ihm aus dem Mund. Er fluchte und tastete nach ihr. Sie war zerbrochen. Es war stockfinster, aber er kannte sich hier aus. Der

Gang ging einige Meter geradeaus, dann müsste eine leichte Rechtsbiegung kommen, und dort begann dann der Hauptstollen. Dort würde er den Karton mit den Briefen verstecken. Er fingerte an der Wand entlang. Sein Orientierungssinn betrog ihn nicht. Als er im Hauptstollen war, stellte er das Päckchen auf den Boden. Nach dem Krieg, wenn alles wieder in Ordnung gekommen war, würde er es wieder holen. Er fühlte sich nackt und leer, als er wieder aus dem Stollen gekrochen kam und durch den Schneesturm in die Stadt zurückkehrte, wo er Unterschlupf in einem ehemaligen Kartoffelkeller gefunden hatte.

Weimar, Juni 2001

DIE TÜR DES WOHNZIMMERS ÖFFNET SICH ZÖGERND, Zentimeter für Zentimeter und leise quietschend, als ob der, der gleich eintreten wird, sich fürchtet, als ob er zurückschreckt vor dem, was hier auf ihn wartet, als ob er weiß, was hier geschehen ist mit ihr in den letzten Tagen und Wochen und immer wieder geschehen wird. Ihre wunden Augen stieren auf den schwarzen Rahmen der Tür. Das Licht im Flur ist aus. Ihr Blick bohrt sich durch das dunkle Loch, tastet sich hindurch, mehr ahnend als wissend. Dann spürt sie ihn, den Umriss eines Mannes, der dort steht und starrt. Der starrt wie ein Tier, das mit gierigen Augen über ihr Gesicht leckt, die Konturen ihres Körpers abtastet und versucht, tiefer in sie einzudringen. Wo sein Blick über sie geht, rötet sich die Haut, dünn wie Papier. Schweiß tritt auf ihre Stirn. Sie fröstelt.

Es ist nicht Freese, dieser blutleere Feigling mit den Fischaugen. Er ist größer, breiter, füllt den ganzen Rahmen der Tür ein massiver schwarzer Schatten steht auf der Schwelle und glotzt sie an.

»Endlich«, sagt der Mann.

Die Stimme ist tief und angenehm. Aber das besagt nichts. Der Russe, der neben ihr sitzt, mit seinem harten Gesicht, den finsteren Augenbrauen und seinen riesigen Altmännerpranken, in denen die Pistole fast verschwindet, hat auch einen schönen Bass. Und doch hätte er sie vielleicht schon vor Wochen umgebracht. Schließlich hat er die Pistole und legt sie an die Kette. Hätte sie unter Umständen erschossen wie eine überzählige Katze aus einem unerwartet großen Wurf und anschließend irgendwo hinter dem Haus verscharrt. Wenn sie ihm nichts erzählte. Das ist ihre Rettung, da ist sie sich sicher. So lange sie ihn im Banne einer Geschichte hält, passiert ihr nichts, einer Geschichte, die sich über Länder und Zeiten ausbreitet, mit unzähligen Personen und Schauplätzen, Haupt- und Nebenhandlungen, Verwicklungen und Auflösungen, einer Erzählung, die beim Reden entsteht, allmählich Gestalt gewinnt und aus allem schöpft, was sie bislang gelesen hat, all den Büchern, die sie in sich gesaugt hat im Laufe ihres Leserlebens und die jetzt, während der langen Tage und halben Nächte, aus ihr herausfließen, in denen Freese im Archiv ist und der Russe ihr gegenüber sitzt, in den Händen die Pistole und die Metallkette, die mit ihren Handschellen verbunden ist.

»Sie sind Bettina«, sagt der Mann. Seine Stimme klingt, als hätte er Kreide gefressen, übertrieben sanft und unecht. Sie ist misstrauisch. So hat sie hier niemand genannt. Noch nie. Nicht der Fisch und nicht der Russe. Ist er der Feind? Der hinter allem steht? Der jetzt gekommen ist, um zu Ende zu bringen, was der Russe bislang nicht vollbracht hat, weil er auf das Ende der Erzählung wartet; ein Ende, das nie kommen wird, so lange nur ihre Stimme durchhält und der Strom der Geschichten in ihr nicht versiegt? Sie will zurückweichen, aber da hält sie die Kette. Schmerz zuckt durch die blutigen Stellen am Handgelenk, wo die Handschellen über die dünnen Knochen rutschen.

»Ich bin froh, Sie gefunden zu haben.« Jetzt entscheidet er sich, wagt den Schritt über die Schwelle und geht auf sie zu. Mit schweren Schritten. Es drängt sie aus ihrem Sitz, doch nach links hält sie die Kette und rechts sitzt der Russe, alt und gefährlich, aber im Vergleich zu dem, der jetzt vor ihr steht, fast schon ein Vertrauter, ein Verbündeter durch ihre Erzählung, in dessen Netzen sie ihn gefangen hat, so wie er sie gefesselt hält, beide abhängig voneinander, aufeinander angewiesen in einem todernsten Spiel.

Der große Mann geht auf die Knie und nimmt ihre Hände in seine. Sie wagt nicht, sich zu wehren. Seine Haut ist weich und warm. Er streicht mit den Daumen über ihre Wunden. Gleich wird er weinen. Das heißt noch gar nichts. Der Feind nimmt vielerlei Gestalt an. Nicht immer trägt er die Augen des Fisches. Freese ist lautlos ins Zimmer geglitten. Er lehnt an der Wand und beobachtet sie. Sein Mund verzieht sich voll Ekel und Spott über die zärtliche Geste.

»Das hätten Sie nicht tun dürfen«, sagt der Mann.

Er steht auf und geht auf Freese zu. Er bewegt sich täppisch. Wie ein Bär, aber ein Bär, von dem man nicht weiß, ob er nicht in der nächsten Sekunde seinen Gegner anfallen wird.

Freese hat seinen Körper von der Wand gelöst. Er blickt Hilfe suchend an dem Mann vorbei auf den Russen.

»Stopp. Erst reden«, sagt der Russe. Er winkt mit seiner Pistole in Richtung der Stühle. Die Schultern des Mannes sinken ein wenig, er dreht sich um. Die Pistole scheint ihm nichts auszumachen. Sie sieht in seine Augen. Da ist keine Angst. Trotzdem setzt er sich. Der Stuhl knarrt unter seinem Gewicht. Er sieht den Russen an. Seine ledrige Haut, die geschwollene Nase, rot und blau wie bei alten Alkoholikern, die grauen Haarbüschel, die aus seinen Ohren wachsen. Der Russe nimmt die Rotweinflasche und gießt sich und dem Mann ein Glas ein.

»Gut. Reden wir«, sagt der Mann.

Seine Stimme vibriert.

»Zuerst: Warum haben Sie das mit ihr gemacht?«

Seine Augen sind groß und traurig, als er das fragt. Sie hört auf zu frieren.

»Wir haben uns um sie gekümmert«, sagt der Russe. »Um sie vor Schwierigkeiten zu bewahren. Sie will nicht auf uns hören. Wir schützen sie. Vor sich selbst. Wird sie vernünftig, kann sie gehen. Aber ich habe wenig Hoffnung, dass das passieren wird.«

Sie ist gekränkt. Als sei sie gar nicht hier, so sprechen sie über sie. Wie über ein Kind, das nichts versteht, oder ein Ding. Als gehörte sie ihnen.

Vielleicht haben sie Recht.

»Das ist nicht gut. Darüber unterhalten wir uns später. Zuerst zu den Briefen: Wie sind Sie an die gekommen?«, fragt der Mann in den Raum hinein.

Sie zuckt zusammen. Er gehört zu den Eingeweihten. Einer mehr, der davon weiß. Sonst wäre er nicht hier. Ist das gut für sie, oder nicht?

Der Russe kratzt sich mit der rechten Hand an einer grindigen Stelle an seiner Stirn. Dabei hält er die Pistole fest, die einen Moment lang auf den Mann zielt.

»Die Briefe. Immer wieder die Briefe. Lange Geschichte. Sehr lange. Sehen Sie, ich handle mit Büchern. Schon seit 1945. Mal lief das Geschäft schlecht. Mal lief das Geschäft gut. Seit Gorbatschow läuft es gut. In Russland gibt es viele Bücher, auf die niemand aufpasst. Die niemand schätzt. Ich sorge dafür, dass die Bücher zu denen gelangen, die sie würdigen. Damit meine ich: bezahlen. Die Briefe waren Zufall. Ich wollte eine mittelalterliche Handschrift aus Pskow für einen Kunden in den USA. Aber der junge Mann, der für mich dort tätig wurde, brachte mir alles, was er dort an Handschriften gefunden hatte. Auch diesen Pappkarton mit den Briefen.«

Mehr sagt er nicht. Dabei gäbe es mehr zu erzählen, so wenig sie auch von ihm weiß, das hat er ihr erzählt in den vielen Tagen ihres ununterbrochenen Zusammenseins. Wie er diesen Karton in den Händen hielt, eine graue Schachtel mit einer simplen Aufschrift *Alte Briefe*. Der kyrillischen Schrift eines jungen Soldaten aus dem Jahr 1945. Seiner eigenen Schrift. Wie er sie langsam erkannte, mit seinen rissigen Fingern die Buchstaben entlanggefahren war und kaum wagte, hineinzublicken. Wie mit einem Male alles wieder da war. Die Villa, in der er damals stationiert war, der ehemalige KZ-Häftling Lipschitz, der ihn in die Welt der Bücher eingeführt hatte, und der Kamerad, der kurz darauf beim Eisfischen ertrunken war, dann ein breit grinsender Asiate, der sie durch Deutschland gefahren hatte, und die unzähligen Bücher, die er damals in Kisten gepackt hatte. Und die er jetzt wieder stehlen lässt, um sie für gutes Geld zurückzubringen. Ein trauriges Leben, hat er gemeint, in dem nur Bücher hin- und herverschoben werden. Und nicht viel mehr bleibt. Eine geschiedene und eine tote Frau, vier Kinder, ein paar Häuser. Und alles, um am Ende des Lebens, mit 73 Jahren, da zu stehen, wo er als 17-Jähriger schon stand, mit einem Päckchen Briefen in der Hand, das er nicht versteht.

»Und wie sind die Briefe dann an das Goethe- und Schiller-Archiv gekommen?«

Allzu viel weiß er nicht. Oder er stellt sich dumm. Ein Trick vielleicht, um sie in Sicherheit zu wiegen, ein Schauspiel, das hier für sie vorgeführt wird, ein geschicktes Manöver, aber nicht geschickt genug für sie, da fällt sie nicht drauf rein, das müssten die schon schlauer anstellen.

»Herr Doktor Freese kauft schon lange bei mir. Privat sozusagen, nicht fürs Archiv. Ich kenne sein Interesse für Goethe. So dachte ich gleich an ihn, als ich die Briefe bekam. Er zahlt gut und pünktlich. Das schätze ich sehr.«

»Warum waren die Briefe dann im Archiv und nicht hier bei ihm?«, fragt der Mann.

Er benutzt das Imperfekt. Die Briefe waren im Archiv, also sind sie dort nicht mehr. Und wenn sie dort nicht mehr sind, wo sollten sie sonst sein? Vielleicht bei dem Fremden?

»Weil sie dort hingehören.« Freese setzt seine Worte mit einer Bestimmtheit, die keinen Widerspruch duldet. Es ist das Erste, was er heute sagt. Und wie immer, wenn er spricht, bekommt sie eine Gänsehaut. Vor Wut, vor Ekel, vor blindem Hass auf alles an ihm. Auf seine fahle Haut, die er nie der Sonne aussetzt. Auf seinen Geruch, eine Mischung aus Buchleim, Moder und altem Staub. Auf seine gespreizte Sprache. Auf seinen Goethe, diese fett gewordene Hofschranze, die mit den Texten von Lenz in den Literaturhimmel aufgestiegen ist und ihn in den Staub getreten hat. So wie Freese sie in den Staub treten will, aber noch ist sie hier, noch hat er sie nicht, wo er sie haben will, denn sie ist kein Lenz, auch wenn sie ihn liebt, seine Sprache, seine Zartheit, seine Empfindlichkeit allen Grobheiten gegenüber und die Würde, mit der er sein Leben ertrug.

»Und dann haben Sie den Schlüssel zu dem Archiv auf diesem Heizungsrohr versteckt? Das war eine echte Einladung hereinzukommen.«

Freese sagt nichts. Dafür grinst der Russe.

»Er traut mir nicht. Ich verkaufe ihm alles, was sein Herz begehrt. Ich passe auf diese Frau auf. Und er hat Angst, den Schlüssel mitzubringen, weil er denkt, ich stehle seine blöden Briefe. Er ist ein Idiot. Aber einer, der mich gut bezahlt. Das ist mein Leben. Ich bin umgeben von Idioten, die gut zahlen.«

Freese zuckt mit den Schultern.

»Als Sie die Briefe bekommen haben, hätte es Ihnen nicht gelangt, sie zu besitzen und irgendwo hier im Haus unter den anderen Büchern zu vergraben? Warum mussten die ins Archiv?« Der Mann ist nicht zufrieden.

»Sie verstehen mich nicht.« Freese schüttelt den Kopf über so viel Unkenntnis und belehrt den Eindringling: »Es gibt in einem Archiv eine Ordnung. Diese Systematik ist der Ordnung der Welt weit überlegen, weil es keine Abweichungen von der Regel gibt. Innerhalb dieser Ordnung gibt es einen einzigen Platz, an den ein Buch, ein Text, ein Brief gestellt werden darf. Verstößt man gegen diese Ordnung, dann heißt das, der Fehlerhaftigkeit der Welt einen Weg in die Makellosigkeit des Archivs zu bahnen.«

»Aber die Ordnung ist doch völlig willkürlich«, wendet der Mann ein. »Sie haben die Briefe in dem Archiv nach Adressaten sortiert. Gut, kann man machen. Aber man könnte sie doch auch nach dem Datum ordnen. Oder nach dem Inhalt. Oder nach der Länge. Oder nach dem Wohnort der Empfänger. Alles reine Willkür. Dass Sie die Bücher katalogisieren müssen, ist klar. Aber zu behaupten, diese Gruppierung sei der Welt überlegen, überschätzt das doch vollkommen.«

»Nicht wir haben uns entschieden, die Briefe auf diese Weise zu sortieren. Goethe selbst hat das getan. Wir folgen seinen Vorgaben, und wir machen das so genau und präzise, wie wir es können, so dass die Schönheit und Klarheit seiner Ordnung sichtbar wird.«

Goethe. Immer wieder Goethe. Nur Goethe. Ausschließlich Goethe. Freese denkt Goethe, atmet Goethe, lebt Goethe, träumt Goethe. Sie schnappt nach Luft.

»Jetzt zeigen die Briefe einen homosexuellen Goethe, der die Texte seines Freundes plagiierte. Revidiert das nicht Ihr Bild von Goethe?« Der Mann sieht Freese in die Augen.

Er kennt die Briefe. Er hat sie gelesen. Besitzt sie vielleicht. Und sieht Goethe wie sie. Als Abschreiber. Als Parasiten. Er ist ein Freund, vielleicht, jetzt sieht sie ihn klarer. Wenn sie überhaupt noch Freunde hat, außer Lenz, dem einzigen, der immer zu ihr hält.

»Goethe war nie homosexuell veranlagt. Er hat alle Aspekte des Daseins vollkommen durchdrungen, und die Liebe zwischen Männern war eine kurze und unbedeutende Station auf seinem Weg durch alle Möglichkeiten der menschlichen Existenz. Das sollte man nicht überbewerten. Und ich würde nicht behaupten, dass er von Lenz abgeschrieben habe. Es ist vielmehr so, dass Lenz in der kurzen Begegnung mit Goethe zu solchen Ausdrucksmöglichkeiten geführt wurde, wie er sie von alleine nie erreicht hätte. So schrieb Lenz einige Szenen, die weit über dem standen, was er sonst produziert hatte. Und er sagt in den Briefen ja selber, dass ihm diese Szenen überhaupt nicht mehr gefallen. Er wird von Goethe zu höchsten Höhen geführt, und er bemerkt es nicht einmal, so blind ist er. Und Goethe erkennt seinen eigenen Anteil an dem, was Lenz hier von sich wirft, und nimmt es an sich. Das ist vollkommen legitim.«

Sie hasst sein ekliges Gesicht. Seine feiste Überzeugtheit von dem, was er sagt.

»Heißt das, diese Briefe werden auch in der Gesamtausgabe abgedruckt werden, die gerade in Planung ist?« Der Fremde stellt naive Fragen.

Freese zögert. »Sicher nicht. Das Pack wartet nur darauf, Goethe zu vernichten. Wenn ich versuche zu verhindern, dass die Briefe gedruckt werden, nicht, weil ich an Goethe zweifle, sondern an der Welt da draußen.«

Er macht eine unbestimmte Geste mit seiner linken Hand. Die Haut noch fahler. Ein Molch, der in einer feuchten Grotte hockt.

»Und wie kam Bettina ins Spiel?«

Warum spricht er ihren Namen so zärtlich aus, so weich, als habe er ein Recht dazu. Als besäßen sie eine gemeinsame Geschichte. Sie hat keine Geschichte. Sie ist aus der Kirche ausgetreten, aus ihrer Familie und aus dem Leben, das sie so lange geführt hat. Sie ist jetzt frei. Der Fremde soll nicht so tun, als habe er einen Anspruch auf sie.

»Diese dumme Frau, dumm und unverschämt, eine Närrin, blind und ohne Verstand.« Freese spuckt die Worte ins Zimmer. »Sie spazierte einfach bei mir rein. Sie sagte, sie wisse von den Briefen. Sie hätte sie gelesen. Und sie glaube, dass ich sie habe. Ich leugnete. Sagte ihr, dass es sich dabei nur um eine Fälschung handeln konnte. Aber es war zu spät. Sie war schon verrückt und sagte, sie sei jetzt bereit, die Wahrheit zu schreiben und ihre Dissertation zu beenden, egal ob ich ihr die Briefe noch einmal zeigen würde oder nicht. Es kümmere sie nicht mehr, ob sie den genauen Wortlaut zitieren könne oder nicht. Darüber sei sie hinaus. Sie sei jetzt befreit von den Fesseln, die eine akademische Arbeit ihr auferlege. Sie stehe darüber. Jetzt gehe es nur noch um ihn, um Lenz, den sie retten müsse vor den Augen der Welt. Ich sagte ihr, dass ich die Briefe hier im Haus aufbewahre, und sie kam mit, folgte blind wie ein Kind, das ein Spielzeug erblickt. Hier habe ich sie dann mit der Hilfe von Herrn Zdanov festgehalten. Er war zufällig da, um mir ein weiteres interessantes Angebot zu machen, und blieb dann, um mir zu helfen. Er wird dafür gut bezahlt. Er hat viele interessante Fähigkeiten, die er an den Meistbietenden veräußert.«

»Was haben Sie davon? Warum lassen Sie die Frau nicht einfach gehen?«

Der Russe mischt sich wieder ein:

»Mein Herr. Sie und ich, wir sind vernünftige Menschen. Wir sind Realisten. Wir denken logisch. Wir sind berechenbar. Diese zwei denken nicht logisch. Die junge Frau liebt Lenz, Freese liebt Goethe und die Ordnung in seinem Archiv. Veröffentlicht die Frau ihre Dissertation, dann hat Freese zwei Möglichkeiten.

Erstens: Er kann die Briefe an ihrem Platz im Archiv lassen. Schlecht für ihn. Man würde sie dort finden. Dann wird er gefeuert. Gleichzeitig wird sein Archiv nach anderen unbekannten Texten durchsucht. Noch schlechter für Freese. Man würde einiges andere finden, das interessant wäre. Niemand würde Goethe mehr ernst nehmen. Das kann Freese nicht zulassen.

Zweite Möglichkeit: Er versteckt die Briefe. Das verstößt aber gegen die heiligen Prinzipien seiner Ordnung im Archiv. Das kann er nicht. Schließlich stammt diese Ordnung von Goethe.

Für ihn gibt es nur einen Ausweg: Sie gibt ihre Arbeit auf. Das wird sie nicht. Freese und diese Frau leiden an einer ähnlichen Art von Dummheit. Deshalb vertragen sie sich nicht. Sie und ich, wir beide glauben an nichts, deshalb finden wir eine Lösung für diese Situation. Aber vorher interessiert mich, für wen Sie arbeiten und was Sie eigentlich wollen?« Der Russe zeigt mit der Pistole nachlässig auf den Mann und lässt seine Hand dann wieder sinken.

»Bettina. Ihre Eltern wollen sie haben. Ich bekomme die Frau, Sie bekommen einen Schließfachschlüssel. In dem Fach finden Sie die Briefe.«

Der Mann hält einen Schlüssel hoch.

Ihre Eltern also. Sie spürt in sich. Ob da ein Gefühl der Sehnsucht sei, der Rührung, des Verlangens. Da ist nichts. Nur Amigo, der alte Freund mit den weichen Nüstern, der fehlt ihr ein wenig. Ein Detektiv also. Der hat die Briefe. Aber die darf er nicht hergeben, auf keinen Fall, sonst verschwinden sie für immer. Die Welt hat ein Recht darauf zu erfahren, wer Goethe wirklich war. Sie muss ihn bremsen.

»Nur mal ein Gedankenspiel, ohne jeden Bezug zur Realität: Was hält mich davon ab, Sie jetzt zusammen mit der Frau zu erschießen und den Schlüssel zu nehmen?« Der Russe schaut nachdenklich auf den breiten Bauch des Mannes.

»Es wäre dumm. Sie hätten den Schlüssel. Aber Sie wissen nicht, wo das Schließfach ist. Außerdem habe ich die Nummer abgefeilt. Sie würden Wochen brauchen, um die Briefe zu finden. Aber das Fach ist nur für 24 Stunden bezahlt. Dann wird es geöffnet. Keine Ahnung, wer dann die Briefe bekommt. Und ob diejenigen genauso kooperativ sind wie ich.«

Er ist nicht dumm. Das mit dem Schließfach ist eine gute Idee, aber trotzdem: Die Briefe dürfen nicht in Freeses Hände gelangen. Die Briefe werden bekannt werden, dafür wird sie sorgen. Dann wird der schon sehen, was die Welt von Lenz hält. Lenz, der immer nur auf der Suche nach Wahrheit war. Wie sie. Der nie mit sich zufrieden war. Wie sie. Der immer nur geknechtet wurde. Wie sie. Den man in Ketten legte. Wie sie. Ein Aufschrei wird das Land erschüttern. Das lässt sie sich nicht kaputtmachen. Nicht von Freese. Und nicht von diesem anderen. Von keinem. Nie.

Nie wieder. »Nie wieder. Nie wieder.« Plötzlich hört sie sich beim Brüllen zu, schreit weiter: »Tun Sie das nicht. Ich bin nicht wichtig, es geht nicht um mich, es geht um Lenz, das sind wir ihm schuldig nach allem, was ihm angetan wurde. Tun Sie das nicht, sondern ...«

Freese keift dagegen: »Sie will Goethe vernichten, endgültig und unwiederbringlich in der öffentlichen Meinung vernichten. Ihn zum Gespött der Leute machen. Das tut man nicht ungestraft. Sie muss schweigen. Wenn es sein muss, für immer.«

Der Russe blickt belustigt auf die beiden: »Sehen Sie, mit denen ist nicht viel anzufangen. Das Geschrei hier ist nicht weiter wichtig. Aber wir zwei werden uns handelseinig. Aber wie?«

»Ich mache Ihnen einen Vorschlag: Sie lassen Bettina frei, und ich nehme sie mit. Im Gegenzug bekommen Sie den Schlüssel. Morgen treffen wir uns dann alle zusammen in der Stadt. Viele Menschen werden dabei sein, wenn Sie das Schließfach öffnen und die Briefe nehmen. Dann gehen wir unserer Wege. Sie kümmern sich um Ihre Angelegenheiten und wir uns um unsere.«

Der Russe nickt erfreut. »Das klingt überzeugend. Und ich verkaufe die Briefe gerne ein zweites Mal.«

»Nein!«, brüllt es da aus ihr. Es ist nicht ihr Schrei, er ist größer als sie und reißt sie vom Stuhl. Die Kette klirrt, der Russe zieht unwillig an ihr und zerrt sie grob wieder auf ihren Sitz zurück. Die Handschellen scheuern ihre Knöchel auf. Sie wird stark und wach und schön durch den Schmerz.

»Wer immer Sie sind und egal wer Sie schickt, wie können Sie das sagen, ohne mich zu fragen? Nie dürfen Sie die Briefe wieder hergeben, unter keinen Bedingungen. Kopieren Sie sie, schicken Sie Abschriften an alle Zeitungen und Universitäten, pflastern Sie die Hochschulen damit, und sorgen Sie dafür, dass alle es erfahren. Alle sollen es hören, wer Goethe wirklich war. Ein mieser Plagiator. Ein mieser, schwuler Plagiator. Ein Schwein. Ein Verräter. Nicht der Gott der Literatur. Und dann bekommt Lenz den Platz, der ihm seit 250 Jahren verweigert wird.«

»Das ist doch pathetischer Unsinn.« Freese ist aufgesprungen. »Lenz ist eine Fußnote der Literaturgeschichte. Nicht mehr. Und das ist schon zu viel. Ein Wahnsinniger. Ein Spinner. Das Einzige, was ihn auszeichnet, ist, dass er im Schatten Goethes lebte. Und nicht einmal das hatte er verdient. Und jetzt halten Sie den Mund. Das sage ich Ihnen zum letzten Mal.« Freese ballt seine Fäuste, die Knöchel stehen spitz unter der gespannten Haut.

»Goethe war ein Dieb. Ein Heuchler.«

»Das nehmen Sie zurück. Das sagen Sie nicht noch einmal. Nicht so lange Sie hier in meinem Haus sind.«

Freese geifert in ihre Richtung. Rote Flecken in dem bleichen Gesicht, wirres Haar schweißnass in der Stirn.

»Ein ganz gewöhnlicher Dieb. Das heißt, das stimmt nicht, natürlich war er außergewöhnlich, es war ja Goethe. Zuerst schläft er mit seinen Freunden, dann beklaut er sie. Das ist schon was Besonderes. Wer weiß, was er noch alles gestohlen hat. Der Rest vom *Faust*, den hat er vielleicht von Herder, und Merck schrieb seinen *Werther*.«

Freese wird noch bleicher, die Flecken noch röter, das Haar immer wirrer.

Er macht einen Schritt auf Bettina zu. Der Mann schlägt ihm mit einer beiläufigen Bewegung den Handrücken auf den Mund. Das bremst Freese. Er fällt zurück in seinen Stuhl.

»Sie sind ein fieser, kleiner Feigling. Wie Goethe. Erbärmliches Geschmeiß.«

Freese packt ein Glas und schleudert es auf sie. Sie beugt sich weg. So trifft es den Russen ins Gesicht. Er reibt seine Augen. Sie springt auf, tritt den Tisch um, Gläser scheppern zu Boden. Freese ist aufgestanden und packt die Flasche am Hals, bereit, sie ihr ins Gesicht zu schlagen. Aber der Mann tritt ihm gegen das Knie, Freese knickt ein und fällt nach vorn. Seine Hand kommt in Reichweite von ihren Schuhen. Sie tritt mit dem Absatz auf seine Finger und dreht ihren Fuß. Freese heult auf, es knirscht. Er krallt mit der anderen Hand um ihre Fußknöchel und reißt an ihnen. Sie stürzt nach vorne, die Kette rutscht durch die Finger des laut fluchenden Russen, der noch immer nicht klar sehen kann. Er krallt die Hände zusammen um die Kette zu fassen, der Schuss löst sich ganz nebenbei.

Einen Augenblick lang scheint es, als könne sie in dem Chaos aus Stimmen und Lärm den Knall ignorieren. Als sei es nur ein weiterer Ton in einem beständig anschwellenden und dissonanten Akkord, der immer lauter und immer schriller gellt, immer kreischender und immer unerträglicher. Aber dann lösen sich, ausgehend von dem Punkt, wo die Kugel ihre Lunge zerfetzt hat, langsam alle Dissonanzen auf und ein Wohlklang erfüllt sie, ein Ton, der immer zarter, immer sphärischer, immer schwebender wird. Alle Fasern ihres Körpers schwingen mit, jede einzelne Zelle wird davon erfasst und beginnt zu tanzen. Eine tiefe Freude erfüllt sie, eine Freude, die sie seit ihrer Kindheit so strahlend und so rein nicht mehr gekannt hat. Es ist das Glück, das sie empfunden hat, wenn sie ein neues, unberührtes Buch in den Händen hielt, mit ihrer Kindernase die Seiten abroch, um den Duft in sich aufzunehmen, mit den Lippen über den Einband küsste und seine Struktur schmeckte, vorsichtig mit dem Zeigefinger die Schnittkante entlangfuhr, nur um den Augenblick hinauszuzögern, in dem sie die ersten Worte las und sich hineinstürzte in eine neue, eine andere, eine bessere Welt.

Dichtung und Wahrheit

Das war's. Die letzte Seite ist geschrieben, noch glaube ich es kaum und starre mit brennenden Augen auf den Bildschirm des Computers. Aus dem Vorzimmer höre ich die Stimme von Drexler am Telefon, der in Wirklichkeit gar nicht Drexler heißt, genauso wenig, wie ich Stahl heiße. Vier Versionen des Todes der Frau, die ich aus einer Laune heraus Bettina nannte, habe ich geschrieben. Die letzte, die unblutigste dieser Varianten werde ich verwenden, die anderen erinnern zu sehr an das, was war: Nach dem Schuss war es sehr still gewesen in dem Zimmer. Der Russe hatte ungläubig auf seine Pistole gestarrt, die Frau, der Gewohnheit halber will ich sie weiter Bettina nennen, und der Mann, den ich Freese getauft habe, lagen immer noch übereinander gestürzt. Bettinas weißer Pullover hatte nur ein kleines Loch am Rücken. Ich drehte sie um. Noch heute träume ich von dem Krater, den die Kugel in ihre Brust gerissen hat. Sie war zwischen den Rippen durch das Herz geschossen und hatte anschließend noch genügend Kraft, quer durch Freeses Lungen zu dringen. Bettina war sofort tot. Freese ertrank in seinem Blut. Dann richtete der Russe die Waffe auf mich. Es gebe zwei Möglichkeiten. Ich könne alles vergessen, was hier geschehen war, ihm den Schlüssel und die Schließfachnummer geben und gehen. Oder aber er müsse mich erschießen, was ihm persönlich unangenehm wäre, aber angesichts dessen, was hier geschehen sei, vielleicht unvermeidbar.

Ich entschied mich für die Lüge und das Leben.

Der Russe sagte, er würde sich um alles kümmern, er kenne die richtigen Leute. Vermutlich stimmte das. Einige Tage später, Drexler – ich bleibe bei diesem Namen – und ich waren schon wieder in Freiburg, schickte er mir die Kopie eines polizeilichen Unfallberichtes, wonach Bettina und Freese mit seinem Wagen frontal gegen einen Brückenpfeiler geprallt waren.

Ich habe ihren Eltern die Wahrheit nicht gesagt. Auch Sabine, die in der Realität einen anderen Namen trägt, haben wir nicht eingeweiht, aber sie spürte, dass etwas nicht stimmte, und hat kurz nach unserer Rückkehr gekündigt. Jetzt arbeitet sie als Sekretärin eines Yogazentrums. Da passt sie besser hin.

Vor einigen Monaten kam der Russe in Freiburg vorbei. Er war auf dem Weg zu einer Messe in der Schweiz, da habe er an mich gedacht. Er schien nicht zu bedauern, dass er zwei Menschen umgebracht hatte. Aber das Ende der Geschichte, die Bettina ihm erzählt hatte, das würde er gerne erfahren, müsse er sogar erfahren, um wieder Ruhe zu finden. Oft würden ihn die Figuren verfolgen, sich vervielfältigen, einander bekämpfen und wieder versöhnen, überraschende Handlungen mit weitreichenden Folgen begehen, Ereignisse aus seinem Leben nachspielen und ihm die Zukunft vorführen, so dass er manchmal ganze Tage in seinem Sessel säße, und nicht in der Lage sei, sich dem Bann der Erzählung zu entziehen. Sie habe ihn vergiftet, behauptete er mit einem Lachen, aber ich glaubte ihm das Lachen nicht. Dann berichtete er mir von Bettina, das Wenige, was er wusste, und auch einiges aus seinem Leben. Ich will nicht sagen, dass wir als Freunde schieden. Ich will keinen Mörder als Freund haben, aber auf eine Weise waren wir uns ähnlich.

Seine Erzählungen verwendete ich für den Teil des Romans, der nach dem Krieg in der sowjetischen Besatzungszone spielt. Zusätzliche Informationen dazu fand ich in der von Klaus-Dieter Lehmann und Ingo Kolasa herausgegebenen Dokumentation *Die Trophäenkommission der Roten Armee. Eine Dokumentensammlung zur Verschleppung von Büchern aus deutschen*

Bibliotheken, erschienen im Sonderheft 64 der Zeitschrift für Bibliothekswesen und Bibliographie. Einige der hier übersetzten Dokumente sind direkt in den Roman eingeflossen, beispielsweise der Brief, den Netrebskij seiner Sekretärin diktiert, oder Auszüge aus dem Untersuchungsbericht des Kontrolleur-Revisors David Vajntraub über die Missstände bei der Inventarisierung der Bücher.

Wesentliche Anregungen für die Darstellungen des Verhältnisses zwischen Lenz und Goethe fand ich in Hans-Gerd Winters Buch über Lenz, Kurt Eisslers *Goethe – Eine psychoanalytische Studie* und natürlich in dem Briefroman *Der Waldbruder* von Lenz selbst.

Besonders hilfreich und sehr lesenswert war außerdem die Lenz-Biografie *Vögel, die verkünden Land* von Sigrid Damm, die ich auf Bettinas Schreibtisch entdeckte.

Die von Matthias Luserke herausgegebene Dokumentation über *Goethe und Lenz. Die Geschichte einer Entzweiung* hätte mir einiges an Recherche erspart, erschien aber erst, als dieser Teil des Romans bereits beendet war.

Die schwierigste Aufgabe beim Schreiben dieses Romans war die Rekonstruktion des Briefwechsels zwischen Lenz und Goethe. Der Russe, so offen er über seine Vergangenheit sprach, weigerte sich, zu sagen, was mit den Briefen geschehen ist, oder mir eine Abschrift zur Verfügung zu stellen. Ich glaubte allerdings aus seinen Worten herauszuhören, dass ein Sammler in Berlin sie erworben hat. In der Euphorie über unseren Fund in Weimar hatten wir es versäumt, die Briefe zu kopieren. So versuchte ich, mithilfe von Drexler den Wortlaut der Briefe zu rekonstruieren. Leider mit durchweg unbefriedigenden Ergebnissen.

Schließlich stieß ich durch einen Hinweis in den Notizen von Bettina auf die Goethe-Biografie *Die Liebkosungen des Tigers* von Karl Hugo Pruys. Hier fand ich den Briefwechsel zwischen

Goethe und dem Philosophen Friedrich Heinrich Jacobi, den ich mit Passagen aus Lenzens *Waldbruder* und Zitaten aus Goethes Autobiografie *Dichtung und Wahrheit* ergänzte. So kamen wir zu dem vorliegenden Ergebnis, das zwar nicht dem Wortlaut der Originale entspricht, die wir in den Händen gehalten hatten, das aber der Sache am nächsten kommt.

Natürlich fiel es Drexler und mir schwer zu glauben, dass Goethe tatsächlich auf einen Text von Lenz zurückgegriffen hatte, als er den *Faust* schrieb. Leider hatten wir nicht die Möglichkeit, die Briefe auf ihre Echtheit untersuchen zu lassen.

Allerdings lassen selbst die neuesten Forschungsergebnisse über die Entstehungsgeschichte des *Faust* genügend Raum für den Verdacht, dass die so genannte »Gretchentragödie« aus der Feder von Lenz stammt. Der Leser möge beispielsweise die Texte zur Entstehung von Goethes *Faust*, herausgegeben von Albrecht Schöne im Deutschen Klassiker Verlag, oder den vor wenigen Monaten erschienenen Kommentar zu den Faust-Dichtungen von Ulrich Gaier daraufhin untersuchen.

Was damals tatsächlich geschah, wird also erst überprüft werden können, wenn der unbekannte Sammler, sei er aus Berlin oder anderswoher, die Briefe der Öffentlichkeit zur Verfügung stellt, wie es auch das Ziel von Bettina gewesen war; ein Ziel, das sie verfehlte und doch mit ihrem Leben bezahlte. So lange werden Sie als Leser vielleicht davon ausgehen, dass es sich bei den Briefen nur um ein Konstrukt handelt, ein Produkt der dichterischen Freiheit, eine Fiktion. Aber, das ahnen wir längst: Eine Fiktion ist viel wahrscheinlicher als die Realität.

Marc Buhl, Freiburg, April 2002

Neue Literatur in der Frankfurter Verlagsanstalt
(eine Auswahl)

Claire Beyer. Rauken
Erzählung. 130 Seiten, gebunden

Claire Beyers Prosadebüt *Rauken* erzählt in dichten Bildern die Geschichte des Kindes Vroni, das in der Enge der deutschen Provinz in den frühen 50er Jahren heranwächst. Ein Buch über die Versehrtheit der Seelen und über die Obdachlosigkeit des Menschen, die auf Faschismus und Krieg zurückzuführen sind.
»Brillant geschrieben ... Ich habe selten ein so beklemmendes, wunderbar dichtes, poetisches und trotzdem ganz gerades und klares Erstlingsbuch gelesen wie dieses.« *Elke Heidenreich*

Silvio Blatter. Die Glückszahl
Novelle. 188 Seiten, gebunden

Einen unbeschwerten Sommer lang dauert die Liebe zweier ungleicher Paare, bis ein verhängnisvoller Tausch das Glück plötzlich beendet. Eine spannungsreich erzählte Novelle des bekannten Schweizer Erzählers.

Paule Constant. Die Tochter des Gobernators
Roman. 200 Seiten, gebunden

Ein außergewöhnlicher Roman: spannend, kraftvoll, erschreckend, mit einem ganz eigenen Humor, vielschichtig angelegt, denn durch die Augen eines Mädchens blickt der Leser auf den schleichenden Verfall einer alten, durch Aristokratie, Katholizismus, Kriegsverherrlichung und Kolonialherrschaft verdorbenen Welt.
»Das farbigste, humorvollste, bizarrste Stück Literatur, das in den letzten Jahren aus Frankreich zu uns gelangt ist.« *Der Spiegel*

Paule Constant. Vertrauen gegen Vertrauen
Roman. 270 Seiten, gebunden

Vertrauen gegen Vertrauen ist zugleich Campus Novel und literarische Bestandsaufnahme der feministischen Bewegung am Beispiel von vier starken Frauen. Der Roman wurde im Herbst 1998 mit dem berühmtesten französischen Literaturpreis, dem Prix Goncourt, ausgezeichnet und stand wochenlang auf Platz 1 der Bestsellerlisten in Frankreich.
»Nie zuvor hat diese Autorin mit solch einer Leidenschaft die sozialen Hüllen zerstört und die privaten Höllen bloßgelegt.«
Le Monde

Lucía Etxebarría. Von Liebe, Neugier, Prozac und Zweifeln
Roman. 320 Seiten, gebunden

Der erste, erfolgreiche Roman der jungen Premio Nadal-Preisträgerin erzählt frech, direkt und provozierend vom Leben dreier Schwestern und ihrer Suche nach der eigenen weiblichen Identität: ein modernes Alphabet heutiger Lebensgefühle.
»Ein rasantes Romandebüt, etwas sophisticated, sehr geistesgegenwärtig, gleichzeitig abgefahren...« *Hamburger Morgenpost*

Lucía Etxebarría. Beatriz und die himmlischen Körper
Roman. 350 Seiten, gebunden

»Etxebarría schreibt mit viel Power und ebensoviel Sensibilität, mit einem genauen Ohr für Jargons, für rotzige, aber auch leise Töne, für die Kapriolen des Zeitgeists und das unsichere Schwanken zwischen Protest und Selbstmitleid.« *ORF*

Ernst-Wilhelm Händler. Kongreß
Roman. 346 Seiten, gebunden

Ernst-Wilhelm Händler erzählt in seinem aufsehenerregenden ersten Roman die Geschichte zweier verschiedener »Kongresse«: die eines realen Philosophenkongresses und die eines Kongresses ganz anderer Art, eines »Kongresses der Helfenden«, einer geheimnisvollen und überraschenden Vereinbarung zwischen fünf einzelnen Menschen.

Ernst-Wilhelm Händler. Fall
Roman. 412 Seiten, gebunden

Fall verkörpert den Gegensatz von Sprachlosigkeit und Sprache. Der zweite Roman Ernst-Wilhelm Händlers schildert die Machtkämpfe in einem mittelständischen Unternehmen nach dem Tod des Firmengründers: Es ist der Fall des Geschäftsmanns Georg Voigtländer und die Geschichte seiner Rettung – durch die Literatur.

Ernst-Wilhelm Händler. Sturm
Roman. 436 Seiten, gebunden

Ein Buch über die Macht und ein Buch über die Gewalt der Sprache. Ein Roman über deutsche Mentalitätsgeschichte und einen vornehmlich deutschen genialen Künstlertypus. Und ein Buch über das Vordringen des Virtuellen.
»Man kann *Sturm* ohne Zögern den wirklichkeitshaltigsten Roman der deutschen Gegenwartsliteratur dieses Jahrzehnts nennen.« *Berliner Zeitung*

Christa Hein. Der Blick durch den Spiegel
Roman. 448 Seiten, gebunden

Riga zu Beginn unseres Jahrhunderts: Eine junge Frau verläßt ihre bürgerliche Umgebung, bricht auf zu einer Reise mit der Transsibirischen Eisenbahn in die Mandschurei und erlebt den Ausbruch des russisch-japanischen Krieges. Während der abenteuerlichen Fahrt findet sie durch ihre Leidenschaft, die Photographie, einen Weg, sich von den gesellschaftlichen Konventionen der Zeit zu befreien. Der erste Roman einer neuen deutschen Erzählerin, eine farbenprächtige und sinnliche, mit großem Spannungsbogen beschriebene Reise zu sich selbst.

Christa Hein. Scirocco
Roman. 215 Seiten, gebunden

»Schon mit ihrem ersten Buch hatte Christa Hein bewiesen, daß erzählerische Intelligenz, sprachliche Genauigkeit und eine unterhaltende Story keine sich ausschließenden Gegensätze zu sein brauchen. Und auch in ihrem neuen Roman *Scirocco* zeigt sie sich als Autorin, die man in der schriftstellerischen Tradition einer Ruth Rendell alias Barbara Vine sehen kann.« *NDR*

Marc Höpfner. Pumpgun
Roman. 245 Seiten, gebunden

»Marc Höpfner erzählt spannend und erschreckend aktuell die Geschichte eines Schul-Massakers. Was den Roman neben der gesellschaftspolitischen Brisanz besonders auszeichnet, ist die Vermeidung billiger Psychoklischees. Höpfner spinnt den Faden da weiter, wo er in der Presseberichterstattung abreißt. In seiner Medienkritik bleibt Höpfner überraschend wertneutral, schreibt Fernsehen, Video und Computerspielen aber einen relevanten Einfluß auf junge Erwachsene zu.« *Spiegel-Online*

Ted Hughes. Birthday Letters
Gedichte. 210 Seiten, gebunden

Mit seinem »poetischen Testament einer verlorenen Liebe« bricht der große britische Dichter sein Schweigen über die Ehe mit Sylvia Plath – ein hochkarätiger poetischer Befreiungsschlag.
»Das Buch kommt einer Sensation gleich.« *Frankfurter Rundschau*

Zoë Jenny. Das Blütenstaubzimmer
Roman. 140 Seiten, gebunden

»Eine so rundum gelungene erste Erzählung habe ich lange nicht mehr gelesen.« *Hajo Steinert, Die Zeit*

Zoë Jenny. Der Ruf des Muschelhorns
Roman. 128 Seiten, gebunden

»Es ist ein Buch der knappen Sprache, der klaren Bilder, ein starkes Buch.« *Neue Luzerner Zeitung*

Bodo Kirchhoff. Parlando
Roman. 536 Seiten, gebunden

»Ein fabelhafter Erzähler ... ein großartiger Schriftsteller ... eine grandiose Episode nach der anderen!«
Marcel Reich-Ranicki im *Literarischen Quartett*
»Kirchhoff übertrifft sein letztes großes Buch *Infanta* mit dem neuen Roman literarisch um einige Längen.« *Literaturen*

Bodo Kirchhoff. Schundroman
Roman. 320 Seiten, gebunden

Der Auftragskiller Hold gerät auf die schiefe Ebene der Frankfurter Buchmesse. Erst tötet er den falschen Mann, dann verliebt er sich auch noch in die richtige Frau. Ein Amateur, der alle Profi-Promis das Fürchten lehrt.

Margaret Mazzantini. Die Zinkwanne
Roman. 260 Seiten, gebunden

»*Die Zinkwanne* ist ein wunderbares Buch. Es ist klug, grotesk, es ist poetisch, komisch, liebevoll und unbarmherzig zugleich. Kriegs- und Nachkriegszeit in Italien werden präsent, vor allem gespiegelt am Leben von Frauen, die Töchter, Schwestern, Mütter, Ehefrauen, Großmütter waren. Am Ende steht diese Frau: Margaret Mazzantini, und hat das großartige Talent, ihre Sippschaft aufleben zu lassen und ihre eigenen Ursprünge zu begreifen. Es ist ein außerordentlich sinnlicher, ein bewegender Roman.« *Elke Heidenreich*

Margaret Mazzantini. Manola
Roman. 304 Seiten, gebunden

Vital, frech, pointiert und quicklebendig erzählt Margaret Mazzantini die Lebensgeschichten der beiden ungleichen Zwillingsschwestern Ortensia und Anemone: ein doppeltes Frauenportrait und ein Märchen aus unserer Zeit.